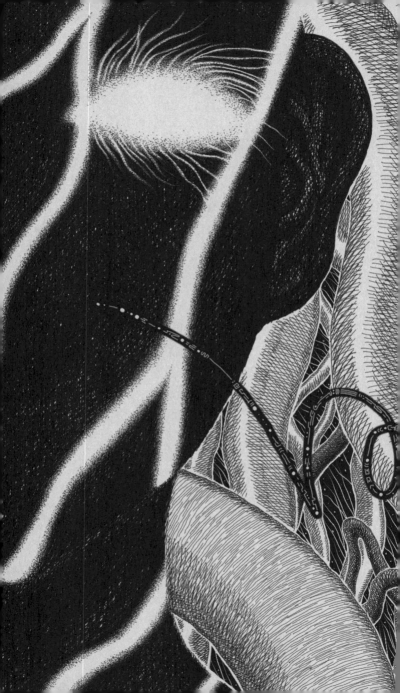

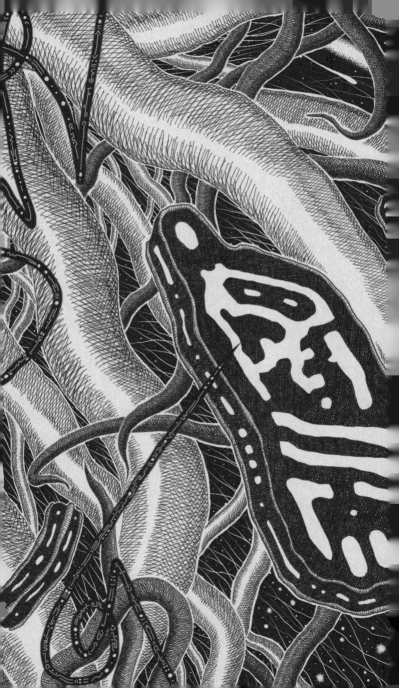

빈티
밤의 가장꾼

BINTI: The Night Masquerade

Copyright ⓒ Nnedi Okorafor 2018
All rights reserved.

Korean translation copyright ⓒ 2021 by ALMA PUBLISHING Co. LTD.
Korean translation rights arranged with Donald Maass Literary Agency
through EYA(Eric Yang Agency).

이 책의 한국어판 저작권은 EYA(Eric Yang Agency)를 통해 Donald Maass
Literary Agency와 독점 계약한 (주)알마에 있습니다. 저작권법에 의해 한국
내에서 보호를 받는 저작물이므로 무단전재와 무단복제를 할 수 없습니다.

빈티
밤의 가장꾼

BINTI: The Night Masquerade

은네디 오코라포르

✗

그래픽
구현성

이지연 옮김

차례

외계인들

그 일은 악몽으로 시작되었다….

아직 나갈 수가 없구나. 겁에 질린 내 아버지가 말씀하셨다. 아버지의 두 눈은 충격을 받아 멍한 채 흠칫거렸다. 계시는 곳이 지하였다. 우리 가족은 모두의 보금자리인 뿌리집 지하실에 있었다. 온통 흙먼지를 뒤집어쓴 채 연기 때문에 콜록콜록 기침을 하고들 있었다. 하지만 날 보고 있는 건 아버지뿐이었다. 여동생 페라가 기침을 해대면서 겁먹은 음성으로 묻는 소리가 내게도 들렸다. "아빠, 왜 그러세요? 왜 손을 그렇게 하시는 거예요?"

내 시점이 쑥 뒤로 빠져서 이제 나는 그 일이 일어나는 걸 번연히 보고 있었다. 우리 가족은 거기에 꼼짝없이 갇혀 있었다. 아버지, 우리 아저씨 두 분, 아주머니 한 분, 내 여자 형제 셋과 남자 형제 두 명이. 이웃집 사람들도 몇 명 그 안에 들어와 있는 게 보였다. 애초에 어째서 다들 저길 들어간 거람? 모두들 지하실 한가운데 옹기종기 한데 뭉쳐 서로 꽉 붙든 채로 각자 최대한 몸을 가리려 베일을 휘감고, 울음을 터뜨리는 바람에 눈물이 오치제를 가르며 줄줄 흘러내리고, 기도를 하고, 천문의로 도움을 청하려고 애를 쓰고 있었다. 물풀 다발들이며 얌 뿌리 무더기, 호박씨와 말린 대추가 든 자루들, 향신료 통들이 이 구석 저 구석에 놓여 있었다. 내가 태어나기도 전에 작동이 멈춘 오래된 방범 드론은 그대로 거적때기에 덮여 구석에 놓여 있었다.

"엄마는 어디 있어요?" 내가 물었다. 이어서 더 다그치는 어조로 말했다. "엄마 어딨냐고요? 엄마가 안 보이잖아요, 아빠."

"그래도 벽이 우릴 지켜줄 테니까." 아버지가 말했다.

아버지가 나를 붙잡았을 때 그 강한 두 손의 힘을 나는 느꼈다. 관절염에 약해진 손 같지가 않았다. "뿌리는 뿌리지." 아버지는 말했다. "우린 무사할 게다. 넌 너 있는 곳에 있거라." 아버지는 내게로 얼굴을 가까이 하셨고 곧이어 내 눈앞에 문제의 단어들이 나타났다. 글자가 피처럼 빨갰다. "저자들은 너를 찾고 있는 거니까 말이야."

"엄마는 어딨는데요?" 내가 다시 물었다. 이번에는 악몽 중에 양손을 휘저으면서 내 DNA에 들어 있다 활성화된 외계 기술인 지나리야를 써서 물어보았다.

하지만 불현듯 난 어둠 속에 있었다. 나의 단어들만 동그마니 사막의 붉은 혼령들인 양 내 앞에 동동 떠 남았을 뿐 나 혼자였다. 엄마는 어디 계신 거지? 대신에 수백 수천 메두스들이 둥둥거리는 맥동음이 머리를 채워왔고 그 진동은 내 살에 깊이 스몄다. 웃음소리다. 성난 웃음. 안달이 난 조바심 또한 느껴져왔다. "빈티, 우리가 그놈들에게 앙갚음을 해줄 거다." 메두스 말로 한 음성이 우릉우릉 말했다. 하지만 그렇게 말한 게 오크우는 아니었다. 오크우는 어디 갔길래…?

*＊＊

　나는 우주를 바라보며 깨어났다. 이렇게 사막에 나와 있으면 밤하늘 별들이 몹시도 밝았다. 내가 세 번째 물고기호에 탑승해 지구를 떠나고 돌아오고 한 여행에서 본 창공과 거의 비슷할 정도로 또렷했다. 나는 멍하니 하늘을 응시하며 듣고 보고, 연기처럼 내 주위에 속살거리는 방정식들의 좌우를 맞추었다. 나는 잠자면서 나무 되기를 한 거였다. 그랬을 정도로 안 좋았다. 세 번째 물고기호에서 메두스가 나만 빼고 딴 사람들을 다 죽인 후에도 이러진 않았다. 지나리야를 조정하는 일이 그렇게 힘들었던 것이다. 방금 것은 그저 가족 꿈을 꾼 게 아니고 지나리야를 써서 아버지가 나에게 보낸 전언이기도 했다. 비몽사몽간에 받고 나서야 잠이 제대로 깨었는데 덕분에 내 정신이 나무 되기를 함으로써 그 소식으로 인한 스트레스로부터 나 자신을 지켰다.

음위니와 내가 낙타 등에 올라 마을을 떠난 지 여러 시간이 지난 뒤 우리는 쉬려고 발길을 멈추었더랬다. 음위니는 주변을 둘러보러 자리를 떴고 나는 그애가 세운 천막에 들어가 누웠다. 나는 정말 기진맥진했고 가족들이 너무너무 걱정되어 감당하기가 벅찼다. 주위 모든 것이 붕 떠버린 느낌이었다. 좀 자보려고 했지만 잘되지 않았다.

"집." 얼굴을 문지르며 내가 입속말했다. "집에 가야 해…." 나는 하늘을 응시했다. "저게 뭐지?"

별들 중 하나가 나에게로 떨어져오고 있었다. 지나리야다, 또. "그만 좀." 내가 말했다. "너무해." 하지만 별은 멈추지 않았다. 아니, 멈추긴커녕 계속 떨어져왔다. 내가 준비가 되었건 말았건 나에게 전할 말이 더 있었던 것이다. 그 별의 금색 빛이 하강하면서 점점 커졌고 나는 그 매끄러운 궤적에 넋을 잃은 나머지 나무 되기도 하지 않았다. 불과 몇 미터 위까지 다가오자 그것은 폭발하여 찬란한 비처럼 쏟아졌다. 그 빛 오라기들이 거대한 거미의 황금빛 다리들처럼 나에게로 떨어져내려왔고 곧 지나리야는 내게 일어난 적 없는 일들을 기억하게 만들었다.

* * *

나는 기억했다….

칸데가 설거지를 하고 있었던 걸. 칸데는 지쳐서 힘이 다 빠진 데다 공부할 게 더 있었는데 쌍둥이 남동생들이 밤참으로 구운 옥수수와 땅콩을 내놓으라고 하더니만 그놈의 것을 또 다 안 먹고 남긴 거였다. 도대체 이렇게 늦은 밤 시간에 그렇게 속에 부담 가는 걸 어떻게 먹는지 칸데는 도저히 이해가 안 갔다. 하지만 부모님은 아무 소리 안 하실 거라는 걸 칸데는 알고 있었다. 이렇게 먹는 애들이니 여섯 살 나이에 그렇게 통통한 거였다. 칸데의 부모님은 남동생들에 대해서는 절대 나무라는 법이 없었다. 그렇지만 만약에 칸데가 설거지를 안 하고 아침까지 그릇을 그냥 두는 날엔 개미가 꼬일 터였다. 습한 밤이고 보면 개미 말고 다른 것도 꼬일 게 뻔했다. 몸서리가 났다.

칸데는 벌레라면 뭐든 아주 질색이었다.

설거지를 마치고 잠시 빈 싱크대를 보았다. 손의 물기를 닦고 휴대전화를 집어 들었다. 벌써 11시였다. 집중을 한다면 한 시간 꽉 채워 공부를 하고도 다섯 시간은 잠을 잘 수 있을 터였다. 고등학교 마지막 학년에 칸데는 반에서 6등을 했다. 이 정도면 이바단 대학교에 들어갈 만한지 확실하진 않았지만 꼭 확인은 해볼 작정이었다.

칸데는 휴대전화를 치마 주머니에 넣고 불을 껐다. 그런 다음 복도에 가서 잠시 귀를 기울였다. 부모님은 부모님 방에서 아직 텔레비전을 보고 계셨고 동생들 방 불은 꺼져 있었다. 됐네. 칸데는 뒤돌아 살금살금 집 앞쪽으로 가서 가만히 잠금장치를 풀고 몰래 밖으로 빠져나왔다. 밤공기가 서늘했고 마을 끝 집 몇 채만 지나면 시작되는 탁 트인 사막이 보였다.

칸데는 집 옆면에 기대 서서 치마 주머니에서 담배 한 갑을 꺼냈다. 담뱃갑을 흔들어 한 개비를 빼내 입에 물고 성냥을 끄집어냈다. 엄지손톱으로 성냥을 튀겨 켜서 담배에 불을 당긴 후 연기를 들이마셨고 그걸 뿜어내자 온갖 고민이 그 연기와 함께 떠올라 멀어져가는 느낌이었다. 부모님이 이제 넌 저 사람과 약혼한 거다 말씀하신 그 사내의 못생긴 상판이며, 학교의 춤 동아리 단체복을 사야 하는데 그 돈이며, 이제 약혼한 줄 알게 됐는데 그래도 탕코가 날 사랑할까 하는 생각이며….

칸데는 담배를 한 모금 더 쭉 빨고 뿜어내면서는 빙그레 웃음 지었다. 칸데에게 이따위 더러운 버릇이 있다는 걸 아시는 날이면 아버지는 엄청나게 화가 나서 때릴 터였다. 어머니는 통곡을 하면서 이제 행실을 바로 해야지 안 그러면 어떤 남자도 널 원치 않을 거다 그러시겠지. 이제 반항할 나이는 지났잖니 하시면서. 이런 온갖 생각을 하면서 사막 쪽을 바라보고 있었기에 칸데는 맨 처음 그들을 보았을 때 자기 뇌가 스스로 하고 있는 암울한 생각들로부터 주의를 돌리려고 장난을 치는 게 틀림없다고 생각했다.

칸데가 움직이기도 전에 그들은 집 하나 거리만큼까지 와 있었다. 그리고 그때쯤에는 저쪽에서도 자길 보았다고 칸데는 확신했다. 인간 야자수같이 훤칠하게 크다 못해 전혀 인간 같지 않았다. 그리고 달빛으로도 칸데는 그들이 금으로 되어 있다는 걸 볼 수 있었다. 그것도 빛나는 순금이다. 전혀 인간이 아니었다. 하지만 다리는 달렸다. 팔도 있고 몸이 있고. 나무처럼 길고 가는 몸이었다. 한밤중에 천천히 칸데를 향해 걸어오고 있었다. 이 늦은 밤 시간에 밖에 나와 있을 만큼 지각이 없는 사람은 한 명도 없었다. 칸데뿐이었다.

칸데는 몰랐지만 모든 것이 칸데가 그들을 본 뒤의 그 순간들에 달려 있었다. 칸데가 무엇을 했는지에 말이다. 일족의 운명이 칸데의 손안에 있었다. 칸데는 외계인들을 지그시 올려다보았다. 그이들은 자신들을 한 존재로 여기지만 인간들이 준 이름인 '지나리야'('황금'을 뜻하는)를 수용했고 그리고….

***

… 나는 나무에서 떨어졌다. 음위니가 나를 흔들고 있었다. 음위니 쪽을 보는데 모래와 흙먼지 섞인 바

람이 휘몰아쳐 피부를 후려쳤고 나는 심하게 기침을
했다.

"빈티! 정신 차려! 정신 차리고 빠져나와!"

처음에는 내 주위 모든 것이 방정식의 합들로 보였
다. 나뉘고 풀려나오는, 떨어져가는, 회전하는 숫자
들로. 모든 게 조화를 이루었다. 훌쩍 크고 깡마른 음
위니의 체형에 시선의 초점이 맞았다. 그 애가 입은
카프탄과 바지는 오크우처럼 파랬는데 모래 섞인 바
람에 팔락거렸다. 바람에 불려 몰아치는 주위 모래알
들은 일견 무질서한 것 같지만 하나하나가 그 주위의
것들과 일치되는 궤적을 따라 호를 그렸다. 나는 부
르르 머리를 흔들며 제정신을 찾으려고 애썼다. 입이
벌어져 있었던 탓에 모래를 뱉어냈다.

폭발하듯 내 속을 관통해 흐르는 분노로 나는 소스
라쳤다. '우리 가족이!' 나는 생각했다. 미칠 것 같았
다. '우리 가족이!' 내가 음위니를 향해 아직 이 말을
외쳐내지도 못했는데⋯ 그 애 뒤로 오크우가 둥실 부
유하고 있는 게 보였다. 내 눈이 휘둥그레지고 입은
도로 헤벌어졌다. 이내 오크우는 사라졌다. 오크우

는 없고 음위니 뒤에는 쬐끄맣고 비쩍 마른 붉은 털 개들이 있었다. 그놈들은 이리저리 뛰어다니며 이리로 또 저리로 고개를 홱홱 돌리곤 했다. 그중 한 마리가 검고 차가운 코로 내 얼굴을 건드렸다. 냄새를 맡느라고. 그놈이 킹킹 울었고 그 소리는 바로 내 귓전에서 났다. 개들은 우리 주위 사방에, 적어도 내가 볼 수 있는 범위 안에서는 온통 뛰어다니고 있었는데 그 범위는 고작 몇 자였다. 우리 낙타 라쿠미는 너무 신경이 쓰여 울어대고 있었다. 이제 나는 단어들이 눈에 보였다. 음위니가 지나리야를 써서 필사적으로 내게 닿으려고 하고 있었던 것이다.

공중에 뜬 녹색 단어들은 이랬다. "모래 폭풍. 개 떼. 마음 놓아. 라쿠미의 안장을 꽉 잡아, 빈티."

나는 남의 뒤를 따라다니는 사람이 아니지만 할 수 있는 거라고는 따르는 일뿐일 때가 있는 법이다. 그래서 또 한 번 나는 굴복했다. 이번에는 알게 된 지 며칠밖에 안 된 남자아이인 음위니에게, 내가 평생 야만인으로 보아왔으나 이제는 그렇지 않다는 걸 아는 종족, 우리 아버지의 민족, 내 민족의 소년에게 굴

17

복한 것이었다.

나는 부서지고 또 부서지고 있었고 이 시점에 나는 음위니를 따랐다. 그 애가 우리를 그 모래 폭풍 밖으로 이끌어냈다.

* * *

태양이 뚫고 나왔다.

대기에서 흙먼지가 가셨다.

우리는 폭풍을 뒤로했다.

마음이 놓여 한숨을 쉬었다. 그러자 갑작스러운 고요의 무게에 다리가 풀썩 꺾여서 나는 땅바닥 우리 낙타 라쿠미의 발굽께로 주저앉았다. 모래에 볼을 대고 엎어졌는데 뜻밖에 따스해서 놀랐다. 그렇게 널브러진 채 물러가는 모래 폭풍을 바라보고 있었다. 마치 커다란 갈색 들짐승이 이제 그만 떠나기로 작정한 것 같았지만 실은 그냥 폭풍이 저쪽으로 가게 된 것뿐이었다. 휘돌고 말리고 소용돌이치면서 우리가 온 길을 되밟아 폭풍은 멀어져갔다. 에니 지나리야 마을

쪽으로. 우리 가족으로부터 멀어져서. 죽어가는, 어쩌면 벌써 죽어버렸을지 모를 내 가족들.

나는 기운 없이 양손을 들어 올려 천천히 움직였다. 허공에 타자했다. 우리 아버지의 이름 여러 개를 썼다. 모아우고 담부 카입카 오케추쿼. 보내려고 해보았다. 하지만 가질 않았다. 나는 머리를 옆으로 굴려 모래에 처박고 흙 알갱이들이 오치제를 펴 바른 내 오쿠오코에 배기는 걸 느꼈다. 달콤한 향을 풍기는 붉은 진흙에 덮인 그리고 이제는 모래에 덮인 파란 촉수들이다. 나는 오크우를 부르려고 해보았다. 오크우에게 닿으려고 애써보았다. 며칠 전에 했던 것처럼 정신으로 오크우에게 접촉하려고 애를 썼다. 또다시 아무것도 안 되었다.

그러고 나서 나는 홀쩍홀쩍 울기 시작했다. 나를 둘러싼 세상이 하루도 더 전 우리가 아리야의 동굴을 떠난 때로부터 죽 그래왔듯이 또 그렇게 확대되어가기 시작했기 때문이었다. 모든 게 점점 더 커지고 또 커져가는 것 같았다. 원래대로인데도 말이다. 음위니는 아리야가 잠금 해제한 내 체내의 지나리야 기술에 몸이 적응해가는 것일 뿐이라고 말했다. 하지만 그렇든 아니든 무슨 상관인가? 그렇다 한들 조금이라도 나을 게 없었다. 느낌이 어찌나 지독한지 지구가 언제든지 날 우주로 휙 던져버릴 것만 같은 기분이 계속 들었다.

나는 눈을 감았고 그러자 또다시 뚝 떨어져내려가는 느낌이었다. 또 다른 악몽 속으로 말이다. 1년 전부터 꾸어온 악몽. 이제 나는 도로 세 번째 물고기호에 탑승해 있고 식당의 식탁 앞에 앉아 있었다. 입에 문 달콤한 우유 계통 디저트 맛이 느껴져왔다. 내 에단은 내 손안에. 그 기이한 황금 구슬이 삐죽삐죽 모가 난 정육면체형 금속 외피 속에 원래대로 들어앉아 있는 채였다. 도로 완전해져 있었다. 그리고 나는 헤루를 바라보고 있었다. 오치제를 발라 붙인 내 땋은 머리 가닥들이 우리 집안 전통을 반영한 오목 볼록 세모꼴 문양으로 땋여 있다는 걸 알아차려준 그 아름다운 남자애를. 헤루가 소리 내어 웃자 희끗희끗한 게 섞인 까만 머리가 흘러내려 한쪽 눈을 가렸다. 헤루는 내게 눈길을 스쳤고 나는 미소 지었다. 그런데 그때 그 애의 가슴이 왈칵 벌어지고 따스한 피가 내 얼굴에 뿌려져 나는 나 자신의 내면으로 달아났다. 떨면서, 소리 없는 비명을 지르면서, 무너지면서. 모두 다 죽었다.

식당은 붉게 물들어갔다. 심지어 공기마저도 불그레했다. 거기에 오크우가 있었다. 헤루 뒤에. 피 냄새가 맡아져오는데 입 안에 머금은 달콤한 우유 디저트 맛을 느끼는 채로 그랬다. 모두 다 죽었다. 나는 살아남아야 했다. 나는 천천히 일어서서 손에 든 에단을 꽉 그러쥐었고 그렇게 몸을 돌리자 마주보게 된 것은 한 메두스가 아니고 뿌리집 제일 깊숙한 토방에 웅크려 피한 우리 가족들이었다. 맨 밑층 그 커다란 방에, 식재료와 소모품들을 모두 보관해두는 거기에.

피 냄새는 연기 냄새로 바뀌었다. 악몽에서 악몽으로 꿈이 바뀌었다. 내 눈이 처음 가닿은 건 구석에서 비명을 지르는 우리 큰언니였다. 길고 긴 언니의 머리카락에 불이 붙어 불길이 치솟았다. 나는 콜록거렸고 이어서 정신없이 전후좌우를 돌아보면서 내 살이 타들어오는 냄새를 맡게 되길 기다렸다. 왜냐하면 불길이 지하실 전체를 점점 삼키고 있었기 때문이다. 이제 우리 식구들은 전부 나를 둘러쌌다. 우리 아빠, 형제자매들, 사촌 몇 명, 아주머니, 아저씨, 남녀 조카 애들이 비틀거리고 몸부림치고 불에 타서 움직임 없이 쓰러져 있었다. 모두 다 불탔다. 살아 있든지 이미 죽었든지 간에.

나는 신음했다. 살이 너무 뜨거웠다. '나도 죽게 해주세요.' 나는 생각했다. 더 심하게 타버리기를 기다리고 바랐다. '우리 가족이.' 그렇게 되기는커녕 우리 가족을 집어삼킨 불길은 나를 물어뜯길 그만두고 사그라져갔다. 불길이 잦아들었다. 이제는 살이 타는 지독한 냄새는 나지 않았다. 불은 나무 같은 냄새를 풍겼고 그 한가운데는 빛이 나는 루비를 쌓아놓은 것처럼 보였다. 만물이 출렁거리며 물결쳤고 그것들이 다시 제자리를 찾자 보이는 게 한결 실제 같아 보였다. 불그레한 빛도 어려 있지 않고 무척이나 견고하고 선명해서 내 몸 아래 마른 땅의 촉감이 느껴지고 앞에 있는 불에 손을 내밀어 온기도 받을 수 있었다.

내 오쿠오코가 분노로 용틀임하는 게 막연하게나

마 느껴졌다. 나는 손을 올려 그것들을 꽉 붙들어 꿈틀거리는 걸 진정시키려고 했다. 이 모든 것들이 혼란스러웠다. 지금 막 내 친구들이 죽었던 그때의 플래시백에서 빠져나온 참인데 이제 지나리야는 또다시 나에게 억지로 역사를 체험시키려 했다….

* * *

늙은 남자의 이름은 '자리를잘잡아라'라고 했다. '자리를잘잡아라'는 가느다란 담뱃대를 입에 문 채 다섯 명의 다른 노인들 앞에 서 있었다. 그 연기에선 진하고 좋은 냄새가 났는데 불에서 오르는 연기와 섞이자 냄새가 고약해졌다.

"얼뜬 계집애요." '자리를잘잡아라'가 말했다. "칸데는 사자가 보기 좋게 빙긋이 웃어주면 쫓아가서 죽기라도 할 그런 계집애 아뇨."

함께 있던 이들 중 남자들은 모두 껄껄 웃고 고개를 끄덕였다.

"될 말인가. 일족의 운명을 계집애 하나의 손에 맡

기다니. 우리 꼴이 뭐가 되겠소?"

"하지만 그쪽에서 당초에 칸데에게 온 건데요." 기
다란 다리를 엇매껴 책상다리를 하고 앉은 키 큰 남
자가 말했다. "그리고 툭 털어놓고 말해서 그런 것들
이 그래 여기 우리한테 찾아왔다손 치면 다들 어쨌겠
어요? 도망칩니까? 기절할까요? 총으로 쏴보기라도
했으려나요? 한데 그 애는 어찌어찌 그이들과 말을
주고받을 줄 알게 되어서 그쪽에서 그 애를 믿게끔
한 거 아닙니까."

"그 탓에 애가 어떤 꼴이 됐는지 봐요." 그 무리의
유일한 여자가 말했다. "귀신 들린 애같이 돼버렸다
고요. 있지도 않은 것들을 보고."

"우리 손자 말이 그쪽에서 칸데 뇌에다 외계 인터
넷 같은 걸 집어넣은 셈이라던데." 또 다른 장로가 말
했다.

다시 클클거리는 웃음이 일었다.

'자리를잡아라'가 깊은 주름을 지으며 찡그렸다.
"이제는 그런 건 다 상관없소." 그렇게 뚝 잘랐다. "코
란에서 말하기를 나그네에게 친절하고 개방적으로

대하라 했지. 반겨 맞이하도록 합시다. 그 애가 우리를 소개해줄 테니 그다음부터는 우리가 맡지요."

"보기는 하셨습니까?" 남자들 중 다른 한 명이 물었다. "아름답습니다. 특히 햇빛을 받으면요."

"그게 다가 아니라 조각조각 잘라서 돈으로 만들면 백만금의 값어치가 있기도 하겠지요." 누군가가 말을 보탰다.

웃음소리.

"이 지나리야들, 이이들은 외계인이오." '자리를잘 잡아라'가 말했다. "조심스럽게 굽시다들."

마치 내가 이 남자들과 여자 한 명과 함께 앉아 있는 것 같았다. 그이들이 지나리야를 놓고 하는 이야기들을 들으면서 말이다. 마른 덤불 뭉치 뒤에서 뭔가 움직이는 게 있어 눈이 그리 갔는데 누군가가 천천히 뒤로 빠지더니 곧 달아나버리는 걸 분명히 본 듯했다.

"칸데는," 한 여자 목소리가 말했다. 내 주위 사방에서 들려오는 것만 같았다. "잘한 거예요. 담배 피우기를 좋아하는 어린애치고는 말이에요."

나는 찡그렸다. 이 모든 말 같지도 않은 소리를 닥치게 하고 이렇게 고함지르고 싶었다. "외계인하고 담배 피우는 것하고 무슨 상관이야?" 하지만 그때 둥글게 모여 앉은 사람들 가운데서 무언가가 통통 튀어 돌아다니는 게 보였다. 커다란 빨간색 공이었다. 그 공은 소용돌이치는 흙먼지 속으로 사라졌다가 곧 도로 땅바닥을 치고 튀어 올랐다. 그것이 나에게 굴러오더니 납작해져서 모래에 사탕 같은 빨간 단추가 박혀 있는 것같이 되었다.

　나는 그것을 응시했다.

　"그걸 눌러." 내 앞에 깔끔하고 신중한 녹색 글자로 이런 말이 떠오르는가 싶더니 곧 연기처럼 꺼져 사라졌다. 음위니가 지나리야를 통해 나에게 말을 하고 있는 것이었다.

　나는 주먹으로 그 단추를 눌렀다. 딱딱한 감촉이 얼핏 느껴지는 듯도 했다. 낮게 기분 좋은 딸깍 소리가 났다. 모든 것이 조용해졌다. 사막을 건너 휘돌아부는 실바람 소리 말고는 아무 소리도 나지 않았다. 나는 이마를 모래에 대고는 다시 흐느껴 울었다.

"일어설 수 있어?" 내 옆에서 무릎을 땅에 짚은 음위니가 물었다. "멈췄어?"

나는 고개를 들고 그 애를 올려다봤다. 음위니의 북슬북슬한 적갈색 머리카락은 온통 모래 범벅이었고 뒤쪽으로 길게 늘인 머리 가닥은 내 무릎 옆 땅에 끌리며 더한층 모래를 묻혀 모으고 있었다. 그 애 뒤로 세상은, 파란 하늘은, 태양은, 또다시 확장되어가기 시작했다. 하지만 전처럼 지독하진 않았고 내가 사랑하는 모든 것들의 죽음을 눈앞에 보고 있지도 않았다. 하지만 나는 이미 알았다.

나는 입을 벌렸고 소리 질렀다. "다들 죽었어!" 나는 옆으로 굴렀다. 내 머리의 다른 부분을 모래에 짓비볐다. 얼굴을 모래에 묻고 그 열기를 살갗에 느끼고 모래를 뱉어내면서 나는 통곡했다. "우리 가족!!!! 나 죽을 거야! 모두 다 죽어버렸어! 왜 난 살았지? 아아아아아!" 혼자 몸을 꽁꽁 웅크려 눈을 짓감고서 나는 흐느끼고 또 흐느꼈다. 내 어깨를 꾹 누르는 음위니의 손이 느껴졌다.

"빈티." 그 애가 말했다. "너희 가족은…"

"하지 마! 날 그냥 둬!"

음위니가 성이 나 잇새로 숨을 빨아 마시는 소리가 들렸다. 그러고 나서는 분명 자리를 뜬 모양이었다.

그 애가 얼마나 오래 날 그대로 놔두었는지 모르겠지만 결국 나를 부축해 일으켜 앉힌 뒤에는 내게 더 이상 싸울 만한 기운도 남아 있지 않았다. 나는 그렇게 축 처져 있었고 뜨거운 햇볕이 내 어깨를 때렸다.

음위니는 심기가 불편한 모습으로 내 맞은편에 앉아있었다.

"이제 난 집이 없어졌어." 내가 말했다. 머리 위 오쿠오코가 꿈틀거리는 게 느껴졌다.

"아, 너는 속에 메두스가 들었구나." 음위니가 말했다.

"난 힘바 사람이야." 내가 되쏘았다.

"빈티, 가족들은 살아 있을 거야." 음위니가 말했다. "우리 마을에 남아 계신 네 할머니가 오셈바의 네 아버지와 통신하셨어."

나는 음위니를 빤히 쳐다봤다. 내 속을 관통하는 분노의 섬광을 억제하려 애썼다는 데에 몸서리치면

28

서…. 억제가 되질 않았고 분노는 메두스 기체처럼 왈칵 뱉어져 나왔다. "갇혀버린 걸 봤다고…. 내가 봤단 말야!" 나는 소리쳤다. "우리 가족들이 부, 부, 불 붙어 타는 냄새를 내가 맡았다고!"

"빈티." 음위니가 말했다. "명심해. 너는 이제 막 잠금 해제가 된 거라고! 그리고 너한테는 그 메두스 피가 있잖아. 네가 자면서 끙끙 앓는 소리 하는 거 다 들었어. 작년에 그 배에서 일어났던 일에 대한 얘기 말이야. 그리고 우린 이렇게 사막에 나와 있잖아. 지친 상태고 너희 집에서는 멀리 떨어졌고. 넌 온통 헷갈리고 있는 거야. 네가 보는 건 더러는 통신이고 더러는 지나리아가 너에게 알려주고 싶은 것을 보여주는 것이지만 어떤 건 환각이야. 악몽이라고."

나는 한 손을 쳐들어 음위니를 조용히 시키고 턱을 가슴에 박았다. 지금은 너무 기진맥진했다. 눈물이 샘솟았다. 내가 본 건 전부 정말이지 진짜 같았다. "난 아무것도 모르겠어." 내가 나지막이 말했다.

음위니가 나를 보고 있는 게 느껴졌다. "너희 아버지는 쿠시족이 오크우를 쫓아왔다고 그랬어." 그 애가 말했다. "무슨 일이 일어났는지는 모르셔."

"누가 모른다는 거야?" 내가 물었다.

"네 할머니하고 아버지하고. 분명히 너도 알고 있겠지만 네 친구 오크우는 저 혼자 작은 군대 하나 몫이지. 싸움이 시작되었을 때 너희 가족들은 뿌리집으로 피신했어."

"그러니까 지하실에 있는 건 맞네." 내가 중얼거렸다. "그 부분은 진짜지."

"그래."

나는 아버지가 할머니와 지나리야를 통해 이야기 나누었다는 얘기를 소화시켜야만 했다. "언제야?" 내가 물었다. "아버지가 할머니랑 언제 말씀 나누셨대?"

"네가 잠금 해제 되자마자 금방."

"오크우에게 일이 생긴 걸 느끼자마자 금방이구나." 내가 말했다. "그러면 어쩌면…."

"나는 몰라, 빈티. 모르는 일이야. 때로는 지나리야 통신이 일어날 때 시간은 상관이 없기도 하거든. 이제 알게 될 거야."

"몇 시간 전에 얘기해줄 수 있는 일이었잖아."

음위니는 멈칫 하더니 입을 꾹 다물었다. "나한테 말 말라고 하시길래. 네가 그 소식을 들어서 좋을 게 없다고들 생각하신 거지."

내가 그 점에 대해 아무 말 하지 않으니 음위니가 말했다. "집에 가서 식구들을 구할 마음이 있거든 이렇게 시간을 허비해선 안 돼."

나는 음위니에게 눈을 부라렸다.

"그런 눈으로 날 보지 마." 음위니가 말했다. "너의 메두스 분노 과녁은 저쪽에 두도록 해." 그 애는 우리 앞길을 가리켰다. "어젯밤에 나는 뭐든 내가 하고 싶은 대로 할 수 있을 줄 알았지. 그런데 그게 아니라 여기 와 있잖아. 너를 평화의 장소는 절대 아닐 곳으로 데려다주려고 말이야. 그리고 난 너희 가족들이 걱정돼. 내 딴에는 최선을 다하고 있다고."

나는 손으로 얼굴을 쓸어 눈물을, 땀을, 콧물을 닦아냈다. 그러다 얼굴에 바른 오치제까지 잔뜩 닦아내고 만 것 같다는 생각이 들어 그만 멈칫했다. 콧방울을 씰룩이며 한숨을 내쉬었다. 모든 것이 다 너무나도 엉망이었다. "꼭 네가 나를 데려다줄 필요는….."

"데려다줘야 하고 데려다줄 거야." 음위니가 말했다. "내가 무슨 생각하는지 알고 싶어?" 그 애는 나를 잠시 찍어 보았다. 분명 그냥 말 안 하는 편이 나을지 마음을 정하려고 하는 거였다.

"말해봐." 내가 재촉했다. "꼭 들어보고 싶으니까."

"너는 전부 다 되어보겠다는 열심이 지나쳐. 모든 사람에게 다 잘하겠다고 말이야. 힘바, 메두스, 에니 지나리야, 쿠시 대사. 그렇게는 안 돼. 너는 조율사야. 우리는 안정돼 있고 단순하고 명확하기에 평화를 불러오는 거라고. 지구로 돌아온 이래로 네가 불러온 건 뭐였어, 빈티?"

나는 노골적으로 음위니를 쏘아봤다. 젖어 있는 내 얼굴에 부는 뜨거운 실바람이 싸늘했다. 내 오쿠오코는 용틀임을 멈추었다. 나는 팍 쭈그러든 느낌이었다. "난 우리 가족을 찾아야 해." 쉰 목소리로 말했다.

음위니가 끄덕였다. "알아."

나는 주황색 치마 양 끝을 부여잡고 똑바로 앞을,

우리가 가게 될 그 방향을 바라보았다. 내가 뻔히 보고 있는 앞에서 세계는 원래대로인 채로 확대되어가는 듯했다. 마치 현실이 호흡을 하는 것처럼. 그야말로 당황스러운 광경이었다. 나는 몇 번인가 심호흡을 하면서 살짝 통제를 풀어 나무 되기를 했다. "모든게… 아직도 더 커져가는 것처럼 보여." 내가 말했다. 나는 처음으로 음위니를 정면으로 쳐다보았다. "이… 이상한 소리처럼 들리겠지만 정말로 내가 보고 있는 게 그래."

음위니는 나를 보고 이맛살을 찌푸렸다. 그 기다랗고 한데 엉킨 머리 가닥을 왼손으로 비틀면서 몸집 작은 갈색 들개 두 마리를 병사처럼 양옆에 앉혀놓은 채로. 그러다 음위니가 말했다. "너를 집에 데려다줄 순 있어. 하지만 어떻게… 어떻게 해야 너에게 도움이 될지는 나도 몰라, 빈티. 나는 굳이 '활성화'를 시켜야 했던 것도 아니라서 말이야. 네가 어떤 일을 겪고 있는지 난 아예 몰라."

나는 내 붉은 주황색 상의 앞섶을 부여잡고 오셈바에 남겨두고 온 우리 가족을 생각하며 끙끙 앓았다.

온종일 길을 온 뒤 또 밤새 걸은 터라 우리는 다음 날 갈 길을 많이 간 후였다. 태양이 가장 높은 곳에 오르자 우리는 조금 쉬고자 천막을 치고 들어갔다. 모래 폭풍이 들이닥쳤을 때 우리는 마침내 잠이 든 터였다. "내가 너무 과하다고 생각하는 줄 알아. 그치만…."

"난 그런 말 하지 않았어."

나는 음위니를 째려봤다. "했으면서. 염려 마. 나한테 이런 일이 생긴 게 처음은 아니니까." 잠시 눈을 꽉 감으면서 내가 말했다. 눈을 떴을 때는 기분이 좀 나아졌다. "계속 가자. 오늘도 밤길을 가도 되잖아."

내가 일어나려 하자 음위니는 잽싸게 일어서서 말했다. "안 돼. 쉬어."

"난 괜찮아." 내가 말했다. "잠깐만 시간을 줘. 그러면 금방 길을…."

"빈티, 그만 갈 거야. 너는 쉬어야 해. 지나리야는…."

"그렇지만 만약에 다들 지하실에 있는 거면…." 다시 덜덜 떨려왔다. 나는 양손을 쥐어 비틀었고 심장

34

이 빠르게 뛰었다.

"거기서 무슨 일이 일어나고 있든 간에 우리가 멈출 순 없어." 음위니가 말했다.

나는 일어나려고 했고 음위니는 한 손을 내 어깨에 얹어 꽉 눌렀다. 나는 대항하고 싶었지만 그 현기증나는 감각이 되살아나 할 수 있었던 것이라고는 흙바닥에 옆으로 구르는 것뿐이었다. 과녁을 잘못 잡은 격분에 몸서리치며 내 오쿠오코가 또다시 꿈틀거리는 채로.

"우리는 빨리 가고 있어. 하지만 아직 하룻길은 남았어." 음위니가 말했다. "빈티…. 진정해. 숨 쉬어."

"이 바깥에 들짐승들이 있는데도? 걸음이 늦어지면 늦어질수록 위험한 일은 더 많을 거야…."

"들짐승들은 나한테 위협이 안 돼." 음위니가 태연히 말했고 내 눈을 어찌나 깊이 들여다보았던지 나를 둘러싼 모든 것이 떨어져나갔다. 내 오쿠오코는 어깨에 내려앉고 등 뒤로 처졌다. 내가 아직까지 제어법을 배우는 중인 메두스의 분노가 아침 햇살을 맞이한 시원한 공기처럼 사라져갔다. 조율사가 조율사의 눈

35

을 응시하는 것은 둘도 없는 경험이다.

우리는 거기서 묵었고 더 이상 말은 주고받지 않았다. 야영할 자리를 만들었다. 신선한 먹거리를 찾을 수 있을까 하여 음위니는 한 시간 동안 사막으로 걸어나갔고 적은 수의 들개 무리가 호기심 많은 아이들처럼 음위니를 쫓아갔다. 나로서는 반가웠다. 나는 조용한 시간이 절실했다. 혼자서 그…것을 마주해봐야 했다.

"배우는 게 아니야." 음위니가 가면서 말했다. "이젠 네 일부라고. 직감해."

그거야 알 수 있었다. 나는 열린 천막 아래 라피아로 짠 자리에 앉았다. 나는 1년도 넘게 내 에단을 연구해왔다. 사막의 신비로운 장소에서 발견한 신비로운 물체로, 용도가 무엇인지 나는 모르고 어떤 기능이 있는지도 애초에 우연히 알게 되었던 그것. 내 목숨을 구해준 물건이고 움자 대학행성에서 내 전공 공부의 핵심이었으며 이제는 서른 개쯤 되는 세모꼴 금속 파편들과 황금 구슬 하나가 되어 주머니에 들어 있는 그것. 암, 물건을 직감으로 다루는 일이야 내가 잘 알지.

나는 양손을 올려 내 앞에 솟아난 희미한 가상 입력기를 써서 음위니의 이름을 치고 오치힘바로 "안녕"이라는 단어를 쳤다. 그런 다음 음위니의 모습을 그렸다. 사구를 넘어가 모습이 보이지 않게 되었으니 십중팔구 그 사구 뒤에 있을 터였다. 음위니의 모습을 마음속에 그려보기에 앞서 그 애가 가깝다는 것, 정신이 팔팔하게 깨어 있다는 것이 느껴졌다. 그 애는 자기 있는 곳에 있으면서도 줄곧 내 상태를 보고 있었다. 이것은 내가 그냥 추측한 것이 아니다. 실제라는 걸 확실히 알 수 있었다. 음위니의 응답은 내가 친 글과는 서체가 다른 녹색 글자들로 내 앞에 떠올랐다. 단정하지만 편안한 글자체로, 오치힘바로 이렇게. "괜찮아?"

"응." 내가 응답했다.

그런 다음 또다시 나는 아버지에게 닿으려고 해보았다. "아빠." 나는 썼다. 마음속에 우리 아버지의 모습을 그린 채로 그 붉은 단어들을 밀어 보내려 했다. 단어들은 벽에 붙박인 것 같았다. 보내기는커녕 조금 움직일 수조차 없었다. 양손을 저어 단어들을 지웠다. 나는 그러고도 다섯 번을 더 시도해보고야 포기했는데 갈수록 마음이 더 초조해져서 글자 모양이 점점 더 허술해져갔다. 뺨에 흐른 눈물을 닦고는 내 정신이 도로 캄캄해지기 전에 오크우에게 닿으려고 정신을 뻗어보았다. 다섯 차례. 이번에도 아무 성과가 없었다.

두 눈을 훔치다 손등에 눈이 갔고 몇 시간 만에 처음으로 보게 된 것이었는데 거기에 오치제가 하나도 안 발려 있다시피 하다는 걸 깨달았다. 나는 헉 숨을 삼키고 얼굴을 만져보고 팔과 다리를 보았다. 폭풍에 몰아친 모래가 오치제를 거의 다 벗겨가버렸다. 음위니하고 이야기할 땐 이 얘기가 없었다. 어쩌면 음위니는 눈치채지 못했을 수도 있었다. 나는 비명을 지르고 싶은 기분으로 허둥지둥 손가방을 뒤졌다. 반 단지쯤 있었다. 지구에 도착했을 때는 추가로 더 만들 시간이 있을 줄 알았다.

나는 단지를 응시했다. 그 붉은색 반죽은 뿌리집 근처에서 파낸 점토로 만들었으면 나왔을 것만큼 진하진 못했다. 어른 여자든 여자아이든 힘바 여자가 만든 오치제와는 다른 물건이다. 내 것은 다른 행성에서 났다. 나는 그걸 코에 대고서 진한 향기를 맡았고 그러자 내가 점토를 채집한 숲의 키 큰 나무들이며 그곳 수풀 속에서 먹을거리를 뒤지던 돼지 비슷하게 생긴 생물이 눈에 선했다. 옥팔라 교수님 얼굴이 떠오르고 역 곁에 자라난 거대한 던지기 식물들이, 하이파와 완 같은 내 동창들이 떠올랐다. 그러면서도 뿌리집의 모습도 선히 보였다. 그리고 우리 식구들 얼굴이랑 먼지 풀풀 나는 오셈바의 길들과 잔잔한 호수도 보였다.

얼굴에 그것을 문질러 바르면서 나는 사막을 내다보았다. 건조하고 광대하고 거칠 것 없는 곳. 나는 호흡을 제어하고자 깊이 숨을 들이마셨다. 눈물은 이제 그만. 지금 얼굴에 칠한 오치제가 씻겨나갈 테니까. 그런 다음 나는 세 번째 물고기호에서 내 에단을 가지고 무의식적으로 해냈던 일을 했는데 이번에는 에단에 말을 건 게 아니라 지나리야에 걸었다. 그랬더니 그것이 응답했다. 대답은 부드럽고 상냥했지만 나는 청정무구한 아기의 정신을 가지고 있지 않았다. 나는 열일곱 살, 우리 가족 중 막내 바로 위 딸이고 우리 공동체의 차기 조율사로 낙점된 사람이었다. 하지만 그 대신에 지구를 떠나 움자 대학행성에 가기를 선택했고 그런 내 선택 때문에 하마터면 죽을 뻔했다. 나는 살았고 그다음에는 배웠다. 아주 많이 배웠다. 지나리야와 연계되는 것은 내 모든 감각들을 압도하는 것이었다. 저 멀리 꺼먼 굴 입구가 뻐끔 입을 벌려 지는 해의 부드러운 빛을 삼켜버리는 게 보였다.

무슨 일이 있었던 건지 나는 모른다.

음위니가 한 시간 후에 죽은 토끼 두 마리를 지고 돌아왔다. 그 애가 와보니 내가 깔개 위에 쓰러져 입가에 게거품을 물고 있었단다. 나는 메말라 더께가 진 눈으로 음위니가 다가오는 것을 보고 있었다. 내가 할딱이며 그 애 이름을 부르고 이제 내 무릎 위에 부유하고 있던 가상 기기에 쳐 넣자 내 앞에 빨간색으로 단어가 보였다. 그 이름이 둥둥 떠가더니 음위니 머리 위에 가 붙었고 촛농처럼 녹아서 그 애 속으로 스며들어갔다. 내가 끙끙 신음하자 그 신음 소리가 의성어 글자가 되어서 내 입에서 나와 모래 위로 애벌레처럼 꾸물꾸물 기어갔다. 마치 지나리야가 맘먹고 나를 조롱하는 것 같았다.

모든 게 너무 버거웠는데 내가 좀 괜찮아져보려고 나무 되기를 시도하자 나의 세상은 너무나도 많은 숫자들로 꽉 찼다. 말벌 집을 걷어찬 줄 알았다. 주위가 보이지도 않을 정도였고 화가 나는데 그럴수록 숫자들 중 일부는 한층 공격적으로 내 주위에 왱왱거리고 나에게 확 날아오는 것이었다.

"나 내일 어떻게 일어나지?" 내가 소곤거렸다. "우리 식구들…, 내가 어떻게." 나는 울기 시작했다. 그러면 오치제가 더 씻겨나갈 거라는 걸 알면서도 말이다. 나는 음위니를 외면했다. 이렇게 벌거숭이가 된 나를 그 애가 본다는 생각을 하면 소름이 끼쳤다. 들개 한 마리가 종종걸음으로 뛰어와서 내 오쿠오코 냄새를 맡았다. 음위니가 자기가 잡아온 큼지막한 토끼 두 마리를 내려놓는 기척이 있었고 내 귀에 들린 작은 킹킹 소리는 그 애가 개들에게 토끼를 건드리지 말라고 이르는 소리인 것 같았다.

"뭐가 보이긴 해?" 그 애가 물었다.

"아니." 내가 말했다.

음위니는 성가신 듯 혀를 찼다. "일어나, 빈티."

"못 일어나." 나는 더 심하게 울었다. 그러다 오치제 생각이 들어서 엉엉 울던 울음이 훌쩍거리는 울음으로 바뀌었다. 다른 개 한 마리가 나를 깔고 앉는 게 느껴졌고 음위니가 저쪽으로 가는 기척이 났다. 그러고 나서는 내가 잠들어버렸던 모양인데 왜냐하면 잠에서 깨었을 때 고기 익는 냄새를 맡았기 때문이다. 배 속에서 꼬르륵 소리가 났고 나는 천천히 일어나 앉았다. 나를 깔고 앉았던 개도 잠이 들었던 게 틀림없다. 그놈은 이제야 느릿느릿 내 다리에서 걸어 내려갔다.

나는 주위를 둘러보았다. 나의 세계는 안정을 찾았다. 팽창하고 있지 않고, 숫자들이 나와 있지도 않고, 내가 내는 소리 하나하나에서 통통 튀고 꾸물꾸물 기어가고 스며들고 스며 나오고 하는 단어들도 없었다. 저 멀리에 구멍이 빼꼼 입을 벌리고 있지도 않았다.

지구가 제 표면에 붙어 있는 나를 우주로 휙 뿌리쳐 버릴 것 같은 기분도 들지 않았다. 나는 안심이 되어 앉은 채로 등을 기댔다. 캄캄한 밤이었다. 하늘에 두꺼운 구름장이 덮여 있었다. 우리 낙타 라쿠미는 근처에서 휴식 중으로, 없었던 안장이 그 옆 땅에 놓여 있었다. 음위니는 자기가 피운 불 앞에 앉아서 음식을 먹는 중이었다. 어둠 속에서 그 불은 환대의 등불이었다. 나는 일어섰고 머뭇거렸다.

"나는 힘바 사람이 아니야." 음위니가 눈길은 불에 그대로 둔 채 말했다. "너희 종족의 오치제는 내게는 치장으로 보여. 너 벌거숭이같이 보이진 않아. 와서 먹어. 오래 머물지 않을 거니까."

아무리 그래도 주춤주춤 그 애 있는 데로 가면서 나는 민망한 생각에 얼굴이 화끈거려서 옆걸음질 칠 수밖에 없었다. 나는 음위니 바로 옆에 가 앉았다. 이래야 음위니가 나를 보기가 더 어려울 것이기 때문이었다. 시선을 들자 불 건너편에 개들이 첩첩이 몸을 겹치고 드러누워 있는 걸 알 수 있었다. 자잘한 뼈들이 한 무더기 그놈들 곁에 있었다.

"쟤들 들개 아니야?" 내가 물었다.

"들개지." 음위니가 말했다.

"그런데 왜 아직도 여기 있어?"

음위니는 어깨를 추썩였다. "불이 뜨뜻하고 나도 맘에 들고." 음위니는 내 쪽을 돌아봤다. 갑자기 쳐다보는 바람에 깜짝 놀라서 나는 눈을 흡떴고 양팔을 가슴앞에 엇갈리면서 본능적으로 상의에 얼굴을 처박으려 했다. 정말이지 한심한 행동이라 음위니는 피식하더니 깔깔 웃었다. 어쩌다 보니 나도 웃으면서 그 애를 마주보고 있었다. 음위니의 미소는 근사했다.

음위니는 도로 불을 바라보며 말했다. "그리고 내가 잡은 토끼 한 마리 쟤들 먹으라고 줬거든."

나는 다시 까르르 웃었다.

"서로 합의를 한 거지." 음위니가 말을 이었다. "내가 먹을 것을 주고, 쟤들은 남아서 너랑 나랑 조금 더 잠을 잘 동안에 몇 시간 파수를 봐주고."

"쟤들이 그러자고 그래?"

음위니가 고개를 끄덕였다. "들개는 자유분방하고 장난기 많지. 일단 날 공격 안 하게 설득만 하면." 음위니가 말했다. "쟤들 배가 꺼지고 우리 불이 죽을 때까지는 시간이 있을 거야. 오늘 밤에 다른 위험한 들짐승들이 많이 있을 것 같진 않아. 하지만 빈티, 너희 고향에 분명 무슨 일이 일어나기는 났어⋯. 어쩌면 너희 고향에만 일이 난 건 아닐지도 몰라."

'게다가 혹시 그게 나 때문이면 어떡해?' 나는 생각했다. 음위니도 그 생각을 했을지 모른다. 왜냐하면 먹먹히 수심에 잠긴 모습이었기 때문이다. 몇 분 동안 우리 둘 다 말이 없었다.

내가 화제를 바꾸었다. "내 제일 친한 친구 델레가⋯ 으음, 전에는 나하고 제일 친한 친구였던 애인데." 내가 불 속을 응시하면서 말했다. "이제 걘 내가 친구라고도 생각 안 하는 것 같지만."

"그거 안됐네." 음위니가 말했다.

"뭐 괜찮아." 내가 말했다. "친구들이야 떠났을 때 전부 잃은 걸로 생각하고 있으니까." 우리는 잠시 가만히 있었다. 내가 말을 이었다. "델레는 언제나 힘바족의 옛 방식에 마음을 기울이는 애였어. 모르는 게 없고. 그 애가 늘 나한테 일깨워준 게 힘바족은 불을

45

성스럽게 본다는 거야. 일곱과 소통하는 매개체라고 말이지. 뭐라고 했더라…. 오쿠루워, 성스러운 불. 그래, 오쿠루워야." 나는 한숨지었다. 불의 따사로움에 두 다리도 얼굴도 따끈따끈해졌다. "달 축제 기간 동안 나는 델레와 나란히 앉아 있곤 했지. 다른 여자애들 남자애들도 같이. 모두들 노래를 부르고 있을 때 나는 꼭 불 앞에서 춤을 추고 싶었어. 난 항상 일곱께서는 노래보다도 춤과 숫자들을 더 좋아하신다고 생각했거든. 내가 숙련 조율사 감으로 낙점을 받고 나니까 델레는 날 보고 내가 춤을 추면 위신이 깎인다고 그러는 거야." 나는 눈살을 찌푸렸다. 마지막으로 델레와 이야기했을 때 델레는 차기 힘바족장이 되고자 견습 중이었고 나를 보기를 엇나간 아이 보듯이 했다.

"우리들 에니 지나리야에게도 불은 신성해." 음위니가 말했다.

녹색을 띤 큼지막한 무언가가 붕 하고 내 귓전을 스쳐 가더니 불 위에 잉잉거리며 한 바퀴 원을 그리곤 냅다 불 속으로 뛰어들었다. 작게 펑! 소리가 나면서 불티가 팍 터져 흩어졌다.

"뭐지?" 나는 펄쩍 뛰어 일어났다.

"앉아." 음위니가 말했다. "봐봐."

나는 앉지 않았다. 하지만 잘 보기는 했다.

1초 후에 토마토 한 알만 한 크기로 주황색과 노란
색과 빨간색 불티 덩어리처럼 보이는 것이 불에서 휙
날아 나오더니 새까만 밤하늘로 수직 상승했다. 그러
곤 소리 없이 불이 꺼졌다.

"너도 사막에 더러 나와 있어본 줄 알았는데." 음위
니가 말했다.

"낮 동안만이었어."

"아아, 그래서 이카루스를 본 적이 없었구나." 음
위니가 말했다. "이카루스는 커다란 메뚜기인데 불에
날아 들어가길 잘해. 날아 들어갔다 날아 나와서 불
로 된 새 날개로 춤을 추지. 그러곤 날개를 잃고 땅
으로 떨어져. 며칠 있으면 날개가 새로 자라거든? 그
러면 또 똑같이 해. 지나리야가 말하기로는 오래전에
어떤 여자가 유전적으로 조작을 해서 애완동물로 키
우던 거래."

나는 날개가 없어진 메뚜기를 찾아 주위를 둘러보았다. 그놈이 눈에 띄자 달려가서 잡았다. 집어 올려 가까이 보았다. 탄내가 났다. "괴상하네." 그놈이 폴짝 뛰어 내 손에서 벗어날 때 내가 소곤거렸다. 그놈은 날개 없이 사막으로 폴짝폴짝 뛰어가 어둠에 묻혔다.

"혹시… 혹시 넌 저것들하고도 조율이 되니? 왜 그렇게 하는지 물어볼 수 있어?" 불가로 돌아오며 내가 물었다.

"뭐하러 굳이. 자기들이 왜 그러는지 알기나 하려고? 과학으로 프로그램된 대로일 거야."

"어, 그럴지도 모르지." 내가 말했다. "하지만 저희들끼리는 어떻게든 합리화를 하려고 할걸? 분명히."

"그 말은 맞네. 언제 한 마리 만나서 물어볼게."

나는 내 자리에 앉았고 그러는 사이에 음위니는 양손을 앞으로 가져가 움직이더니 물었다. "지금 기분은 어때?"

"누가 알고 싶어 하는데?" 내가 물었다.

"너희 할머니."

48

"왜 나한테 안 물어보시고?"

음위니는 고개를 외로 꼬곤 웃었다. 그러고는 다시 손을 움직였다. 몇 초 안 되어서 내 세계가 팽창하기 시작했고 나는 비명을 질렀다. 사막 깊은 곳에서부터 들짐승들이 떼를 지어 우르릉 꽈르릉 쇄도해오는 것처럼 단어들이 닥쳐왔다. 그것들이 나를 치어버릴 것만 같아서 몸을 지키려고 양팔을 쳐들었다. 태양 빛처럼 밝디밝은 그 단어들은 이랬다. **"너 괜찮으냐?"**

"괜찮아요." 내가 숨죽여 말했다. 여전히 팔을 쳐들고 그 뒤에 숨은 채였다. "나 괜찮다고 말씀드려줘."

단어들은 꺼져갔지만 세계의 팽창은 멈추지 않았다. 나는 땅에 손을 대었다. 서늘한 모래를 움켜쥐고 양발을 박아 넣었다. 조금 기분이 나아졌다.

"아리야 말씀이, 넌 나 없을 때 지나리야 쓰려고 그러지 말래." 음위니가 말했다. "일주일 시간을 두래. 긴장 풀고 진입해야지 안 그러면 지나리야 때문에 진짜로 앓게 될 거래. 일단은 지나간 일보다 닥친 일에 초점을 맞추도록 하라고."

나는 관자놀이를 문지르면서 고개를 끄덕였다.

"내가 조율사라는 걸 어떻게 알게 됐는지 이야기 들어볼래?" 음위니가 잠시 후에 물었다.

손가락 발가락을 더 깊숙이 모래 속에 박으면서 나는 고개를 끄덕였다. 지구에서 떠나갈 것 같은 이 무시무시한 감각에서 정신을 딴 데로 돌려줄 이야기라면 뭐든 듣고 싶었다.

"내가 여덟 살쯤 됐을 때 일인데…."

나는 헉 숨을 삼켰다. "내가 내 에단을 발견한 게 여덟 살 땐데!" 내가 말했다. "그럼 넌 그때…."

"빈티, 지금부터 자초지종을 얘기하려고 하잖아. 듣기나 해."

"미안." 모든 것이 물결치기를 그쳤으면 좋겠다 생각하면서 내가 말했다.

"그러니까 내가 여덟 살이었을 때 걸어서 사막으로 나갔거든." 음위니가 말했다. "우리 가족은 으레 그러려니 했어. 내가 멀리 가지도 않고 또 낮 동안에만 오전에만 갔으니까 말이야. 난 우리 마을이 보이지 않고 소리 질러도 들리지 않는 데까지 걸어나가곤 했어."

나는 미소 짓고 고개를 끄덕였다. 그 생각이 출렁이는 세상으로부터 조금이나마 주의를 빼앗아갔다. 나 역시 어릴 때 사막으로 걸어나가는 걸 무척 좋아했다. 나는 나가면 안 되는 거였는데도 그랬다. 그리고 그로 인해 내 인생이 바뀌었다.

"그날에 나는 사막에 나와서 살살 부는 바람 소리를 들으면서 하늘을 나는 새 한 마리를 보고 있었어. 지면이 단단한 곳으로 가서 둘둘 말린 깔개를 펴놓고 앉아 있었지. 구름 낀 날이었고 덕분에 햇볕이 지독하진 않았어. 그이들이 왔는데 내 등 뒤 사구 저쪽 사면에서 온 거였어. 안 그랬으면 내가 봤겠지. 소리고 뭐고 전혀 못 들었다니까! 그렇게나 가만히 왔어. 그게 아님 뭔가 다른 까닭이 있었던 걸지도 몰라."

"뭐가? '그이들'이라니 누군데?" 내가 물었다. "다른 종족이었니?"

음위니가 끄덕였다. "하지만 인간 종족은 아니야. 코끼리 종족이었어."

나는 입이 떡 벌어졌다. "나는 한 번도 본 적이 없지만 듣기로는 인간을 아주 싫어한다며! 쿠시족 얘기

론 코끼리가 가축 치는 사람들을 죽이고 변두리 작은 마을은 깡그리 짓밟아버린다고….”

“그리고 사람이랑 마주치면 마주치는 족족 죽인다고 그러지, 응?” 음위니가 웃음을 터뜨리며 물었다.

나는 입을 꾹 다물었다. 미간을 찡그리고 긴가민가 하며 물어보았다. “아니야?”

“그렇지. 나는 사실 귀신이거든.” 음위니가 말했다.

나는 그 말에 몸서리가 났다. ‘설마?’ 하고 생각했다.

음위니가 신음했다. “너는 이만큼 겪고도 배운 게 없냐? 불과 며칠 전만 해도 너 나를 뭐라고 생각했어? 에니 지나리야 사람들 전체를 어떻게 생각하고 있었냐고?” 나는 대답을 하지 못했고 그래서 음위니가 했다. “우리가 야만인이라고 생각했잖아. 자랄 때 그렇게 믿으면서 자랐잖아. 딴 사람도 아닌 너희 아버지가 우리 종족 사람인데도 말이야. 왜 그랬는지 알잖아. 그런데 내가 지금 이 자리에서 내가 조율사인 걸 어떡하다 알게 되었는지를 얘기해주고 있는데도 그 거짓말을 못 버려서 우두커니 앉아서 내가 진짜 귀신인가 보다 생각하고 있는 거야? 그동안 들은 얘기가 틀린 얘기였던 거 아닌가 의심해보지는 않고?"

나는 피곤해져 한숨을 쉬며 관자놀이를 문질렀다.

음위니가 내 쪽을 향하고서 위아래로 나를 꼬나보고는 잇새로 쏩 하고 숨을 들이마시곤 이야기를 계속했다. 말을 하면서도 눈은 계속 나에게 두고 있었다. 아마 내가 시선을 불편해하는 걸 즐기고 있는 듯했다. "그이들이 나에게 몰려왔어." 그 애가 말했다. "제일 큰 코끼리가, 무리를 이끄는 암컷 코끼리였는데 나에게 돌진해오더라고. 사막 한복판에 앉아 있는데 코끼리들이 엄습해오는 걸 보게 되면… 항복이지 뭐. 난 여덟 살밖에 안 됐지만 그런 나라도 그건 알았어. 하지만 그 코끼리가 오면서 뭐라 하는 소리가 들리는 거야. '죽여라! 죽여버려라!' 내가 올려다보고 그이에게 대꾸했어. '왜요?!' 그렇게 소리 질렀어. 암코끼리가 어찌나 급히 멈춰 섰던지 다른 코끼리들이 달려오다가 몸으로 막 부딪혔어. 굉장한 광경이었지. 내 앞에서 코끼리들이 땅에 구르는데 모래 언덕을 굴러 내려가는 돌덩이들 같더라. 그 광경은 절대로 잊지 못할 거야.

다들 자세를 수습하고서 암코끼리가 다시금 날 보고는 말을 했어. '너는 누구냐? 어떻게 우리에게 말을 걸 수 있지?' 그래서 내가 그이에게 말했어. 난 혼자고 어린아이고 절대 코끼리에게 해코지를 하진 않을 거라고 그랬지. 다른 코끼리들은 이내 나를 관심없어 하게 됐지만 그 코끼리 하나는 뒤에 남았어. 그이와 나는 그날 종족에 대해서, 소통에 대해서 이야기를 나누었어. 그리고 여러 해 동안 우리는 서로 의기투합해서 달이 꽉 찰 때면 거기서 만났지. 몇 번은 내 쪽에서 그이의 조언이 필요해서 만나기도 했어. 우리 어머니가 아프셨을 때나 덩치도 크고 나이도 많은 우리 형들하고 다투었을 때 같은 때에 말이야."

"너 여자 형제들은?"

"난 여자 형제가 없어." 음위니가 말했다. "나는 여섯 형제 중에서 막내야. 다 남자야."

"아." 내가 말했다. "그거 희한하네."

"더 희한한 건 맨손으로 돌덩이를 쥐어 으스러뜨릴 것같이 생기지 않은 사람은 나 하나뿐이라는 거지." 음위니가 울적한 미소를 띠고 말했다. "나보다 한 살 위인 캄 형도 바로 요전에 우리 마을 씨름 대회에서 1등했는데."

음위니가 뿔을 내는 모습에 나는 깔깔 웃었다.

"아무튼 이렇게 지내면서 보름달이 아닐 때에는 내가 멀리 있는 아레화나를 부를 수 있게 됐어. 그게 그 코끼리 이름이거든. 아레화나가 나에게 어떻게 하면 되는지 가르쳐줬지. 몸집이 크고 의식이 더 깬 동물을 상대로는 그렇게 할 수 있다고 그이가 그랬어. 코끼리라든가 코뿔소라든가 혹시 바다에서 한다고 하면 고래도 부를 수 있다고.

아레화나가 나에게 가르쳐준 게 정말 많아. 내가 조율사라는 걸 깨우쳐준 것도 아레화나였지. 그리고 조율사 노릇을 어떻게 할지를 알려준 것도 그이야. 코끼리는 크고 난폭한 짐승이지만 인간들이 그이들을 다루길 그렇게 다룬 탓에 그렇게 된 것뿐이야. 폭력을 쓰지 않고는 살아남을 수 없게끔 해놓았으니까. 이 근방이나 더 깊은 내륙에 코끼리 부족들이 여럿 있지."

한 코끼리가 음위니에게 조화를 이루는 방법을 가르쳐주었고 조율로써 흐름과 수학을 유도하는 게 아니라 모든 종족에게 말을 거는 방법을 알려주었다. 누군가가 어떤 유형의 조율사가 되는가는 그 스승의 세계관에 달렸다. 나는 그저 음위니를 물끄러미 바라보면서 이 깨달음을 마음속에 굴렸다.

음위니의 부숭부숭한 붉은 머리에는 여전히 흙먼지와 모래가 잔뜩 끼어 있었지만 본인은 개의치 않는 듯했다. 하지만 짙은 고동색 피부는 말끔했고 기름이 발려 있었다. 실제로 요전에 음위니가 피부에 기름 바르는 것을 내가 봤다. 나는 그 향기를 알고 있다. 종려나무 그늘에서 저절로 나는 야생초에서 얻는 기름인데 맛도 냄새도 꽃처럼 화사해서 여자들이 더러 디저트 만들 때 향료로 쓰곤 했다. 음위니는 주머니에 넣어 다니는 조그마한 유리병에 약간 담아 갖고 있었다. 그 기름은 몇 방울만 발라도 한참을 갔다. 사막의 태양으로부터 피부를 보호해준다는 점에서 오치제와 퍽 비슷하고 바르면 자연스러운 광택이 났다. 어쩌면 이 식물의 향기도 코끼리들을 진정시키는 데

보탬이 되지 않았을까 궁금했다.

　나는 이 생각을 곱씹으면서 눈으로는 음위니를 주시하고 있었다. 나의 세상은 다시 안정되어 있었다.

* * *

　천막 안 깔개 위에 자리를 잡을 때 음위니가 밖에서 왔다 갔다 하며 작은 소리로 킹킹 짖고 헐떡이는 소리를 내논 게 들렸다. 나는 들개들이 몸을 일으키는 걸 보았다. 우리 천막은 이내 대략 여덟 마리의 개들에게 둘러싸였다. 잠을 자고 있는 놈은 하나도 없었다. 자기는커녕 개들은 자세를 세우고 앉아서 마치 보초를 서듯 밤의 어둠을 내다보았다.

　음위니가 천막 안으로 들어와 내 옆에 누웠다. "잠자는 편이 나을걸." 그 애가 말했다. "안전한 시간은 잘해야 세 시간일 거야. 그쯤 되면 쟤들이 떠나갈 테고 하이에나나 몸집도 더 크고 성질도 사나운 개들이 있다손 치면 그놈들이 슬그머니 우리를 덮쳐올 테니까."

57

음위니가 두 번 말할 필요는 없었다. 1분도 채 못 되어 잠이 나를 채어갔다.

오렌지

마을 장은 매주 사막에 섰다. 늘 한낮에, 태양이 하늘에 가장 높이 떴을 때 열렸다. 마을은 작았지만 고립되어 있지는 않았다. 먼 곳의 촌락, 소읍, 공동체들로부터 사람들이 왔다. 하지만 이렇게 연결되어 있는 공동체들은 규모가 작았고 한결같이 배타적이고 비밀스럽고 그렇게 잘 지내는 곳들이었다. 그래서 장이 제 기능을 할 수 있었던 것이다.

아이들은 휴대전화며 소셜네트워크에 사족을 못 썼다. 몇몇 아이들은 대담하게 나라 안 다른 곳에 가보려 했고 심지어 세계로 나갔다. 다시는 돌아오지 않은 이들도 제법 있었다. 하지만 대부분은 그대로 머물러 살았고 모두 다 그 지역의 비밀을 지켰다. 사진이 업로드된 일은 한 번도 없었다. 그림도 화상도 동영상도 말이다. 블로그에 올라간 일도 인터뷰를 한 일도 뉴스에 난 일도 없다. 남들에게 알릴 필요가 없었다. 나라 안 이 지역에 사는 사람들은 세상의 나머지 지역들 것을 받아들였지만 자기들끼리 꽁꽁 뭉쳐 지내며 내면으로 탐험을 했다. 이곳 사람들은 바깥으로 모험을 떠나기보다 안으로 떠나는 걸 선호했다. 안에 있는 것이 이 행성 위 다른 무엇보다도 백만 배나 더 발전된 것, 신식인 것이었기 때문이다. 안에 있는 것은 게다가 외우주로부터 온 것이었다. 그래서 나라 안 다른 지역에서는 그 우호적인 '외계인 침입'을 전혀 알지 못했다. 어느덧 우정이 뿌리를 내려 매주 열리는 장에서 보란 듯이 전시되고 있는 줄을 까맣게 몰랐다.

토마토, 양파, 말린 식물 잎, 향신료를 앞에다 무더기로 쌓아놓고 여자들이 쪼그려 앉아 있었다. 남자들은 플랜테인(바나나 비슷한 식용 식물—옮긴이)을 머리에 이고 오고 앙카라 천 여러 필을 가져왔다. 동네 이맘이 회합을 열었다. 아이들은 심부름을 하고 장난을 치느라 뛰어다녔다. 그리고 그이들 사이에 키가 스무척이나 되는, 녹은 황금으로 만들어진 것만 같은 홀쭉한 존재들이 걸어다녔다. 그이들은 햇살 아래 눈부시게 반짝여서 사람들은 더러 그 휘황한 빛 앞에 눈을 가리곤 했지만 그것만 아니면 이 외계에서 온 사람들은 쉽사리 자연스럽게 섞여들었다.

한 소녀가 그중 한 사람 곁으로 뛰어가다가 돌아서 멈춰 서서는 양손을 쳐들었다. 마구 손짓을 하더니 곧 그대로 뛰어갔다. 얌 뿌리 하나를 놓고 흥정 중인 두 여자를 둘러 가고 동네 이맘의 설교에 귀 기울이는 한 무리의 남자들 틈바구니를 비집고 지나가서는 자기를 기다리고 있던 키 큰 황금빛 사람에게 곧장 달려갔다. 소녀는 미소 지었고 칼로 껍질을 간 오렌지 한 알을 치켜들었다. "깨물어요." 그녀가 말했다. "이렇게요."

✲ ✲ ✲

입 안에 오렌지 맛을 느끼면서 깨어났다. 눈을 뜨자 나는 사막을 마주하고 있었고 꿈이 아니었던 꿈이 나에게서 저 멀리로 쭉 빠지고 있는 게 보였다. 마치 무언가가 슬금슬금 달아나는 듯했다.

"구태여 숨길 건 뭐죠?" 내가 중얼거렸다. "나에게 이야기들을 들려주고 싶으면 그냥 들려줄까 하고 물어보면 안 돼요? 난 학생이에요. 잘 들을 건데요."

나는 일어나 앉아 주위를 둘러보았다. 개들은 가고 없었다. 해는 한 시간쯤 있으면 뜰 참이었고 음위니는 이미 라쿠미에게 떠날 채비를 시키고 있었다. 나는 자세를 세우고 앉아서 한동안 지켜보았다. 음위니는 짧게 그르렁거리는 소리를 냈고 안장을 올려 묶기 전에 낙타 등을 툭툭 두드려주었다. 라쿠미가 고개를 돌려 정통으로 그를 보고 음위니가 라쿠미 눈을 똑바로 지그시 들여다본 기이한 한순간이 있었다. 그러고 나서 암낙타는 그 부드러운 입술로 음위니의 이마를 건드리곤 앞으로 고개를 돌렸으며 음위니는 안장 엎

62

기를 마무리했다.

나는 손을 뻗어 오치제 단지를 꺼냈고 그걸 눈앞에 들었다. 정말 조금밖에 안 남아 있었다. 얼마간을 얼굴에 칠하고 양팔과 다리 아랫부분에 얇게 바르면서 발에 거는 고리들에도 조금 문대었다. 우리 가족이 내가 이 모습인 걸 봤으면 기절초풍했겠지. 적어도 지금보다 좀 보통일 때에 보았다면 말이다. 나는 천막에서 기어 나가 등을 폈다. 몸이 뻣뻣했지만 그럭저럭 괜찮았다. 네 시간을 꽉 채워 잔 덕이었다.

"좋은 아침." 내가 말했다.

음위니가 돌아보고 고개를 끄덕였다. "아직은 아니지만 곧 되겠지."

"우리 오늘 종일 가면 갈 수 있을까?" 내가 물었다.

"될지도. 빠르게 이동한다면."

'하지만 가서 무엇을 발견하게 될까?' 나는 생각했다. 나는 몸서리를 치고는 스스로 진정하려고 우리 야영 터에서 얼마간 떨어졌다. 걸어서 돌아오면서 나는 흐름 한 줄기를 불러올리고 밤하늘을 올려다보며 저절로인 듯 나무 되기를 했다. 이제는 하늘에 별들이 있었다. 구름장이 풀렸다. 집으로 돌아가면 무엇이든 뚜렷이 목격하게 될 것이다.

나는 주머니에 손을 넣어 지문 비슷한 문양이 찍혀 있는 황금 구슬을 끄집어냈다. 그 표면 위로 흐름을 휘돌리자 구슬은 내 손바닥에서 떠올라서 조그마한 행성인 양 내가 지켜보는 가운데 자전했다. 이윽고 나는 흐름을 거둬들여 구슬이 내 손으로 떨어지게 만들었다. 그것을 도로 주머니에 넣으면서 손끝으로 주머니 바닥에 고여 있는 세모꼴 파편들을 스쳐보았다.

다른 주머니에 손을 넣어서 내 천문의를 꺼냈다. 그걸 얼굴 앞으로 든 채 나는 걸음을 멈추었다. 나는 그 우아한 기기를 멍하니 응시했다. 내가 깨달은 사실로 인해 배 속에 구역감이 일었고 두 다리에 힘이 풀렸다. 부분적으로 메두스가 된 일, 다른 행성에서 오치제를 만든 일, 또 특히 지나리야를 활성화한 일까지 지난 한 해 동안 온갖 변화를 겪어왔더니 내 천문의는 더 이상 최첨단 기술 같아 보이지 않았다. 천문의는 평생의 기록이 전부 담겨 있는 유일한 물건이기도 했다. 나, 내가 속한 가족, 그리고 내 미래의 온갖 전망이 다 들어 있는. 천문의가 망가진다면 그 속에 든 칩을 옮겨 끼울 수 있는데 우리 아버지나 내가 만든 천문의인 경우 그런 일은 애당초 거의 일어난 바도 없었다. 우리 가문의 재산과 지위는 천문의가 지구에서 그리고 지구 밖에서도 중요하게 여겨진다는 점 그리고 우리가 만든 천문의들의 탁월함에 기반해 있었다. 움자 대학행성 사람들조차도 천문의를 사용했다. 그렇건만 사막으로 끌려 들어온 때부터 나는 내 천문의를 한번 흘긋 쳐다보지도 않았다.

이제야 그걸 켜기 위해 건드려보고는 내 심장은 더더욱 철렁 내려앉았다. 켜지질 않았다. 나는 한 줄기 흐름을 일으켜서 그걸로 내 천문의를 '깨우고자' 했다. 이 천문의는 내가 손수 만든 것으로 특수 부품 하나하나까지 직접 제작했다. 처음부터 끝까지 내가 만들었다. 이 물건에 대해 속속들이 다 알기에 나는 이제 켜려고 해본들 헛수고라는 걸 알 수 있었다. 재가 동하고 흔들어보고 다리에 팍팍 쳐봐도 소용없다. 내 천문의는 죽어버렸다. 심지어 속에 든 칩마저도 읽을 수 없게 되었을지 모른다는 생각이 뇌리에 스치자 신음이 나왔다. 그렇다면 난 내 신원을 통째로 잃고 만 셈이다. 천문의를 주머니에 넣고 다섯 번 심호흡을 했다. 한 번 숨 쉴 때마다 고인 눈물이 걷혔다. 음위니는 천막을 라쿠미의 등에 다 꾸려 실었다.

"너 갈 준비 됐으면 나도 됐어." 내가 음위니에게 말했다.

* * *

라쿠미는 견실하고 굳센 걸음걸이로 갔다. 앞을 향해 물결치듯 넘실거리는 라쿠미의 움직임은 "전진, 전진, 전진"이라고 말하는 듯했다. 처음에는 그 움직임이 불편했지만 차차 익숙해져갔다. 음위니는 내 바로 뒤에 앉았고 나는 그 애에게 몸을 기대어 우리는 몇 시간이고 그런 채로 있었다.

"빈티?" 음위니가 침묵을 깨고 물었다.

"응?"

"이제 가까워."

"알아. 땅이 보기에 똑같긴 해도 어쩐지 친숙하네."

"너에게 얘기해줘야 할 게 있어." 음위니가 말했다. "너희 할머니 말씀이야."

내 천문의는 망가졌고 내가 보는 세상이 그대로 가만히 있게 하기 위해 나는 음위니의 조언대로 지나리야를 써보려는 시도를 하지 않았다. 잠자리에 든 때 이후로는 일절 안 했다. 내 오쿠오코를 통하여 오크우에게 연락하려는 시도도 구태여 더 해보지 않았다. 이렇게 해서 단절된 채 있었던 최근 몇 시간은 내가 꽤나 오랜만에 경험해본 최고로 평온한 시간이었다. 내 심장이 들뛰기 시작했고 갑자기 숨 쉬기가 어려워진 기분이 들며 헤루의 가슴이 왈칵 벌어지던 광경이 머릿속에 번뜩 스쳐갔다.

음위니는 라쿠미 등에서 내려갔고 나도 똑같이 했다. 우리는 서로 마주 보고 섰다.

"할머니가… 뭐라셨는데?" 내가 속삭였다.

음위니는 몇 순간을 머뭇거리고 있었고 나는 그 잠깐의 시간이 고마워 그 애를 얼싸안고 싶었다. "우리가 너희 집을 떠나고 사흘 후부터 네 짝 오크우는 소식이 그쳤지."

나는 '짝'이라는 말에 인상을 구겼다. "응. 그 녀석하고는 우리끼리 일종의… 연결이 있으니 그걸 통해 연락이 된다는 걸 나도 불과 얼마 전에 알게 된 참이었어. 내가 나 무사하다고 말을 했고 오크우는 자기도 잘 있다고 했어. 그랬는데 그 사흘째 날에 아무 말이 없었지." 나는 음위니 쪽을 향했고 음위니는 우리 사이에 어느 정도의 거리를 두고 싶은 것처럼 나를 보았다. "어째서야?" 내가 물었다.

"무슨 일이 일어났던 건지 이제 내가 좀 더 알아." 음위니가 말했다. 그 애는 자기 발을 보았다. "아리야가 하루 전에 나한테 전부 얘기해줬어."

나는 깊이 찡그린 채 그 애를 노려봤다.

음위니는 이제 내 눈을 마주 보고 있었다. "너한테는 몇 시간 전에 말해주기보다 지금 말해주는 편이 낫겠다고 생각했어."

우리는 서로 눈싸움을 했다. 라쿠미가 궁금한 듯 우리를 본 탓에 낙타 고삐가 쩔걱거리며 모래 위에 늘어졌다.

"그건 네가 정할 일이 아니잖아." 마침내 나는 그렇

게 말했다. 하지만 그 말들은 성나 으르렁거리는 소리로 나오지 않고 숨 막힌 소리로 나왔다. 나는 오른손 손가락들 끝으로 이마를 꾹 눌렀다. "설령 어쨌다고 해도 차라리 내가 알아야…."

"오크우를 노리고 온 거였어."

나는 한숨지었다. "쿠시 병사들 말이지." 내가 말했다. "그건 아는 사실이고. 그래서 싸움이 벌어지고 우리 가족들은 뿌리집 안으로 도망쳐 들어갔어. 지하실로 말이야. 맞지?"

"응."

뜨거운 숯덩이가 가슴에 막혀 있는 느낌이었다. "오크우는… 그 사람들이…." 그 말을 입 밖에 내고 싶지 않았다. "말해봐, 음위니!"

음위니의 눈에 고통스러운 빛이 스쳐 갔고 그것이 그 애가 곧이어 한 말들에 파괴력을 더했다. "그게… 일이 꼭 내가 생각했던 대로 벌어졌던 건 아니었어." 음위니는 숨을 깊이 들이마시고 한 발짝 다가섬으로써 나를 놀라게 했다. "쿠시족은 실제로 오크우를 노리고 온 게 맞아. 오크우를 잡으러 오기로 미리부터 쭉 계획하고 있었던 거지. 쿠시-메두스 전쟁이…."

"알고 있어." 내가 말을 채었다. "얘기 계속해."

음위니는 고개를 끄덕이고 이어 갔다. "너희 아버지 말씀이 그자들이 오크우의 천막을 폭파시켰는데 오크우는 그 속에 없었대. 거기에 있질 않았던 거지. 쿠시 병사들은 너희 가족에게 그놈이 어디 있는지 말하라고 을러댔어. 너희 가족은 거절했고. 그자들이 너희 아버지를 죽이겠다고 협박을 했대."

나는 양손으로 입을 꽉 눌렀다. "우리 아버지를 죽이…."

"아니야. 안 그랬어." 음위니가 내 양 손목을 붙들었다. "하지만 너희 가족들은 오크우를 내놓을 생각이 없었어."

나는 음위니의 눈을 들여다보고 말했다. "놈들이 오크우의 천막을 불태웠다면 그건 힘바 땅을 심하게, 정말 심하게 멸시한 거야…. 땅은 우리에게 신성하거든. 그런 일이 있었다면 우린 절대, 절대로 협력하지 않을 거야."

음위니가 끄덕였다. "그로 인해서 병사들은 화가

났고 그래서 자기들 무기를 써서 뿌리집에 불을 질렀어." 음위니가 말했다. "그런데…."

나는 돌연 아찔해졌다. "힘바족은 밖으로 나가지 않아. 우린 안으로 들어가지." 내가 말했다. 숨이 밭아졌다. "우리 가족은 뿌리집 안으로 도망쳐 들어갔지…. 그리고 쿠시족이 거기에 불을 질렀어. 맞지? 내가 본 게 진짜였어!"

내가 양손으로 내 오쿠오코를 그러쥔 채 원을 그리며 걷는 동안 음위니는 계속해서 이야기했다. "너희 아버지는 오크우가 그자들을 많이 죽였다고 믿고 계셔." 음위니가 말했다. "뿌리집이 불타고 모두들 안에 있었지만 그런 소리가 났대. 쿠시족 사람이 비명을 지르더라는 거야. 몇 번이고 계속. 거기에 메두스는 오크우 하나뿐이었으니까 오크우가 그런 것일 수밖에 없어. 그리고 그 녀석이 아마 메두스에게 위급 신호를 보냈을 거야. 하지만 결국에 가선 시끄럽던 소리가 그쳤어. 이건 전부 다 너희 아버지가 너희 할머니께 통신한 얘기야."

"주위에 뿌리집이 활활 타고 있는 와중에 말이지?

다들 불에 에워싸여 있는 와중에?" 내가 음위니에게 고함질렀다.

음위니는 멈칫했다. 말을 더 해야 할지 말아야 할지 망설이는 듯했다. "어느 시점에 가서." 음위니가 말을 이었다. "너희 아버지가 지나리야를 통해서 너희 할머니께 통신하던 게 그쳤어. 그래서 빈티야, 나는… 난 우리가 그 장소에 다다라 발견하게 될 게 무엇일지 모르겠어."

"우리가 떠나기 전부터 아리야는 이 모든 걸 알고 있었다고?"

"그래."

"그러면서 우리에게는 반쪽만 말해주고, 떠나겠다는 나를 말리려고 하지도 않았지."

"그렇지."

"말렸어도 성공 못 했을 거야." 내가 중얼거렸다. 감각이 마비된 느낌이었다. 죽어버린 느낌. 우리가 그곳에서 무엇을 발견하게 될지 음위니는 모른다지만 나는 알았다. 불에 탄 유골이다. 우리 가족은 죽었다. 우리 가족이 죽었다. 우리 가족이 죽어버렸다….

다섯 다섯 다섯 다섯 다섯 다섯 다섯 다섯 다섯 다섯 다섯. 나는 나무 아주 높이까지 기어올랐고 음위니를 돌아보게 되자 그 동작이 느리게 느껴지고 내가 외우주에서 그 애를 바라보고 있는 것일 수도 있다는 기분이었다. "내가 그 꼴이 난 줄 알고 있었으면 왜 나하고 같이 와준 거니?"

음위니의 눈썹이 올라갔다. "혼자 힘으로 너를 여기까지 안전하게 데려다줄 수 있는 사람은 나뿐이잖아."

우리는 서로 상대의 눈을 들여다보았고 나는 그 애가 속내를 다 말한 건 아니라는 걸 알고 있었다. 나는 기다렸다. 또 더 기다렸다. 말을 안 할 작정이라는 게 분명해지자 내가 불쑥 내뱉었다. "오크우가 자기 종족을 불렀다고 하면 이건 아예 쿠시-메두스 전쟁의 재발이야."

음위니가 시선을 비켰다. "그럴지도 모르지."

"아무도 안 남았으면 어떡하지?"

"난 그런 말은…."

"나에게 말을 할 때 구태여 말로 할 필요는 없다

는 거 알잖아." 내가 말했다. "그리고 음위니, 나는 메두스를 하나 데리고 돌아왔어. 우리가 우주선 밖으로 발을 내딛자마자 쿠시족이 우리 둘을 다 죽일 뻔했지. 그자들이 그 정도로 관둘 까닭이 뭐겠어?" 나는 라쿠미에게로 걸어갔다. 다리가 남의 다리 같았다. 숫자 5가 모든 것에 깃들어 있었고 나는 반가웠다. 라쿠미의 목을 토닥였다. "그리고 오크우가 맞싸우지 않을 까닭은 또 뭐겠어? 그 녀석은 움자 대학행성에서 자기가 만든 병기들을 사용할 구실이 있기만을 바랐는데. 거긴 또 쿠시족이 오크우네 족장의 침을 갖다놨던 곳이었지. 오크우는 아무것도 잊지 않았어. 그리고 쿠시족은 항상 힘바족을 질시해왔지. 오셈바에서 제일 오래된 집을 불사를 구실을 찾지 않을 이유가 있나?" 나는 눈을 짓감았다. $Z=z^2+C$ 를 속삭였다. 심박수가 내려가자 내가 말했다. "전부 다 내가 집에 돌아온 탓이야."

"빈티." 음위니가 말했다. "네 귀향이 이유가 아냐. 그 일은 시간문제였어."

나는 나무 되기에 깊이 빠진 채로 그 애의 말을 전

부 새겨듣고 있었다. 하지만 내 심장에서는 불길이 타올랐다.

"이크!" 음위니가 헛소리를 뱉었다. 나도 전신에 전기 충격을 느꼈지만 주로 오쿠오코 중 한 가닥이 심했다. 라쿠미는 펄쩍 뛰었고 큰 소리로 울면서 한 눈을 우리 쪽으로 돌려 무슨 일이 일어난 건가 보려고 했다. "너 머리카락이 왜 그러냐?"

나는 찡그리고 앞만 보았다. "머리카락 아니야."

"뭐라고?"

"우주선에 타고 있을 때 메두스족이, 그이들이 이렇게 만들어놨어."

"미안." 음위니가 말했다. "미안해. 난 몰라서… 물어봐도 될지… 왜 넌… 이렇게 만들도록 넌 왜 가만있었는지…."

"가만 있었던 거 아니야!" 내가 소리 질렀다. 눈물이 차올라 눈이 뜨거워졌다. 정말 집에 가야만 했다. "그렇지만 일어난 일이야. 내가 돌이킬 순 없어." 세상이 다시 폭발적으로 팽창하기 시작했다. 뒤를 돌아본다면, 걸핏하면 나타났던 그 구멍을 보게 되리라는 걸 나는 알고 있었다. 나의 또 다른 동족들인 외계 존재들의 정신으로 이어지는 구멍이다. 나는 막 비명을 지르고 싶었다. 나는 너무 많은 것이 되어버렸고 내 가족들은 내 고향 집의 잔해 속 까맣게 탄 뼈가 되어 있을 터였다…. 다섯 다섯 다섯 다섯 다섯 다섯 다섯. 나는 라쿠미의 앞발 사이 모래 위에 그냥 주저앉았다. 나무 위로 더 높이 타고 올라가 그대로 있었다.

음위니가 라쿠미 등에 다시 기어 올라갔다. 잠시 후에 나도 일어나서 똑같이 했다. 그러곤 이어진 한 시간 동안 우리는 다시 조용히 있었다. 앞쪽으로 트인 사막을 응시하는 내 눈에서 눈물이 흘러내렸다. 그 때문에 나는 평소보다도 물을 더 마셔야만 했다. 숫자 5가 해 질 녘 각다귀 떼처럼 내 주위로 날아다녔다. 그리고 뒤편으로는 그 구멍이 어른어른 떠올라 있다는 걸 나는 알고 있었다. 가다가 한번씩 음위니가 두 손을 이렇게 저렇게 움직이느라 중심이 왔다 갔다 하는 게 느껴지곤 했다. 누구와 이야기를 하는지 몰라도 이야기를 주고받는 것이었다. 나는 우리가 두고 떠나온 사람들과 이야기 나눌 마음이 들지 않았다.

* * *

"저게 뭐지?" 우리 둘 다 동시에 그렇게 말했다. 음위니는 돌들을 보고, 나는 연기를 보고 말한 것이었다.

"멈춰!" 내가 소리쳤다. "아, 서봐! 라쿠미! 서!" 낙타가 계속 걸어가기에 나는 그냥 내리기 시작했다. 음위니가 목 속 깊이에서 그르렁거리는 소리를 내었고 라쿠미는 샌들 신은 내 발이 모래에 막 닿으려는 참에 멈춰 섰다. 나는 아프게 착지해서 몸을 구부렸지만 이내 달려가기 시작했다. 아직 길은 몇 마일이나 남은 터였다. 달려가면서 내가 찬 발목 고리들이 짤랑거리는 소리가 났고 나는 우리 언니들과 우리 엄마가 뿌리집 안팎을 왔다 갔다 할 때 그리고 달 축제 동안 힘바 여자들이 춤출 때 나던 소리들을 회상했다.

나는 돌들 가운데 가 멈춰 섰고 앞을 바라보며 풀썩 무릎 꿇었다. 뿌리집이. 아니, 뿌리집만이 아니었다. 오셈바에서 뿌리집에 가까운 일부도 타고 있다. 습격을 당해 불에 타는 중이고 무너지고 있었다. 이먼 거리에서도 연기 냄새를 맡을 수 있었다. 타고 있거나 다 타버린 집들과 건물들로부터 뭉클뭉클 피어오르는 연기다. 정확히 어느 건물이 탔는지는 보이지 않아도 오셈바를 익히 알고 있는 내가 뭔가가 있었다는 걸 알 만큼은 되었다.

"우리가 오던 동안에 난 죽어가고 있는 거였어." 양손으로 입을 막은 채로 내가 속삭였다. 휘둥그레진 내 눈은 불어오는 뜨거운 실바람에 메말랐다. 그자들은 뿌리집만 파괴한 게 아니었다. 오셈바까지 대부분 무너뜨려버린 거야?

음위니의 손이 어깨에 얹히는 게 느껴졌고 음위니는 내 옆에서 무릎을 땅에 짚었다. 나는 들숨을 쉬고 날숨을 쉬고 상담사 선생님이 가르쳐준 대로 매 호흡에 집중했다. 조금 진정이 되었다. "내가 처음 이 땅을 떠났을 때 말이지." 두 손을 맞잡아 비틀면서 내가 조용히 말했다. "세 번째 물고기호라는 우주선을 타고 갔거든…. 걘 살아 있었어."

"고래보다 커?" 음위니가 물었다.

"뭐?"

음위니는 그냥 고개를 흔들었다. "별거 아냐. 그 세

번째 물고기라는 친구 얘기 해줘."

"미리12는⋯." 내 눈앞에 보고 있는 것 대신에 마음속에 있는 세 번째 물고기의 모습에 초점을 맞추려고 애쓰면서 내가 말했다. "이 행성이 여태껏 생산해 낸 것 중에서도 최고로 훌륭한 기술, 최고로 훌륭한 생물일 거야. 아무것도 없이 혼자 지구를 떠나 우주를 다닐 수 있는 게 또 뭐가 있겠어? 하지만 그 일은 모두 세 번째 물고기호 안에서 일어났어. 전원 메두스에게 죽임당했어. 나도 거기에서 하마터면 죽을 뻔했지. 이 땅으로 돌아올 때 난 어쩌다 보니 또다시 세 번째 물고기호를 타고 오게 됐어. 세 번째 물고기호에 막 탑승했는데 그러니까 정말이지⋯ 편안한 마음이 들더라. 지금 그 안에 타고 있었으면 좋았을걸. 세 번째 물고기의 평화로운 성질이 모든 나쁜 것을 삼켜 버리는데."

우리는 내가 내 에단을 찾아냈던 장소에 와 있었다. 잿빛 돌덩이들이 납작하게 갈린 묵은 치아처럼 땅에서 튀어나와 있는 곳이다. 내가 나무 되기를 연습하고 움자 대학교 면접 대비를 하던 곳이 여기였다. 돌덩이들은 깔고 앉아도 될 만한 크기이고 서쪽 내 고향 마을 쪽을 보고 입을 벌린 널따란 반원 모양으로 배열되어 있었다. 불과 몇 걸음 안 되는 곳, 그 돌들 중 하나의 옆이 내가 에단을 파낸 지점이었다.

내가 거길 보는데 갑자기 그 주변 땅이 마치 금 조각들이 흩뿌려져 있는 양 반짝반짝 빛나 보였다. 음위니도 그걸 본 모양이었다. 나는 일어설 준비가 돼 있지 않았고 그래서 그리로 기어갔다. 내 빨간 치마로 모래를 문대면서 그 모래가 내 손마디의 오치제를 벗겨내고 내가 신은 샌들 바닥에 파고드는 걸 느끼면서 기어갔다. 아무렇든지 상관없었다. 나는 내가 있었던 곳에, 내 인생이 단순했던 그 옛날 에단을 파낸 자리에 가 앉았다. 그러곤 점점이 반짝이는 땅을 보았다. 음위니가 와서 내 위에서 굽어보며 섰다.

"저 반짝이는 건 실제로 저기 있는 게 아니야." 음위니가 말했다. "지나리야가 우리에게 보여주고 있는 거지."

나는 반짝임이 어려 있던 모래를 만져보고 손가락 사이에 비벼보았다. 아무리 애를 써봐도 그리고 모래

속 금 조각들이 아무리 진짜같이 생생해 보여도 그걸 만질 수는 없었다.

"전에 있었던 거긴 해." 음위니가 내 옆으로 무릎을 땅에 대고 앉으면서 덧붙였다. "오래전에 말이지." 그러자 마치 그 애의 말이 신호이기라도 했던 양, 세계가 다시 팽창했다. 하지만 이번에는 이 세상이 나를 우주로 팽개쳐버릴 것 같은 느낌은 아니었다. 그런 것이 아니라 마치 우리 주위의 모래가 사라져버리는 듯한, 전부 다 어디론가 옮겨져가는 듯한 느낌이고 모래가 사라짐에 따라 내가…, 우리가, 음위니와 나 둘 다가 밑으로 내려가는 느낌이었다. 음위니는 내 팔을 그러쥐었고 나는 그 애에게도 이 일이 벌어지고 있는 게 보인다는 걸 알았다. 돌덩이들이 커져서 더 높아지고 폭도 늘어나 보였기에 우리는 둘 다 주위를 두리번거렸다. 이어서 돌덩이들의 밑동이 찬란히 빛나는 두껍고 옹골찬 황금이 되었고 우리 발아래 땅도 금으로 변했다. 얼추 뿌리집만 한 커다랗고 불완전한 원이 솟아났다. 밑동이 황금인 돌들을 중심으로 한 반원이었다. 나는 한 손으로 그 매끈한 표면을 쓸어

보았다. 따뜻했다. 태양 빛에 너무나도 환히 빛이 나서 우리 둘 다 눈을 가늘게 떴고 손으로 눈을 가렸다.

음위니가 내 팔을 더한층 꽉 부여잡고 말했다. "움직이지 마. 아무 일 없어." 그렇게 해주지 않았더라면 나는 목숨을 구하려고 도망쳤을 텐데 지금 있는 것과 몇십 몇백 년 전에 있었던 것에 대한 감각이 혼란되어 심히 엇나가 있었으니 십중팔구 어느 돌인가에 정통으로 가 박았을 터였다.

이 사람들에게는 부속지가 있었다. 팔 두 개와 다리 두 개. 각각 스무 척이나 되게 길고 야자수 줄기처럼 홀쭉했다. 그들의 동체는 매끄럽고 길었다. 그리고 순금으로 되어 있는 것처럼 보였다. 걸을 때 느릿하고 우아한 것이 유체 같아 보였다. 황금은 따뜻할 때엔 늘여 펴기 쉽다. 그리고 그이들은 태양의 존재로 그 생명 형태는 내가 수학으로 불러 올릴 수 있는 흐름들과 비슷한 에너지인 듯했다.

그들은 금빛 바다 쪽으로 오고 있었다. 느리지는 않았지만 움직임이 물 같았다. 항상 이런 형체를 하고 있었던 것인지는 내가 알 수 없었다. 왜냐하면 이

건 분명 그들이 그 몇 년을 인간들 근처에 머무른 후의 일이니까. 맨 처음 온 이가 중앙으로 걸어갔고 다른 이들은 모래 위에서 기다렸다. 이내 그 존재의 두 팔이 그리고 두 다리가 합쳐졌다. 그 소리를 들을 수 있었다. 낮게 꿀렁거리는 소리. 그것의 살에 잔물결이 흘러가며 그 형태가 납작해지고 미끈해져서 높이 다섯 척, 너비 열 척짜리 쐐기 같은 모습으로 되어갔다.

우리를 둘러싼 돌덩이들이 진동하기 시작했고 푹 하고 그 황금빛 쐐기가 하늘로 쏘아져 올라갔다. 어찌나 빠른지 몇 초 만에 사라져버렸다. 음속 폭음도 없고 연기도 나지 않고 심지어 급한 공기 흐름도 안 생겼다. 세 번째 물고기가 날아갈 때는 생겼던 것들이다. 하지만 하늘 높이에서 언뜻 금빛을 볼 수 있었는데 이내 아무것도 없게 되었다. 다음 차례가 단 위로 걸음을 내디뎠고 먼저 사람과 똑같이 했다.

"저이들이 지나리야족이야. 우리에게 지나리야 기술을 넘겨준 외계인들." 음위니가 경외감에 차 말했다. "우린 저이들을 너무나도 경애해서 저이들 이름을 우리 부족 이름으로 이어받았지. 난 저이들을 본

적이 없어. 이렇게 본 적은 없다고! 보게 해달라고 해
볼까 하는 생각도 못 했어."

"그리고 여기가 발사대인 거였구나." 두 번째 사람
이 하늘로 쏘아져 올라가는 걸 함께 구경하면서 내가
말했다. 세 번째 사람이 단 위로 발을 내디뎠을 때 그
이는 멈춰 서더니 우리 쪽으로 몸을 돌렸다. 음위니
의 손이 내 팔을 더 세게 파고들었고 우리는 서로 더
가깝게 다가붙었다. 그 존재가 몸을 수그리더니 한쪽
팔을 내밀었고 그 끝은 길고 긴 손가락들이 달린 손
이 되었다. 그 손안에 아마도 내 에단의 황금 중심부
인 듯한 것이 있었다. 다만 그 표면은 매끈하고 지문
같은 요철은 없었다. 음위니와 내가 보고 있는 가운
데 은빛 편린들이 황금빛 지면으로부터 솟아나더니
팔락 뒤집히며 튀어 올라왔고 그 중심부 주위로 찰칵
찰칵 챙챙 소리를 내며 맞추어져서 마침내 내가 최근
까지 알고 있던 형태의 물체를 이루었다. 그 존재가
에단을 땅에 버렸는데 그것은 떨어지는 대신에 우리
앞에 둥둥 떠 있었다. 그러고 나서 우리를 둘러싼 세
계가 움직여서 모래가 솟아올랐고 지나리야족 사람

들은 사라져서 우리는 우리가 있던 장소로 돌아왔다.

"지금 본 게 무슨 의미인지 넌 알겠어?" 음위니가 물었다.

나는 고개를 저었고 막 뭐라고 말을 보태려던 참인데 그때 우주선 한 척이 북쪽에서부터 쏜살같이 우리 마을 쪽으로 날아갔다. 나는 그 미끈하게 빠진 노란색 외형을 볼 수 있었다. 가까운 데 착륙한 것 같았다. 쿠시 우주선이 오셈바에 오다니. 들은 적도 없는 일이다. 나는 집으로 걸어가기 시작했다.

코끼리가 싸울 때엔

뿌리집은 아직도 불타고 있었다.

돌과 콘크리트로 지어진 집이다. 어떻게 불이 붙은 거지?

뿌리집을 뒤덮고 있던 생물발광 식물들은 불살라 져 재가 되었다. 지붕 위 태양광 집광판넬들도 식물들처럼 사그라졌다. 몇 장은 아마 잔해 속에서 인조 강철 덩어리가 되어 있을 것이다. 우리 가문은 6대에 걸쳐 이 집에서 살았다. 뿌리집은 우리 마을에서 제일 오래된 집이고 어쩌면 도시에서도 제일 오래된 집일지도 몰랐다. 이곳은 우리가 가족 모임이며 공동체

모임을 여는 장소였는데 왜냐하면 거실 공간이 워낙 넉넉해서 백 명이라도 수용 가능했기 때문이다.

강력한 쿠시족 무기를 거기에 대고 쏘아서 집이 폭발하고 그에 이어 연소가 일어나고 돌을 녹일 수도 있을 정도로 너무나도 뜨겁게 타올랐다. 뿌리집 층층의 바닥들이 전부 꺼져 내려서 불타고 한 덩어리로 시꺼멓게 타 쭈그러졌다. 폭발 시에 튀어나온 콘크리트 덩어리며 돌멩이들이 그 덩어리진 잔해 주위에 널려 있었다. 남아 있는 것은 아직까지 연기가 나는 까맣게 그을린 커다란 숯 더미로만 보였다.

"엄마!" 그리로 걸어가며 미친 듯이 주위를 보면서 불렀다. 연기가 내 쪽으로 흘러온 탓에 기침이 났다. "아빠!" 나는 몇 미터 남겨두고 걸음을 멈추었다. 나를 둘러싼 모든 것이 적막한데 다만 잔불이 타닥타닥 타며 작게 불이 튀는 소리를 낼 뿐이었다. 나는 외면했다. 그러고 나서 천천히 고개를 돌려 내 집이었던 곳에서 남아 있는 것과 마주했다. '나 때문에.' 나는 생각했다. 그러자 내 오쿠오코가 머리 위에서 꿈틀거리고 등을 찌르기 시작하는 것을 느낄 수 있었다. 내

안에 있는 메두스족의 분노로 모든 게 선명해졌다. 쿠시족은 매양 우리 부족을 소모품 취급, 이용할 도구 취급했다. 가지고 놀다가 폐기해버릴 쓸모 있는 동물 취급했다. 더 이상 쓸모가 없어질 때까지. 전쟁 중에 우린 그저 방해물이었다.

"코끼리들이 싸울 땐 풀이 고난을 당한다." 내 앞에 나타난 녹색 단어들은 너무나도 뜬금없었고 말뜻이 깊어서 나는 나 자신의 시커먼 생각들로부터 화들짝 깨어났다. 음위니가 지나리야로 나에게 그 단어들을 전송한 것이었다.

내 눈은 깜부기불이 벌겋게 남아 있는 집 밑동 쪽으로 갔다.

"여기가 뿌리집이라고 불렸던 건 가문의 거처라서만은 아니야." 내가 말했다. "집을 지을 땐 대부분 진짜로 '죽지 않는 나무' 고목 뿌리 위에다 토대를 닦거든." 내가 다섯 살쯤 되었을 때 어머니가 해주신 이야기였다. 나는 천둥번개 폭풍이 칠 때까지는 엄마가 그냥 농담한 거라고 믿고 있었는데 그때 집이 바람에도 신음하지 않는 걸 알아차렸다. "지하실은…." 차마 말할 수가 없었다. 지하실에서 뭘 발견하게 될지 나는 이미 알고 있었다. 음위니가 나를 두고 집 저쪽으로 걸어갔다. 나는 거기 선 채로 귀로 들리는 소리 이상을 몸으로 느꼈고 나의 모든 부분이 반응했다. 내 오쿠오코는 마구 용틀임을 하며 한 가닥은 마치 '저것 봐!' 하고 말하기라도 하듯 내 옆얼굴을 진짜로 철썩 때렸다. 지나리야가 나의 세계를 수축시키고 팽창시켜서 내겐 먼 곳에서 뭐라고 말을 하는 아련한 음성들이 들려왔다. 소리가 작아 무슨 말인지 딱 못 알아들을 만큼만 되는 말소리들이. 나는 자동적으로 늘 내 정신을 집중시켜주는 간단한 방정식을 읊었다. $a^2 + b^2 = c^2$. 그러고 나서 몇 번이고 거듭해서 긴장을 풀어주는 숫자를 말했다. "다섯, 다섯, 다섯, 다섯, 다섯, 다섯, 다섯." 이리 왱 저리 왱 날아다니며 춤을 추는 숫자 5들을 정신으로 뒤쫓았고 세모꼴 궤적을 따라 짚을 때마다 진정되어갔다. 뿌리집으로 이어지는 길을 마주 보았을 때 나는 고맙게도 충분히 차분해져 있었으므로 거기 서 있는 것을 그저 유령 보듯 바라보기만 했다. 실제 유령이지만.

밤의 가장꾼이었다. 또다시. 이번에는 낮인데도! 게다가 지금은 며칠 전 내 방이 타서 재가 되어버리기 전에 내 방 창가에 서서 본 첫 번 때보다 훨씬 가까이에서 그것을 보고 있는 참이었다. 더 커 보였다. 우리 아버지 키만큼 되는 높이로 서 있었다. 그것이 한쪽 팔을 뻗어내어 기다란 손가락으로 나를 가리키니 라피아 섬유로 된 몸뚱이에서 뚜둑거리고 버석거리는 소리가 났다. 손가락은 옹이 진 나무 막대기들이다. 나무 가면에 뚫린 입에는 노란 이가 가득했다.

오직 남자들만이 밤의 가장꾼을 보게 마련이었으며 그의 출현은 큰 변화가 다가온다는 뜻이라고들 믿었다. 그것이 출현함으로써 변화를 일으키는 것인지 아니면 변화는 후에 오게 되는 것인지 그건 불분명했다. 밤의 가장꾼은 혁명의 화신이었다. 그 출현은 영웅적인 행적을 점찍어 보이는 것이었다. 설상가상으로 낮 시간에 밤의 가장꾼을 본다는 것은 더더욱 전대미문인 일이었다. 우리 가족이 죽었다. 더 이상 그어떤 변화를 내가 견뎌낼 수 있을까? 이 사태에 영웅적인 면이 대체 무엇인가? 이것이 혁명이라면 형편없이 끔찍한 혁명이다.

그것은 오치힘바로 말을 했는데 목소리가 천둥번개 폭풍이 몰아칠 때 진동하는 죽지 않는 나무의 소리 같았다. "죽음은 늘 새소식이지." 그것이 말했고 그 머리에서 뭉클뭉클 뿜어져 나오는 매운 연기는 한층 짙어져갔다.

가족의 죽음에 나 자신의 공포가 추가되어 나를 밑으로 끌어내리려고 했고 세상은 나를 둘러싸고 너울너울 헤엄치는 느낌이었다. 그것 주위로 모든 것이 진동하는 것 같았다. 내 눈에 물기가 어렸고 나는 흐릿해지는 걸 막으려고 눈을 계속 깜박이고 또 깜박였다. 밤의 가장꾼은 내 쪽으로 천천히 발을 내디뎠고 나는 비명을 지를 뻔했다. 비명은 못 지르고 그것의 연기가 훅 끼쳐온 걸 제대로 들이마시고서 나는 기침을 했다.

"땅에서 날아올랐다가 땅으로 돌아온 새는 여전히 땅 위에 있다." 그것이 말했다. "신발을 벗고 잘 들어라."

퓩! 그것의 머리에서 나는 연기가 아주 자욱해지더

니 그 연기가 마침내 걷히고 나자 밤의 가장꾼은 사라졌다.

"아, 일곱이여, 감사합니다." 내가 소곤거렸다. 하지만 그것의 존재는 여전히 나에게 남아 있었고 그것이 한 말들이 마음속에 되울렸다. 나는 신고 있던 먼지투성이 샌들을 내려다보았다. 움자 대학행성의 동네 장에서 샀던 것이다. 늪지에 사는 온순한 거미의 분비물로 만들어진 신발이었다. 갓 뽑은 거미줄은 어떤 형태로든 성형이 가능하다. 마르고 나면 그 모양이 천 년이라도 그대로 간다고 판매자가 그랬다.

그걸 벗어야 하나 생각하고 있는데 음위니가 불렀다. "빈티, 이리 와봐."

음위니와 라쿠미는 집 저쪽에 가 있었는데 얼른 뛰어 그리로 가면서 나는 정신이 아찔했다. 우리 가족이 지하실에 있지. 죽었지. 불에 탔을까? 질식이 먼저였을까? "나갈 수가 없구나." 아버지는 그렇게 말씀하셨다. 나는 멈춰 섰고 옆에 있는 것이 오빠가 만들어 집 지붕에 올려놓았던 모래 폭풍 분석기의 불탄 잔해라는 것을 깨달았다. 광학 입자 계수기가 달린 강철 상자는 꼭 버려진 원시적인 로봇의 머리처럼 보였다. 오빠는 저 기기를 무척 자랑스러워했고 우리 어머니도 자랑스러워하셨다.

집의 옆면을 돌아 달려가다가 나는 또 한번 멈춰 섰다. 입이 떡 벌어졌다. 그랬다가 코로 냄새 맡아지는 것만큼이나 강한 쏘는 듯한 맛을 느껴 입을 다물었다. 거기에는 온통 시체들이 널려 있었고 몇몇 시체는 독수리가 둘러 서서 쪼아 대고 있었다. 쿠시 병사들. 남자도 있고 여자도 있고. 가슴이 쩍쩍 벌어진 채로. 나는 움찔했고 그러자 문득 우주 공간 한복판 우주선 안으로 돌아와 있었다. 피 냄새와 이제 부패의 냄새도. 어떻게 저게 가능했지? 나는 생각했다. 왜냐하면 충격에 멍해진 내 감각들이 내가 세 번째 물고기호 안에 외톨이로 있고 메두스족이 방금 무즈하 키바라를 시행했다고 말해주고들 있었기 때문이었다. 그냥 그렇게 벌어진 일이었다.

벌어진 일.

아무런 경고도 없이.

너무나도 많은 사람이.

별들이 보였다. 빨간색과 파란색과 은색. 내 눈앞에서 터져 나오고 있었다. 입안은 부패의 냄새로 가득 찼다. 공기를 들이마셔보려고 어느새 헤벌리고 있었으니까. 이제 숨이 쉬어지질 않았다. 내 주위 그 누구도 숨을 쉬고 있지 않았다. 나는 비틀거리며 숨을 몰아쉬었고 독수리들 중 한 마리가 게으르게 날개를 펴곤 경중경중 뛰어 피했다.

눈을 깜박이자 도로 내가 태어난 본집의 잔해에 돌아와 있었다. 폭력은 이곳에서 현재에 일어났다. 내가 집을 떠나고 또 돌아옴으로써 이 일을 초래했다. 이제 과호흡이 왔다. 상담 치료사 사이디아 은와니 선생님이 숨이 안 쉬어질 때 어떻게 해야 한댔지? 나는 생각했다. 나는 양손을 머리 뒤로 가져갔다. 그렇게 함으로써 내 앞에 펼쳐진 처참한 광경에 더 노출되는 느낌이기는 했지만…. 한 열다섯, 어쩌면 스무 구까지도 될 시체들이 마치 쓰러진 나무들 모양으로 널려 있었다. "다섯, 다섯, 다섯, 다섯, 다섯." 나는 나무 되기에 몸을 맡기면서 읊었다. 내 입술에서 그 숫자가 나갈 때마다 조금씩 더 숨을 들이마실 수 있게 되었다. 그리고 한 번 두 번 숨을 쉴수록 제정신이 돌아왔다. 움직일 수 있게 되자마자 나는 도망쳤다.

집 뒤에 다다랐을 때 나는 단단한 노란색 유리판을 밟았다. 유리는 내 발아래에서 쩍 하고 금이 가더니 산산조각 났다. 한 발 더 내딛고서 멈춰 선 것은 여기가 오크우의 천막이 있던 장소란 걸 알아차려서였다. 음위니가 새까매진 중심부에 서 있었다. 왼편으로 그리 멀지 않은 데에 우리 오빠의 텃밭 잔해가 있었다. 앙상하게 불에 탄 토마토 북데기들과 재가. 라쿠미는 그나마 녹색을 띤 부분의 냄새를 맡더니 토마토 북데기 하나를 우물거리기 시작했다.

"너 봤니…."

"봤어." 음위니가 눈으로는 발아래 금 간 유리를 바라보면서 말했다.

"오크우가 그런 것 같아." 내가 말했다.

"아마 쿠시족이 이런 짓을 했기 때문이겠지." 음위니는 유리에 발을 굴렀고 샌들 신은 발이 그 유리를 와작 뚫으며 유리 조각들이 이리저리 튀었다.

나는 눈을 감고 심호흡을 했다. 나 자신을 나무 되

기에 얕게 잠겨 있는 상태로 유지하고 숫자와 수식들
이 내 주위로 바퀴처럼 빙빙 돌아가도록 했다.

"이 정도 폭발이면 맞은 건 뭐가 됐든 죽었을 거
야." 내가 말했다. "오크우가 천막 안에 없었던 게 아
니면."

"그자들이 그것을 죽인 것 같지는 않아." 음위니가
말했다.

"어째서?"

"그자들이 불을 붙였을 때 너희 가족은 뿌리집 안
에 숨어 있었어." 말을 끊고 내 안색을 살폈다. "뿌리
집을 불태운 건 놈들이 너를 못 찾아서야. 너든가, 아
니면… 아니면 오크우를."

그 생각이 나를 너무나도 세게 때려서 몸을 돌려
도망치면서 나는 유리가 샌들을 뚫고 발을 벨 가능성
따위는 개의치 않았다.

읍내로 이어지는 길은 먼지 이는 길이었고 내 샌들
은 땅을 박차 걸음걸음마다 흙먼지가 피어올랐다. 집
에서 멀리 더 멀리 달려가고 있는데도 공기에서 계속
해서 연기 냄새가 났다. 엔네스네 집은 아직도 타고

있었다. 마항구 건물은 완전히 산산조각 나 날아가버렸다. 오무줌바스네 집은 아직 멀쩡했는데 내가 달려 지나치는 걸 누군가 발코니에서 보고 있는 게 언뜻 시야에 스쳤다. 큰길을 달려가는 나를 구경하고 있는 사람들이 더 얼마나 되려나? 몇 명이나 달아나 파괴를 피했으려나?

쿠시 비행선이 바로 좀 전에 날아 지나갔다. 그 얘긴 그들이 아직 이 부근에 있다는 뜻이었다. 상관없었다. 나는 수크가 열렸던 찌꺼기 판을 지나쳤다. 장에 왔던 여자들과 남자들이 모든 것을 놔두고 죽어라 도망친 것 같은 광경이었다. 뒤집힌 탁자와 가판대 칸막이들이 있고 으깨진 채 썩어버린 고기, 채소, 수북한 곡물이며 터진 광주리들이 있기도 했다. 여기에서는 향신료, 코담배, 향의 냄새가 지독한 연기 냄새에 섞여들었다. 나는 뒤집혀 있는 긴 의자를 훌쩍 뛰어넘었다. 이제 내 얼굴에서는 땀이 마구 쏟아져 내리고 심장은 가슴통을 때려 부술 듯 뛰었다.

나는 호수에 가서 멈추었고 거기에 섰다. 호수 물이 무척이나 고요해 오크우의 천막이 있었던 지점에서 모래로 녹아 스며 있던 그 유리와도 같았다. "이 아수라장 속에서도 정말 잔잔하네." 숨을 거세게 몰아쉬며 내가 말했다. 땀이 눈에 들어오고 있어서 손으로 얼굴을 훔쳤다. 손에 오치제가 묻어 뻘건 주황색이 되었다. 뒤에서 누군가의 기척이 났다.

"너… 뭐… 하는 거야?" 음위니가 뛰어 쫓아오며 물었다. 그 애는 숨을 가누느라 윗몸을 굽히고 양손으로 무릎을 짚었다. "쿠시족이 혹시 이 근처에 있을지 모르잖아!"

"난… 또 밤의 가장꾼을 봤어." 내가 말했다. "훤한 낮인데 말이야. 우린 이제 뭐 하나 알 길이 없어."

"아까 뿌리집에서?" 음위니가 물었다. 에니 지나리야 사람들조차도 밤의 가장꾼을 믿었다.

나는 고개를 끄덕였다. 오른편에서 무언가 움직이는 게 있어서 고개를 돌려보았다. 두 사람. 힘바족이다. 아는 사람들이었다. 우리 마을 사람이면 내가 거의 다 알았다. 의회 장로인 카피카와 그이의 두 번째 부인인 니이카였다.

"빈티?" 카피카 족장이 나를 부르면서 가까이 왔

다. 니이카도 따라왔다. 그리고 둘이 다가오는 가운데 나는 장터의 칸막이 뒤에서나 길 건넛집들 안에서 엿보고 있는 사람들이 더 있다는 걸 알아차렸다.

나는 주춤했으나 곧 물 쪽으로 몸을 돌려 걸어 들어갔다. 호수 물이 내 다리에 얄팍하게 발려 있던 오치제를 씻어 없애고 흐르는 땀이 내 얼굴과 목과 두 팔을 씻어내는 가운데 시선들이 전부 나에게 와 있는 것을 느꼈다. 나는 물이 허리에 올 때까지 들어갔고 거기에서 입을 벌려 소리쳤다. "오크우우우우우우우!"

내 목소리는 호수 저편으로 쨍쨍 울려 퍼졌고 이어서 침묵이 내렸다. 뒤에 있는 사람들이 속닥거리는 소리를 들을 수 있었다. 그래도 나는 기다렸다.

그리고 문득 수면에 잔물결이 일기 시작했다. 오크우가 헤엄쳐 올라와 내 앞에 떠오른 것이었다. 눈물이 고여 시큰거리는 눈으로 나는 미소 지었다. 햇살 아래 오크우의 갓은 진한 남색을 띠고 있었다. 그리고 온통 송이깜박이달팽이 범벅이었다. 갓들이 오크우 둘레로 더 떠오르는 바람에 나는 뒷걸음질 쳤다.

메두스족이 더 있었다. 모여든 사람들 가운데 한 여자가 비명을 올렸고 사람들이 달아나며 투덕거리는 발소리가 요란했다.

나는 물을 헤치고 도로 뭍에 나와 음위니와 만났다. "어떻게 알았어?" 음위니가 물었다. 목소리를 듣자 하니 기가 좀 질린 정도가 아닌 듯했지만 메두스가 물 위로 솟아 나올 때에도 물러서지는 않았다.

"난 오크우를 알거든." 오크우 쪽을 향하며 내가 말했다. 메두스 말로 내가 그것에게 물었다. "넌 괜찮아?"

"응."

"왜 나에게 대답 안 했니?"

"네가 오지 말았으면 해서."

"네가 죽은 줄 알았잖아!" 내가 말했다.

"그 편이 네가 죽게 되는 것보다 나아, 빈티."

"어… 어떻게 된 일이었어? 왜 그… 뿌리집이! 그 자들이 불 질러 태워버렸잖아! 그리고 병사들이 죽어 있던데. 잔뜩! 무슨 일이 있었던 거야?" 이제 나는 떨고 있었고 울고 있었다.

오크우가 기체를 뿜어냈고 음위니와 나 둘 다 기침을 하기 시작했다.

"네가 떠나고 나서 나는 내 천막 안에 있었어." 오크우가 오치힘바로 말했다. "너희 아버지는 나한테 친절하게 해주셨어. 너희 언니들만 아니었으면. 언니들은 툭 하면 소리를 치던걸. 그날 저녁에 너희 가족은 모임을 가져서 그 자리에 사람이 많았어. 쿠시 놈들은 밤중에 왔어. 너희 아버지가 나를 사막으로 데리고 가서 남들 모르게 너희 부족 장로들을 만나게 해주고 있을 때에 말이지. 장로들이 나하고 얘기 나눠보겠다 그런 거야. 그래서 얘기를 하고 있는데 그자리에서 쿠시 비행선이 날아와서 내 천막을 폭파시키는 걸 보게 된 거지."

"뭐라고?" 내가 속삭였다.

"장로들은 나보고 자기들하고 같이 어두운 데 있으랬어. 너희 아버지는 쿠시족에게 그만두라고 소리 지르면서 집으로 달려가셨고. 너희 아버지가 말하길 너희 부족 사람들은 하나같이 안전을 찾아 안으로 달아난다면서. 이 시점에는 지상에도 쿠시 놈들이 있었어. 쿠시족 한 명이 너희 아버지와 말다툼을 하더라. 나한테 들렸어. 제 말로는 이름이 쿠우 참모장이라는 놈이었는데 머리에 머리카락이건 오쿠오코건 아예 없는 자야. 내가 천막 안에 있었다고 생각하지 않는다면서 어디 있는지 알아야겠다 그러는 거야. 너희 아버지는 말 못 해주겠다 거부하고 그 대장 놈은 너희 아버지에게 적에게 동조하는 자라며 딸은 심지어 메두스와 짝짓기를 했다고 비난하고….”

“짝짓기를 해?” 내가 소리 질렀다. 오크우 주위에 떠 있던 메두스들이 다 같이 갓을 둥둥 울렸다.

“응, 쿠시 놈들은 머저리 족속이지.” 오크우가 말했다. “너희 아버지는 적은 너희들이 적이라고, 방금 내 소유지 일부를 폭파했잖느냐고 그랬어. 이 말이 쿠우 대장을 화나게 했지. 놈이 자기가 거느린 병사들에게 뿌리집에 화염탄을 퍼부으란 명령을 내린 게 바로 이때였어. 그자들은 다들 도망쳐 나올 줄 알았던 것 같아. 집이 불타고 있는데 너희 아버지가 안으로 뛰어 들어갈 줄은 몰랐겠지. 하지만 너희 아버지는 그렇게 하셨고 나온 사람은 아무도 없었어.”

"힘바족은 밖으로 달아나지 않아. 안으로 달아나지." 내가 조용히 말했다. "안으로 안으로 가. 심지어 불이 타오르고 있어도." 나는 혀를 찼다. 두 손이 절로 떨려오고 정신이 흐려지려고 했기 때문이다. "쿠시 사람들은 우릴 보고 자살 성향 있는 사람들이라고 걸핏하면 농을 해."

"장로들은 밤중에 뿌리집이 불타는 걸 보았고 나는 그이들을 뒤로했어…. 그이들은 그냥 거기 서서 불이 타오르는 걸 멍하니 보고 있었거든. 엄청 큰 불이라 사막 멀리까지도 그 불빛이 보였어." 오크우가 말을 이었다. "쿠시족이 어리석게도 분을 내어 오셈바의 여염집들에 화염탄을 더 퍼부었고 말이야. 심지어 날 찾아보지도 않고 그랬어. 나는 갑주를 켜고 집 근처에 서 있던 자들 쪽으로 몰래 다가가서 최대한 여러 명을 죽였어. 그 쿠우 참모장이란 놈을 죽였으면 좋았을 텐데 그놈은 이미 빠져나가 비행선에 탄 뒤였어. 겁쟁이.

널 생각하면, 너희 가족을 생각하면 그자들은 다 죽어 마땅했어. 더 이상 죽이지 못하게 됐을 때 난 공

103

기를 흐려놓고 기침들을 해대는 사이에 빠져나왔어. 비행선 타고 온 자들이 너무 많았거든. 이길 수 없는 싸움은 하지 않는 것이지. 나는 호수에 숨었고 다른 이들이 오길 기다렸어. 이제 때가 되면은 우린 우리가 이길 싸움을 할 거야."

"그자들이 다 태워버렸어!" 나는 내 뒤에서 카피카가 소리 지르는 걸 들었다. 카피카는 붙들어 말리려는 부인을 밀쳐냈다. 무슨 얘기를 하나 들으려고 돌아온 사람들도 몇 있었다. "쿠시족이 와서 전부 다 불살랐어! 앙심을 품은 거지! 너희들 때문에 말이야!"

메두스는 대략 열 명쯤이었는데 혼자만 푸른색이 아닌 한 명이 너무나도 빠르게 떠올라 와서 나는 그게 날 타고 넘나 했다. 그 메두스는 너무나도 투명해 살을 뚫고 비친 햇살에 그 하얀 침까지 잘 보였다. 메두스 족장이었다.

"놈들이 오크우에게 무슨 대접을 했는지 알겠지? 우리가 왜 그자들을 죽이는지 알았을 게다." 족장이 우렁우렁 말했다. "우리가 왔다. 놈들은 우리가 와 있다는 것을 몰라. 미처 채비가 되어 있지 않을 때 놈들을 칠 거다."

나는 뒷걸음질 쳤고 그들 모두를 보았다. "화해해야 해요."

"아니야." 족장이 말했다. "우린 여기 와 있다. 전쟁을 할 것이다. 전쟁을 간절히 원해야 마땅하지."

인식이 되어오며 나는 내 오쿠오코가 꿈틀 움직이는 것을 느꼈다. 나는 메두스족 뒤편 호수를 바라보았다. 신음했다. 음위니를 돌아보고 이어서 우리 주위에 둘러서 있는 힘바 사람들을 보았다. "카피카 족장님." 그이가 있는 곳으로 올라서면서 내가 말했다. 턱이 가슴에 닿도록 고개를 숙인 채로 양손을 붙들었다. 그이가 움찔하는 게 느껴졌다. 손을 잡아 빼고 싶은 것이다. 나는 오치제가 다 씻겨나간 터였다. 카피카 앞에, 모두가 보는 앞에 맨몸으로 서 있는 셈이었기 때문에 불편해한다고 기분이 나쁘지는 않았다. "부탁이에요." 내가 말했다. "제가 야만인 꼴로 족장님 눈앞에 나타난 건 알고 있어요. 부탁드려요. 그 점은 일단 제쳐놓고 제가 힘바족의 딸이라는 사실을 봐주세요. 겉보기가 어떻든 어디에 갔었든 간에…."

"가서 뭣에 오염되어 왔든 간에 말이지." 카프카가 덧붙였다.

나는 메두스의 자존심 강한 분노가 치미는 걸 억누르느라고 잠깐 뜸을 들였다. 나무 되기를 하며 한 줄기 흐름을 불러 올렸다. 숫자들이 내 주위로 날고 나를 통과해 날아다니는 사이에 기분이 한층 차분해지고 정신이 또렷해지고 더 확신이 생겼다. 비록 분노는 여전히 저면에 부글부글 끓으며 죽어버린 내 가족들 생각을 내 의식의 맨 위 맨 겉으로 밀어 올리려고 하고 있었지만 말이다. 나는 카프카의 두 손을 계속 붙든 상태에서 머리는 공손하게 수그린 채로 있었다. "그래요. 무엇에 오염이 되었든지 간에요. 그래도 저는 아직 숙련 조율사입니다." 나는 침착한 목소리로 다른 사람들에게도 다 들릴 만큼 크게 말했다. "전 여길 떠난 때의 저보다 더 성장하고 더 나아진 사람이에요. 장로회에 긴급회의를 청하겠어요." 나는 시선을 들어 그이의 눈을 들여다봤다. "긴급한 상황이고 이 부근 전체의 평화가 달린 일이에요. 더 이상 누가 죽도록 해서는 안 돼요." 그러곤 머뭇거렸으나 곧 밀고 나갔다. "오… 오쿠루워를 소집하세요."

오쿠루워를 소집하는 건 오직 힘바족의 명맥이 중대한 위협에 처했을 때만이었다. 오쿠루워는 장로들만이 개최하는데 왜냐하면 그것은 힘바의 영혼을 불러일으키는 일이며 그러는 데에는 연장자라야 발휘할 수 있는 힘이 소요되기 때문이었다. 힘바의 치유력은 장로들이 보유하고 있고 심지어 오쿠루워라는 말 자체도 대개 힘바족 노인만이 입에 담았다. 그렇기에 그 단어는 말해 내보내는 내 입에 뜨겁게 느껴졌다. 서로를 마주 응시하면서 나는 헛기침을 했다. 카피카의 홍채는 짙은 갈색이고 눈의 흰자위는 햇빛 때문에 노랗게 변색되어 있었다. "주위를 보긴 했느냐?" 카피카가 짐짓 낮은 음성으로 물었다. "어린애 같은 네 이기적인 행동이 이 모든 갈등으로 이어진 거다. 우리가 우리 땅을 떠나지 않는 데는 이유가 있단 말이다. 빈티야. 그래놓고 나이에도 맞지 않게 주제넘은 소릴 입 밖에 내는구나. 네가 오쿠루워를 소집할 수 있을 거라 생각하다니 무슨 까닭이냐?"

말이 떨어지기가 무섭게 내가 받았다. "무슨 까닭

인가 하면 메두스 비행선들이 호수 속에 있기에 우리가 즉시 무언가 행동을 하지 않는다면 서로 싸우는 두 마리 코끼리의 발아래 뭉개지는 풀이 될 거라서 그렇습니다."

* * *

장로회는 힘바 여자들이 순례행 날짜를 널리 알리는 데 사용하는 것과 같은 통신 수단을 사용했다. 야자수에서 커다란 잎 한 장을 따다가 구성원들이 손에서 손으로 전달하는 것이다. 힘바족은 통신 기기인 천문의의 창조자, 제작자들이다. 그럼에도 몇백 몇천 년에 걸쳐 이 오래되고 오래된 방식으로 서로 중요 집회 알림을 전해오고 있고 앞으로도 계속 그럴 터였다.

그래서 나는 어린 여자애 하나가 야자수에 올라가서 큼지막한 마체테로 큰 잎 한 장을 끊어내서는 나무를 타고 내려오는 모습 그리고 그 잎을 카피카 족장에게 드리는 모습을 지켜보았다. 오크우와 음위니와 나는 카피카가 그 잎을 받고 자기 집에 들어가서 부인의 오치제 단지를 가지고 나올 때까지 말없이 그 자리에 서 있었다. 카피카는 오치제 단지를 나에게 내밀었다.

"오쿠루워를 소집하는 건 너니까 네가 원을 그려라."

"힘바족 남자는 왜 피부에 오치제를 안 발라?" 오크우가 내 옆으로 둥실 떠오르면서 물었다.

내 뒤에서 음위니가 키득거렸다. 나는 잎사귀와 단지를 받았고 오쿠우의 질문은 무시했다.

"남자가 아름다워 보여야 할 까닭이 뭐겠느냐?" 카피카 족장은 메마른 흙 위에 잎을 펴놓는 나를 보면서 반문했다.

"아름다움에 까닭은 필요치 않은데." 오쿠우가 대꾸했다.

나는 단지를 열었다. 그 오치제가 어찌나 향그러운지 나는 한순간 정신을 잃었다. 지구에서 만들어진 오치제 냄새를 맡아본 건 정말 오래간만이었다. 지나리야가 욱신 조여들었고 내 세계를 팽창시키며 뇌 속에 고향의 장면들이 범람하려 했다… 읍내 광장, 호수, 학교 건물. 그이의 부인은 그 근처에서 점토를 캤을 게 분명했다. '내 오치제는 이제 이런 냄새는 나지 않지.' 나는 생각했다.

"네가 우리를 어떻게 이해하겠냐." 카피카가 그만 하자는 듯이 오크우를 끊어냈다.

나는 오치제로 동그라미를 그린 다음 잎사귀를 그이에게 건넸다. 카피카는 그 원을 보고 이어 나를 보았다. "메두스는 물속에 꼭 그대로 있게 해라." 그이가 말했다. "회의를 소집해서 이 상황을 개선하도록 할 터이니까." 그이는 오크우를 쳐다봤지만 말은 나에게 했다. "저것들의 부족민이야 살아 있잖느냐. 전쟁을 할 까닭이 뭐냐. 파괴는 벌써 충분히 해놓았다."

"그건 댁이 결정할 일이 아니야." 오크우가 말했다. "도발한 것도 아닌데 공격 행위를 했으면 전쟁의 까닭이 되지."

"쿠시족이 내 가족을 죽였어요." 내가 무감각하게 덧붙였다. "우리로서는 힘바족으로서는 그러면 전쟁 행위가 되겠지요. 그렇지 않나요?"

"안타깝구나, 빈티야." 카피카 족장은 내 어깨를 다

독이며 말했다. "하지만 네가 하필이면 메두스족과 어울리고 너희 가족이 구태여 그중 하나를 자기 집에 반겨 맞아들이고 심지어는 보금자리까지 만들어준 이상에는 말이다…. 한데 나머지 우리들까지 굳이 거기에…."

"같은 힘바족이잖아요!" 두 주먹을 부르쥐고 내가 소리 질렀다. "오셈바는 제 고향이라고요!"

카피카 족장은 한 손을 내저었다. "그런 말은 오쿠루워에서 하려거든 하거라. 내가 장로회를 대변하진 않으마." 그이는 야자 잎을 돌돌 말아 떠나가기 시작했다. 그러다 발걸음을 멈추고 나를 돌아보았다. "회의에 올 때 오치제 바르고 오너라. 없으면 내가 준 것을 써. 꼬락서니가 야만인 같구나." 그이는 음위니에게 불쾌한 시선을 던졌다.

나는 음위니를 한번 쏘아보았고 음위니는 카피카 족장을 향해 눈을 부릅떴지만 말은 삼갔다. 그이가 말소리가 안 들릴 만한 거리까지 가자 음위니가 말했다. "저러니까 우리가 힘바족을 도와 싸우러 안 오지."

나는 입술을 꾹 물었다. "딱 여기 사는 우리가 아는 만큼 조금밖에 몰라서 그래. 그 점은 봐주렴."

음위니는 그저 눈길을 딴 데로 돌렸고 나를 등지면서 양손을 매끄럽게 움직여댔다. 누구에게 이야기하는 거냐고 물어보진 않았다.

"너희 쪽 사람들은 죄다 겁이 나서 전전긍긍이야?" 오크우가 물었다.

나는 그 녀석을 노려봤다.

"우리 이 자릴 떠야 할 것 같다." 음위니가 다시 내 쪽을 향하면서 말했다. "메두스와 쿠시 간의 분쟁은 오래된 것이지. 에니 지나리야가 이 근방에 안 오고 멀찌감치 떨어져 지내온 데에는 그 이유도 커. 빈티, 네 잘못이 아니야. 이 사태는 전부 조만간에 다시 시작될 거였어. 그 우주선에서 너는 할 수 있는 한의 일을 했지. 하지만 그렇다 해도 너도 그 상황이 일시적인 거란 건 알았어야 해."

'일시적인 거였다고, 진짜?' 나는 궁금했다. 내 평생 그리고 그보다도 훨씬 전부터 상황은 평화로웠다. 휴전 협정은 지켜졌다. 그리고 그런 동안에 힘바족은 흥성했다. 우리 아버지는 자기 가게를 세울 수 있었다. 우리 중 많은 사람들이 쿠시족 도시에 정기적으로 나가서 우리 천문의들을 팔았다. 움자 대학행성에 있던 침으로 해서 세 번째 물고기호에서 그런 일이 벌어지고 난리가 났다지만 내가 거기 있지만 않았던들 그 일들은 행성 몇 개 거리만큼이나 머나먼 데 일로 남았을 터였다. 그랬다. 우리 힘바족이 결코 하지 않을 일을 하겠다 결심함으로써 내가 그 온갖 일들을 들쑤셔 일으킨 거나 다름없었다.

"어떻게든 해봐야 해. 상황을 호전시켜야 해." 내가 말했다. "그냥 여길 떠나버릴 순 없어." '우리 가족들.' 나는 생각했다. 내가 사랑하는 사람들 거의 전원이 산 채로 불에 타 이제는 뿌리집 속에 숯덩이 유해가 되어 있었다. 우리 모두가 나서 자란 우리 집에서⋯. 우리 어머니, 아버지, 형제자매들, 사촌들, 남녀 조카들, 친지들이 다. 나는 몸서리를 쳤다. 주머니 속으로 손을 뻗어 내 에단에서 나온 황금 구슬을 만졌다. 구슬은 따스했고 나는 그걸 꼭 쥐었다. 골골이 홈이 팬 구슬 표면의 감촉이 대번에 마음을 다독여주었다. 가볍게 나무 되기를 하는 동안 숫자들의 감각이 내 정신을 꿰뚫고 질주하는 느낌에 너무나도 안도감이 들어 다리가 풀리려고 했다.

나는 한숨을 쉬고 장터의 긴 의자 한 곳으로 걸어가 앉았다. "라쿠미는 어딨어?" 내가 무감각하게 물었다.

음위니는 뿌리집으로 이어진 길을 가리켰다. 나는 고개를 끄덕였다. "너 괜찮아?" 음위니가 내 옆에 앉았다.

"아니." 내가 말했다. "다시 괜찮아지는 일은 없을 거야."

오크우가 우리 쪽으로 스르르 미끄러져왔다. "나도 같이 갈까?" 그것이 물었다.

나는 잠시 어떡할까 생각해보았다. 고개를 끄덕였다. "그래." 내가 말했다. "그렇지만 지금은 족장님과 다른 메두스들 있는 데로 돌아가서 모습을 드러내지 않도록 해줘."

"쿠시족이 다시 왔었어?" 음위니가 물었다.

"다시 올 거야." 오크우가 말했고 그 소리는 그러기

를 간절히 바라 마지않는 듯했다. "놈들은 아직 나를 찾고들 있어. 얼마 안 가 내가 뻔히 보이는 데 숨어 있다는 걸 깨닫게 되겠지." 그 녀석의 갓이 진동했다. 웃음이었다. "넌 이 모임이 성공적이기를 빌어야 해. 그렇지 않다면 내일은 전쟁이 벌어질 테니까."

음위니가 나를 보았다. "언제가 될까…"

"오… 오." 나는 말을 하다 쉬었다. 나로서는 아직 그 단어를 말한다는 게 힘들었다. "오쿠루워는 항상 일몰 때 열려." 내가 말했다. "불과 하늘이 하나 되는 때에 말이지."

* * *

음위니와 나는 그날 대부분의 시간을 비어 있는 수크에 그냥 있었다. 그러고 나서 음위니가 라쿠미를 데리러 뿌리집으로 돌아갔다. 나는 같이 갈 마음이 없었다. 오크우는 호수로 돌아간 터였다. 순식간에 물속으로 모습을 감췄다. 호수에 들어가 있으면서 한 번 내 오쿠오코를 통해서 연락을 해왔다. '잘 있냐?'

"여기 있어." 내가 응답했다.

음위니가 라쿠미를 데리고 돌아왔다. 암낙타는 우리 오빠 텃밭에 남아 있었던 걸 양껏 먹은 게 분명했다. 펼쳐놓은 내 깔개 옆에 앉더니만 잠이 들었다. 각자 자기 집에 숨어들 있던, 이 구역에 아직 남은 힘바 사람들은 우리에게 거리를 두었다. 한번씩 길 이쪽 끝 저쪽 끝에 적은 인원의 사람들이 걸어가는 걸 볼 수 있었다. 사람들은 우리 쪽을 보기는 봤지만 얼른 가던 길을 갔다.

나는 그 몇 시간을 내 깔개 위에서 휴식하며 보냈다. 나의 황금 구슬은 내가 나무 되기를 하는 동안 앞에 떠 있었다. 나머지 파편들은 주머니에 그냥 두었다. 왠지 몰라도 그것들은 이제 에단의 일부가 아니라는 느낌이 들었다. 벗어버린 허물 조각들 같았다. 황금 구슬이 아직도 오크우에게 독이 될지 아니면 은처럼 보이는 겉껍질 조각들이 문제였던 건지 궁금했다. 내가 혀로 건드려보았을 때 파편들에서 느껴졌던 것과 같은 톡 쏘는 느낌이 황금 구슬에서도 났다. "오크우에게 물어보기에는 정말 때가 아니겠지." 나는 혼자 속삭이며 앞에서 빙그르르 돌아가는 황금 구슬을 주시했다. 구슬 주위로 내가 흘려보낸 흐름은 조그마한 행성을 휩싼 전기장 같았다.

음위니는 내 옆에 앉아서 조금 구경도 하고 그렇지 않을 때는 일어나 호숫가를 따라 걷기도 했다. 한번은 음위니가 발걸음을 멈추더니 호수를 등지고 똑바로 하늘을 바라보았다. 거의 한 시간을 그런 채로 있었다.

나는 수학의 흐름에 깊이 잠긴 채 음위니를 구경했는데 골골이 홈이 팬 내 황금 구슬은 내 앞에서 천천히 회전하고 있었고, 내 정신은 맑고 선명하고 고요하고 멀리 떨어져 있는 느낌이었다. 음위니의 얼굴은 평화로웠고 입술은 무언가를 말하고 있는 듯하고 양손은 가만히 늘어뜨린 채 하늘색 옷자락을 바람에 팔락팔락 나부끼면서 호수에 서식하는 송이깜박이달팽이 빈껍데기들을 밟고 서 있었다.

음위니가 뭘 하고 있는 걸까 궁금했다. 조율사는 같은 조율사가 조화를 불러오고 있으면 그걸 안다. 누구와 이야기 나누고 있는 것일까? 아마 일곱일지도. 마침내 음위니가 스스로 깨어나서는 몇 분 동안 양손을 움직였다. 다시 나에게 와서 자기 깔개 위에 앉았다. "얘기 잘했어?" 내가 물어보았다.

음위니는 큭큭 웃었고 글쎄 어떨까 하는 표정을 짓더니 이렇게 말했다. "말해도 못 믿을 거야."

나는 도로 황금 구슬 조작에 신경 썼다. 음위니가 얘기해줄 마음이 없다면 뭐 상관없었다. 어쩌면 음위니는 내 할머니와 이야기한 건지도 모른다. 아니면 아리야든가. 아니면 자기 부모님이나 형들과 한 것일지도. 매번 내가 관여할 일은 아니었다.

* * *

일몰이 찾아와 나는 안도의 한숨을 내쉬었다. 쿠시 군대는 돌아오지 않았다. 그렇다는 것은 오쿠루워가 힘바족을 조직화하도록 도울 기회가 아직 있다는 뜻이고, 어쩌면 내가 우리가 쿠시와 메두스 간의 중재자 역할을 하여 전면전을 막도록 할 수도 있을지 몰랐다. 쿠시와 메두스 사이에 전쟁이 격화되면, 더 많은 메두스가 오고 더 많은 쿠시 사람들이 먼 땅에서부터 온다고 하면 전투가 확대될 것이고 다른 이들에게도 피해를 끼칠 터였다. 전부 다 나 때문이다. 세 번째 물고기호에서는 어쩌다 보니 심상치 않은 일의 중심부에 있게 된 나였다. 이번에는 아예 내가 중심부였다.

우리는 짐을 꾸렸고 음위니와 나는 앞서 먹고 남은 사막 토끼 구이와 말린 대추 그리고 땅속 뿌리로 푸짐하게 식사를 했다. 나는 점포 자리 뒤로 가서 오치제를 두껍게 발라 몸을 가리느라고 수중에 남았던 걸 거의 다 썼다. 내 오쿠오코에 오치제를 아주 잔뜩 이겨 붙여서 그것이 머리카락이 아니라 오쿠오코, 그러니까 촉수라는 걸 누가 봐도 알아차리지 못하게 만들었다.

나는 오크우에게 이제 갈 때가 됐다고 메시지를 보냈고 오크우는 1분도 되지 않아서 물속에서 떠올랐다. 오크우가 부상하면서 음위니 있는 데로 미끄러져 온 바람에 묘한 순간이 있었다. 둘이 약 30초 동안 그런 채로 가만히 있었다. 무언가 주고받는 게 있구나

하고 나는 확신했다. 아무리 에단이 없고 오쿠오코도 없다 해도 음위니는 조율사였다. 내가 수학을 이용하는 지점에서 음위니는 여러 종족의 사람들과 이야기하는 데 무언가 다른 접근법을 썼다.

출발하면서 우리가 걸어온 흙길로 더 멀리 나서면서 나는 아직 서 있는 채인 모래 벽돌 집이며 건물들(뿌리집에서 몇 분 걸어오자 더 이상 쿠시족이 가한 손상은 없었다)에서 사람들이 우리를 지켜보고 있다는 느낌이 들었다. 지금쯤이면 모두들 오쿠루워에 대해 알 터였다. 야자 잎이 회의 구성원 한 명의 집에서 또 한 명의 집으로 건너가면 소식은 천문의로 전해지든 입말로 전해지든 쏜살같이 퍼져간다. 그리고 내가 예전과 마찬가지로 지금도 내 동포들을 잘 알고 있다손 치면 그이들은 나에게 무지하게 분노했으면서도 내가 성공을 거두기를 희망하고 있었다.

* * *

정기적으로 회의가 개최되는 돌 건물은 오셈바의

반대쪽 끝에 있어 대략 5킬로미터 길이었다. 우리는 호수를 빙 둘러 가서 포장 안 된 주도로에 발을 들였다. 여기 오자 사람들은 문간에서나 창문에서 물끄러미 쳐다보고 심지어는 자기 집에서 나와서까지 쳐다봤다. '동족을 버린 애'인 나 또는 '난폭한 메두스'인 오크우 아니면 '사막의 야만 족속'인 음위니를.

"저걸 저렇게나 많이 자라게 놔두는 건 왜야?" 딱딱하고 뾰족한 가시로 뒤덮인 넓은 줄기에 두꺼운 고무질 잎을 단 나무들의 대군락을 지나칠 때에 음위니가 물었다. 음위니는 양손을 들어 올려 몇 가지 동작을 했다. 우리가 지나가고 있던 커다란 석조 주택 문간에 여자가 섰다가 이걸 보고는 헉 하고 숨을 삼키곤 빤히 이쪽을 보는 걸음마 하는 어린애를 붙들어선 집 안으로 끌고 들어가 문을 쾅 닫았.

"죽지 않는 나무?" 닫힌 문에 눈을 흘기면서 내가 말했다. 음위니는 그 여자를 전혀 개의치도 않았다. "설령 우리가 그러고 싶었더라도 저 나무들은 못 파내. 뿌리가 너무 깊어서. 게다가 저 나무들이 있었기에 오셈바 사람들이 음용 가능한 지하수를 찾아냈는 걸. 저 나무들 덕택에 우리가 여기 살 수 있는 거야. 저 나무들 주위로 수도 시설을 해놨지."

"애들이 길에서 뛰어 놀다가 자칫 잘못하면 찔리겠다." 음위니가 말했다. "어째서 '죽지 않는' 나무라고 그래? 저 나무에 혼령이 깃들어 사나?"

"혼령은 모든 것에 깃들어 살지." 오크우가 말했다.

"힘바보다 오래되어서야." 내가 말했다. "우리는 저 나무들을 존중해. 번개 폭풍이 칠 때면 저 나무들이 펄펄 살아나는 것 같지. 진동하거든. 울부짖는 듯한 소리가 날 정도로 빠르게 진동해. 얼마나 엄청난지 직접 봐야 알까 말까 해. 그리고 저 나무들이 특정한 염류를 만들거든. 그걸 잎에서 긁어모아 쓰면 온갖 질병이 나아."

음위니는 이제 손을 바삐 움직이고 있었고 그 애가 앞으로 훅 미는 동작으로 그 일을 끝냈을 때 나는 그 애 앞의 공기가 잠시 휘는 걸 보았다. 머리가 아파와서 나는 두통이 그칠 때까지 앞만 보았다.

"누구하고 이야기해?" 내가 물었다.

"너희 할머니." 음위니가 말했다. "식물을 얼마나

좋아하시는지 알지? 이런 얘길 들으시면 완전히 넋이 나가실걸." 음위니는 주춤했다. 그러다 클클 웃었다. "이미 알고 계시네."

나는 미소 지었다가 기침을 했다. 오크우가 급히 내뿜어버린 기체가 주위에 자욱했다. 허겁지겁 달아나는 발소리들이 들렸다. 돌아보자 한 무리의 애들이 죽지 않는 나무 뒤에 숨어 있었다. 몇 명은 키득키득 웃어대는 중이었다.

"그냥 호기심이야." 메두스 말로 오크우에게 말하면서 그 언어의 굵직하게 우르릉거리는 진동음에 그 어린 여자애들이 겁먹고 가버리길 기대했다. 하지만 그렇진 않았다.

"한 명이 내 오쿠오코를 만졌어." 오크우가 우렁우렁 대꾸했다. 오크우의 메두스족 음성을 듣자 아이들이 내뺐다. "저것들 침에 찔려 죽는 것이 소원이라면 내가 들어주겠어."

"기억해." 나는 도로 오치힘바로 언어를 바꿔 말했다. "내 오치제에 네 오쿠오코가 치료됐잖아. 너를 만진 꼬마 여자애도 온몸에 오치제를 바르고 있어. 너한테 좋으면 좋았지 나쁠 거 없어."

"걔 오치제는 내 살이 탈걸." 오크우가 메두스 말로 짜증스럽게 우르릉거렸다.

"걔가 너를 건드렸음 걔 오치제가 네 오쿠오코에 묻은 거야." 내가 깔깔 웃으면서 말했다. "타는 냄새 하나도 안 나는데?"

"너희 민족은 무례해." 음위니가 돌연 치고 들어왔다. 그 애는 어느 건물 앞에 서서 웃고 있는 세 남자에게 눈을 부라렸다. 그중 한 명이 음위니에게 손가락질하더니 손을 폈다 쥐었다 했다. "막돼먹은 무례한 사람들이야."

나는 음위니의 팔을 붙들고 끌고 갔다. "저 사람들 행실 내가 사과할게." 내가 말했다.

"편협하고 배타적인 족속이야." 음위니가 투덜거렸다. "나는 저희들 말을 할 줄 아는데 자기들은 내 언어로 나에게 인사조차 못 하면서." 고맙게도 음위니는 내가 자기를 끌고 가게 그냥 놔두었다. 그 사람들이 그간 날 두고 뭐라고들 말을 했을지 난 아예 생각을 말았다. 게다가 이제 쿠시와 메두스 간 폭력이 터

져 오셈바의 일부가 파괴되기에 이르렀는데 이 마당
에 내가 메두스 하나를 마을에서 가장 신성한 장소로
데리고 가고 있으니 감정은 분명코 더 안 좋아졌을
터였다. 하지만 우리가 오셈바를 가로질러 걸어가는
동안에 비록 애들이 또 따라붙고 어른들도 몇 명 오
크우를 비웃는가 하면 몇은 침을 뱉으면서 음위니에
게 고함을 쳤지만 나를 상대로 뭐라 말을 하는 사람
은 한 명도 없었다.

* * *

　오셈바 회당은 마을의 동쪽 끄트머리에 자리 잡고
있는, 사암으로 된 거대한 돔형 건물이었다. 뿌리집
은 맨 서쪽이니까 그 두 건물 다 오셈바에 있기는 해
도 서로 거리가 있는 대로 멀었다. 오셈바 회당은 세
그루의 죽지 않는 나무 사이에 지어졌고 그 안에는
'성스러운 우물'을 둘러싸고 돌로 발판을 짜놓았다.
　매일같이 오셈바의 이쪽 동네에서는 여자들이 마
실 물을 길으러 왔다. 왜냐하면 여기서 긷는 물은 맛

이 상쾌한 데다 오셈바 전역에서 지하 수맥으로부터 펌프로 퍼올리는 물과는 달리 체한 속을 내려주는 효능이 있기 때문이었다. 우리 어머니도 한번씩은 마을 이쪽 구역까지 걸음을 했고 어머니가 신기한 물을 집으로 가져오시면 우린 모두 앞다투어 조그만 잔에 따른 물을 저녁 식사 후에 홀짝홀짝 마셨다. 우물 뒤편으로 탁 트인 사막을 면한 노천 회의터가 있었다.

"돌아서 가자." 내가 말했다. "거기들 계실 거야." 힘바족 기준으로는 오염된 자들인 우리 셋이 성스러운 우물 바로 옆으로 걸어 지나가는 걸 참아줄 사람이 있을지 난 솔직히 자신이 없었다.

오크우는 잠시 멈춰 섰는데 건물을 찬찬히 감상하는 것처럼 보였다. 눈길을 돌려보고 나서 나는 이 판국에도 웃음을 터뜨리고 말았다. "힘바족은 수동공격적인 족속이야." 오크우가 메두스 말로 말했다.

나는 고개를 끄덕였다. "우린 말을 안 하면서도 할 말을 세게 하는 재주가 있지." 한 명의 메두스와 정말 친해지고 난 지금에 이르러서야 겨우 오셈바 회당을 우러러보면서 나는 그 생김새가 메두스와 무척 닮았

126

다는 것을 깨달았다. 우리 힘바족을 똑똑한 노예 취급 하는 사람들의 적인 메두스. '모든 게 정말 복합적이고 서로서로 연결되어 있구나.' 내가 생각했다. '모든 것이. 그리고 무슨 일에든 우연은 없지…. 아무튼 어머니는 항상 그렇게 말씀하셨지.' 눈과 눈 사이가 찌릿했다. '하셨지'다. 이젠 말씀 못 하신다. 나는 걸음을 빨리했다.

건물 옆을 미처 다 돌기도 전에 불 소리가 들렸다. '성스러운 불'은 항상 타오르고 있었지만 이렇게 크게 키워놓는 건 오쿠루워가 소집되었을 때만이었다. 다들 돌아보았다. 전원이 우리를 기다리고 있었다. 카피카 족장을 포함해 남자 노인 다섯 명, 사막으로 들어가는 순례행을 이끌었던 티티를 포함하여 여자 노인 두 명, 그리고 젊은 남자 한 명이었다.

그 젊은 남자와 시선이 마주쳤고 나는 한숨 지었다. 델레였다. 내가 움자 대학교에 가려고 몰래 떠난 이후로는 더 이상 가장 친한 친구가 아니게 된 내 단짝 델레. 지난 한 해 사이에 수염을 기르고 카피카 족장의 수련생으로 발탁된 델레. 나는 에니 지나리야가 날 데리러 오기 직전 델레와 이야기를 나눴더랬다. 그 애가 내 천문의로 연락을 해왔다. 우리는 짧게 통화했고 델레가 날 딱한 듯이 보는 게 너무 힘들어서 난 대화가 끝이 난 게 차라리 기뻤다. 그 애가 나에게 마지막으로 던진 말은 이랬다. "너한테는 무슨 말을 못 하겠다, 빈티."

그이들은 모두 불 주위에 앉아 있었다. 남자들은 암적색 카프탄과 바지를 입었고 여자들은 내가 입은 것과 비슷하게 붉은 두름치마와 빳빳한 붉은색 상의를 입고 있었다. 티티와 또 한 명 여자분 둘 다 삼각 모자이크 무늬가 나오게 땋아서 등에 늘어뜨린 머리 가닥들에 오치제를 이겨 바른 모습이었다. 델레는 머리 양옆은 머리카락을 밀고 정수리의 숱 많은 머리카락을 굵게 하나로 틀어서 외뿔처럼 머리 뒤쪽으로 뻗쳐놓았다. 빳빳하게 뻗치도록 오치제를 얇게 입혔다.

"이리 오너라." 카피카 족장이 말했다.

오크우의 목소리가 전해져 오는데 흡사 내던지는 듯한 말이었다. '난 불 싫어.'

나는 힘바 의회로 다가갔다. '지나치게 가까이 접

근하지만 않으면 다치진 않아.' 내가 응답했다. '내 뒤에 있어.' 나는 음위니를 곁눈질했고 그 애는 살짝 고개를 끄덕였다. 내가 앞장서고 음위니가 내 뒤에 오고 오크우는 그 뒤였다. 나는 그때까지도 어머니가 사주신 순례행 의상을 입은 채였다. 내 평생 최고의 순간들 중 하나에 입을 곱디고운 옷. 하지만 이제 붉은 치마는 모래에 떡이 졌고 빳빳한 상의는 내 땀과 오치제가 스며 더러웠다. 그리고 내 가족들은 죽어버렸다.

의회원들은 성스러운 불 주위에 앉아 있었다. 델레는 불 건너편에 카피카 족장과 또 한 명 남자분 옆에 앉았고 여자분 두 명은 내 양쪽에 있었는데 오른쪽이 티티였다. 나는 나 앉으라고 비워둔 자리에 앉아 원을 완성시켰고 음위니와 오크우는 내 뒤에 자리 잡았다.

나는 머리를 조아렸다. "힘바 의회가 이번… 오쿠루워를 소집한 제 요청에 응답해주셔서 영광입니다." 그렇게 말했는데 억지로 그 단어를 입 밖으로 밀어내느라 오쿠루워를 좀 너무 크게 말해버렸다. "고맙습니다."

"의회는 힘바의 딸을 인지하지." 의회원 전원이 응답했다. 델레는 제외였다. 델레는 아무 말도 하지 않았다. 하지만 그 애는 장로 자격으로 참석한 게 아니므로 장로로서 발언을 할 순 없었다.

"빈티." 카피카 족장이 운을 떼었다. "너는 한밤중에 도둑처럼 우리를 떠나갔다. 가족을 버리고…."

"가족을 버린 것은 아닙니다." 내가 고집했다.

"넌 오늘 밤 우리를 여기 모아놓았다. 작은 여자야." 티티가 쏘아붙였다. "장로가 말씀하시는데 끼어들지 마라."

나는 치미는 분노와 싸웠고 다른 이들은 과연 내가 자제를 할지 지켜보고 있었다. 나는 긴 숨을 내쉬고 눈을 깔았다.

"너는 네 가족을 버렸다." 카피카 족장이 되풀이했다. "오밤중에 도둑처럼 말이지. 너 자신의 필요 때문에. 너의 결정으로 인해 거의 죽을 뻔했고 살아남기 위해서 부득이하게 메두스와 짝짓기를 하고야 말았지." 그는 말을 끊고 다른 이들을 보았다. "하지만 피는… 물보다 진한 법. 선량한 힘바 사람답게 너는 집에 왔구나. 하나 너는 우리를 자기네만 못하게 보는 사람들의 적을 데리고 왔다. 그래서 쿠시족이 그 적을 노려 내습하니 그자들은 우리도 치려고 오게 되었다. 이제 우리들의 가정과 우리들의 영토에 두루 다시 전쟁이 벌어지는 참이다. 우리 중 한 명인 너의 행동으로 말미암아 촉발된 전쟁이. 이곳에서 네 가계는 단절이 됐고 너는 네 혈통의 다른 한쪽인 야만족과 연합했구나…. 우리가 그냥 너를 오셈바에서 내쫓아 버리면 안 될 까닭이 있겠느냐?"

나는 매섭게 치올려 보았다. 화가 났다. "힘바족은 자기 동족에게 등을 돌리지 않기 때문이죠. 우리는 안으로 향합니다. 우리는 우리 것인 무언가를 끌어안음으로써 우리 것을 지킵니다." 내가 말했다. "설령 어떤 사람의 혈통이… 사멸했더라도요." 나는 말을 끊었다. 분노로 인해 또 눈앞에 요란하게 타오르는 불로 인해 한층 강력해진 기분이었다. 나는 성스러운 불 앞에 꼿꼿이 섰다. "내가 떠났던 건 더 원했기 때문이에요." 내가 말했다. "나는 내 가족, 내 민족, 내 문화를 떠나지 않았습니다. 거기에 모든 걸 더

하길 바란 겁니다. 나야말로 그 학교에 갈 사람이었고 실제 갔을 때 그런 온갖 일들이 있은 후였는데도 그 사실은 더 분명해지기만 했어요. 전 움자 대학교에 바로 적응했죠.

하지만 기어코 집에도 와야 했습니다. 제겐 전부 다 필요했습니다. 여러분, 학교, 우주. 저 자신을 가다듬기 위해 순례행에도 나서고 싶었지요…. 하지만 그건 제 길이 못 되었습니다." 나는 말을 끊었다. 생각을 하나로 그러모으기 위해서였다. "오크우는 친구입니다…. 그래요, 짝이라고 할게요. 그래서 저는 오크우에게 제 고향을 구경시켜주고 싶었습니다. 어쩌면 이곳에서도 일이 잘 풀리게 만들려고 그랬던 것 같네요. 모두를 조율해 조화를 이루려고요. 쿠시, 메두스, 힘바." 나는 몸짓으로 음위니를 가리켰다. "그리고 이젠 에니 지나리야도 말입니다." 다시 불을 향했다. "이것이 제가 이 모임을 소집한 까닭입니다. 테러와 죽음과 파괴가 있었습니다만 이제 전 거기에서 조화를 끌어내고자 합니다. 우리는 할 수 있습니다." 그들의 찌푸린 얼굴 하나하나를 나는 바라보았다.

"델레." 그 애를 직시하면서 내가 불렀다. 델레는 놀라서 몸을 흠칫했다. "너는 여기 계신 모든 분들보다 나를 더 잘 알지. 넌 내 마음을 알아. 내가 모두를 얼마나 사랑하는지, 모두를 보호하고 모두를 행복하게 하고자 얼마나 많은 걸 바치고자 하는지 넌 알고 있어. 내가 뭘 구하려는 건지 들어봐."

나는 손을 들어 호수 쪽을 가리켰다. "우리가 이야기 나누고 있는 지금 이 순간, 메두스족은 호수 속에서 대기 중입니다."

회의 구성원 모두가 빠짐없이 헉 소리를 냈다.

"빈티, 무슨 말이야!" 델레가 소리 질렀다. "그럴 순 없지!"

"허어!" 내가 모르는 장로 한 분이 소리쳤다. "지금 이 순간에 말이냐?"

"네." 내가 말했다. "물속에 우주선이 숨어 있습니다. 아마 한 척만이 아닐 거예요." 내가 한 말이 스며들어가기를 기다렸다. 델레는 커다랗게 뜬 눈으로 나를 계속 뚫어지게 보았고 다른 이들은 서로 수군수군 말을 나누었다.

"댁네 민족은 전쟁에서 살아남을 유형이 못 돼요."
오크우가 내 뒤에서 오치힘바로 말했다.

음위니가 쿡 웃는 소리가 귀에 들어왔다.

"쿠시족은 휴전 협정에도 아랑곳없이 메두스 한 명을 죽이려고 했어요. 오크우는 쿠시 땅에 평화 속에 찾아온 평화 사절이었는데도 불구하고요." 내가 말했다. "움자 대학교에서 쿠시 정부와 메두스 족장 양측으로부터 오크우가 여기 오는 데 대한 허가를 받아냈는데요. 그랬는데 쿠시족은 명예 메두스인 저를 찾아내 죽이지 못하자 저희 집을 불태우고 제 가족들을 죽, 죽였습니다. 메두스족은 전쟁을 시작할 명분이 있어요. 그리고 쿠시족도 그러기를 바라지요. 그런데 그들은 오셈바에서 전투를 벌일 거고 쿠시 땅은 다시 화염에 들끓을 거예요. 우리 힘바족이 양쪽을 만나보고 멈춰 세우지 않는 한은요." 그러고 나서 나는 음위니나 오크우에게도 미리 말한 바 없는 요청을 했다. 왜냐하면 그 둘은 힘바 사람이 아니니 절대 이해 못할 것이기 때문이었다. "부디, 힘바의 깊은 바탕을 불러일으켜주세요."

"안 될 소리!" 티티가 돌연 소리 질렀다.

"제발요." 말을 하면서 나는 지금 하고 있는 일, 지금 하고 있는 말을 스스로 거의 믿을 수 없었다. 1년 반 전만 해도 지금 이 순간 이 자리에 있게 될 줄을 전혀 상상하지 못했다. 깊은 바탕은 그 자체보다도 더 심원하다. 문화보다 더 깊이 뻗어 내려가며 이리 저리 교차한다. 그것은 모든 사물에 깃들어 있는 수학과 교감하는데 힘바족 의회가 집단으로 시도해야만 일깨울 수 있다.

"그렇게는 못 한다! 네가 뭐라고 그런 것을 요청하느냐?" 티티가 역정을 내며 호통쳤다. 티티는 숨을 깊이 들이쉬며 마음을 가다듬었다. 다시 입을 열었을 때에는 훨씬 차분했다. "이 전쟁은 우리 전쟁이 아니다, 빈티야. 우리는 짐을 꾸려서 순례터로 가고 쿠시와 메두스가 저희들끼리 죽이든 진이 빠지든 할 때까지 거기서 기다릴 거다. 우리 천문의에 소용되는 것을 전부 가져가고 귀중한 것을 다 챙겨 가서 저 오랜 옛날 그랬듯이 떠돌며 지낼 것이고 한데 뭉칠 것이야. 이 사태가 지날 때까지!"

"저… 제가 밤의 가장꾼을 봤습니다." 내가 고백했다. "다시 봤어요. 대낮에요. 제 말을 들어야 하지 않습니까?"

모두가 카피카 족장을 돌아보는 가운데 마치 그이가 무언가 말하기를 기다리는 양 침묵이 내렸다. 카피카 족장은 고개를 저을 뿐 이 건에 관하여 말하기를 거절했다. 다시금 내 뒤에서 음위니가 쿡쿡 웃는 소리가 들렸다. 음위니는 이 자리에 있는 다른 누구보다도 즐기고 있는 것 같았다. "이 사람들은 뭐 아는 게 없네." 그 애가 중얼거렸다.

조용한 가운데 델레가 불현듯 일어서서 내게로 왔다. 내 앞에 바짝 와 서서는 나를 내려다보았다. "일어서, 빈티." 내가 일어서자 델레는 내 한쪽 어깨를 확 끌어 잡았다. "이리 와."

음위니는 벌써 일어섰다. "어디로 데려가려고?" 음위니가 따졌다. "나도 가겠어." 오크우도 우리 쪽으로 떠 왔다.

"여기 있어." 델레가 한 손을 쳐들며 말했다. "쟤들한테 말해. 뭐라고 하든지 타일러봐. 빈티는 안전해.

꼭 할 애기가 있을 뿐이야."

"빈티?" 음위니가 나를 보며 물었다. "괜찮아?"

"괜찮을 거야." 내가 말했다. '그리고 혹시 도움이 필요하면 오크우를 부를 수 있으니까.' 눈으로 그렇게 뜻을 전했다. 마치 알아듣기라도 한 것처럼 음위니는 고개를 끄덕이고 물러섰다.

그러자 델레는 나를 오셈바 회당 뒷문 쪽으로 밀었다. 나는 오크우와 음위니를 슬쩍 돌아봤지만 음위니는 아직도 충격에 빠져 어쩔 줄 모르는 의회원들을 향해 말을 하고 있었다. "제 이름은 음위니이고 사막 출신입니다. 제가 에니 지나리야를 대표해 말씀드리는 셈이군요. 알고 있는 바로는 이 상황이…"

그러곤 우리 둘은 회당 안에 들어섰고 델레는 앞장서서 둥근 지붕 한가운데에 위치한 성스러운 우물로 갔다. "너 도대체 왜 그래?" 델레가 물었다. 나를 내려다보고 있었다. 언제 이렇게 키가 커졌지?

"뭐가…." 나는 그 애의 검은 눈을 들여다보고 얼어붙었다. 눈이 눈물로 번들거리고 있었다. 델레와는 정말 지금까지 평생 알아온 사이였다. 조그마한 어린

애였던 시절에도 델레가 우는 것은 본 일이 없었다. 한 번도.

"전에는 어떻게든 목숨을 건졌잖아." 그 애가 말했다. "이젠 죽으려고 그래?"

"우리가 뭔가 손을 쓰지 않는다면 우리 모두 죽어." 내가 말했다. "쿠시족은 메두스족이 도래한 시점을 감지했을 게 틀림없어. 메두스가 오도록 내버려둔 건 그래야 지상 공격을 할 수 있으니까. 지금 메두스를 찾아 여기저기 날아다니고 있어. 일이 벌어지기 전에 여기서 나갈 시간이 우리에겐 없어. 소유물을 챙겨 못 나가. 지금 떠난다면 우리는 저 사막에서 죽게 될 거야."

"밤의 가장꾼이 너에게, 여자애인 너에게 모습을 보였지. 두 번이나! 그리고 두 번째엔 밤까지 기다리지도 못하고 나왔어! 정말 그만해야 해! 넌 혼돈을 불러와." 그 애가 말했다. "아예 말았어야 했는데…" 시선을 다른 데로 돌렸다.

나는 델레에게서 뒷걸음질 쳤다. 뚫어지게 바라보면서. 그 애가 무슨 말을 하려는 건지 알 수 있었다.

'너하고 아예 얘기하지 말았어야 했는데'이다. 델레에게 나는 이미 죽은 사람이었다. 전통적으로 가출했던 여자는 아무짝에도 못 쓰니까. 그리고 밤의 가장꾼을 본 사람은 더 이상 존재하지 않는다. 나는 델레에게 귀신이었다. 혼령이었다.

"너를 아주 잘 가르쳐놨네." 내가 말했다. "꼬장꼬장하게. 죽지 않는 나무 옆에다 아내들과 자식들을 다 데리고 들어갈 은신처라도 파놨니? 전쟁이 끝날 때까지 그 안에 깊숙이 숨어 있으려고? 그이들은 네 눈에 아름다워 보이게끔 은신처 벽에 붉은 진흙을 바르고 너는 일곱을 향하여 자연수학을 읊으며 시간을 보내고? 이제 넌 장성한 남자네. 수염도 기르고 견습생 지위도 얻고."

"이젠 네 동족을 모욕하는구나." 델레가 말했다.

"구해내려고 하는 중이야!"

"애당초 네가 떠나가지 않았으면 이런 일도 일어나지 않았어." 델레가 쏘아붙였다.

"나는 떠나야만 했어." 내가 말했다. "델레, 나는 아니야…. 여기 눌러앉아 살 사람이 아니야. 너 알잖아.

처음부터 알고 있었잖아. 나는 항상 사막으로 나가곤 했어. 알아? 왜냐하면 사막은 넓고 광활하니까. 돌이켜 보면 사막이랑 우주랑 비슷한 느낌이야."

"글쎄, 나는 항상 안을 향하고자 하는 마음이었지. 우리를 우리로 만드는 것을 파고들려고 했어." 델레가 말했다. "그리고 그것이야말로 더없이 광활해. 또 그로써 나는 차기 족장이 될 거고. 우리에게 파멸을 불러오는 대신에 말이지."

델레의 말들은 가슴을 주먹으로 쥐어 지르는 듯해 나는 갑자기 숨이 모자랐다. 우리가 여기 서서 말싸움을 하는 동안에도 전쟁은 닥쳐오고 있었다. 음위니와 오크우가 장로들을 상대로 무슨 얘길 하고 있을지 누가 알겠는가. 그런데 내가 충분히 나다워지기도 전부터 나를 알아온 사람이 나에 대해 그렇게 안 좋은 생각을 품고 있었다니 내가 작년에 세 번째 물고기호에서 죽었으면 델레는 그 편이 더 좋았겠구나 싶었다.

"이 사태를 바로잡는 데 내가 할 역할을 하게 해줘, 델레." 내가 애원했다. "장로님들이 쿠시족을 설득해서 오게 할 수 있잖아. 메두스족이 오도록 부르는 방법은 내가 알아. 그렇게 해서 힘바 의회가 힘바의 깊은 바탕을 이용해 그자들이 메두스족과 화해하도록 하면 돼."

델레는 이 문제를 생각해보는 것 같았다. 내게서 떨어져 성스러운 우물 쪽으로 걸어갔다. 돌로 된 우물 구조물에 기대 우물 속을 들여다보았다. 그러곤 내 쪽을 돌아보았다. "네가 메두스를 부를 수 있다고? 어떻게?"

나는 시선을 피하지 않았다. 나는 그대로의 나이고 이제는 여러 가지 것이 되었다. 내 오쿠오코를 건드렸다. "이걸로."

"머리카락으로?"

"이건 이제 머리카락이 아니야."

"그러니까 그게 참말이었구나." 델레가 말했다. "메두스의 처가 됐네."

나는 눈살을 찌푸렸다. "난 누구의 처가 아냐."

"넌 귀향하면서 그것을 데리고 귀향을 했지." 델레가 말했다. "그 녀석은 너희 가족의 본집에 머물렀어. 너하고 아주 밀접한 사이라서 네 몸도 변한 거지."

"오크우가 이렇게 한 게 아니야." 내가 말했다. "그들 중 누가 그랬는지 난 알지도 못해…."

"메두스는 군집의식을 가진 종족이야." 델레가 말했다. "하나가 하는 일은 모두가 하는 거지. 네가 그 가닥들을 써서 오크우와 통신을 한다면 다른 이들과도 통신하는 거지."

"아니야." 내가 말했다. "오크우만이야. 그리고 먼 느낌으로는 메두스 족장하고도 되고. 너는 몰라."

"너희 아버지한테서 네가 어떤 일을 겪었는지 얼마간 얘기 들었어. 오크우는 그 우주선에서 널 죽이려고 그랬지. 하지만 움자 대학교에 가선 제일 가까운 단짝 친구가 됐어. 넌 오크우의 아내가 된 거잖아."

나는 그만하라고 손을 내저었다. "그냥 나 좀 도와줘, 델레. 장로님들한테 말만 좀 해줘. 네 말이라면 들을 테니까."

"너 밤의 가장꾼을 본 것 맞아?"

고개를 끄덕였다.

"두 번이나?"

다시 고개를 끄덕였다. "두 번째엔 뿌리집 밖 길에

서 였어."

"오늘 아까 본 거지?"

"그래."

"낮 시간에?"

"맞아."

"믿을 수가 없군. 카이!" 델레가 나를 두고 성큼성큼 저쪽으로 가면서 소리 질렀다. 그러다 멈춰 섰고 다시 돌아왔다.

"뭔데?" 그 애가 나에게 걸어올 때 낮게 물어보았다. 델레가 손을 내밀어 내 오쿠오코 한 가닥을 집어선 살짝 눌러보는데 나는 흠칫 움츠렸다. 자각도 하기 전에 내 손이 저절로 휙 나가서 델레의 손을 쳐냈다. "하지 마!" 내가 말했다.

델레는 자기 손에 묻은 오치제를 보더니 내 오쿠오코를 보았다. 이제는 투명한 푸른색이 조금 드러나 있었다. 델레는 내 오치제 냄새를 맡았고 몇 초 동안 나를 물끄러미 보았다. 내게 눈길을 둔 채로 손가락에 묻은 오치제를 그 짧은 수염에 문지르더니 몸을 돌려 떠나갔다.

나는 우물가로 걸어가 물속을 들여다보았다. 우주의 어둠과는 전혀 닮지 않은 우물 속 어둠을 보았다. 그만큼 완벽하지 않다. 그렇게 낯설지도 않다. 고함치는 소리, 이어서 건물이 흔들릴 정도로 크게 우르릉거리는 굉음이 들려왔을 때 나는 돌아서 큰 걸음으로 밖으로 나갔다. "안 돼, 안 돼, 안 돼, 안 돼!" 내가 중얼거렸다. 우리에게 남은 시간이 없어져갔다.

하나하나가 집 두 채만 한 크기인 쿠시족 하늘고래들이 사막에 착륙했다. 어찌나 가까운지 피어오른 먼지가 공기 중에 끼쳐 성스러운 불이 꺼질 뻔했다. 쿠시족은 하여튼 착륙 지점을 제대로 파악하질 못했다. 그들은 내 동족에 대해서 아무런 존중하는 마음이 없었다. 비행선들은 한 척 한 척이 파란색과 흰색 태양 열판으로 덮여 있고 날개 밑으로는 각각 거대한 풍력 터빈이 달려 있었다. 볼 때마다 도마뱀 껍질을 쓴 딱정벌레가 생각났다. 그 비행선들은 실제 하늘을 날 땐 물속을 헤엄치는 수생 딱정벌레처럼 천천히 움직이지만 착륙할 땐 근처 모두가 알 만큼 요란하게 착륙했다.

장로 중 두 분이 허겁지겁 일어나 불 앞에 서서 옷자락을 펼쳐 불을 지키는 가운데 델레와 카피카 족장과 티티는 하늘고래에서 내린 누군가를 맞으러 한데 모였다. 나는 오크우와 음위니에게 달려갔다.

'오크우, 숨어!' 오쿠오코를 통해서 내가 소리쳤다. 오크우는 내 쪽을 돌아보았다. '넌 숨어야…'

오크우가 나에게 날아온 건 날카로운 칙! 소리가 들린 것과 때를 같이했다. 그 직후 오크우의 오쿠오코가, 이어서 갓 부분이 나를 뒤덮었다. 내 온몸이 바짝 긴장되는 게 느껴졌다. 무게가 실리기는 했지만 대단치는 않았다. 하지만 전신이 밀봉된 느낌, 살짝 고정된, 안겨 있는 느낌도 같이 들었다. 보호받는 느낌. 오크우의 살은 후추 씨 같은 냄새였다. 매콤하고 향이 강한. 나는 오크우의 살을 통해서 모든 것을 파란색으로 물든 모습으로 볼 수 있었다. 카피카 족장과 델레가 하늘고래들 쪽으로 달려가며 양손을 마구 젓고 소리치고 오크우와 음위니와 내가 있는 곳과 하늘고래들 사이 공간에 뛰어들어 몸으로 우리를 막아섰다. 이윽고 오크우가 우리 주위로 자기 기체를 내놓았고 그러자 음위니의 충격받은 표정, 연기를 뿜어 내며 힘겹게 타는 불, 그리고 우리 쪽을 돌아보던 몇 분 장로들의 모습이 사라졌다. 나는 본능적으로 숨을 참았다.

몇 초가 지나 나는 뒤로 기댔다. 내 오쿠오코가 머리 위에서 꿈틀거리고 있었다. 오크우 몸이 진동하는 걸 느낄 수 있었고 이어서 한쪽 팔을 누르는 무언가 딱딱한 것이 느껴졌다. 오크우의 침이었다. 하얗고 날카로운. 그러자 안도감으로 꽉 찬 한 가지 생각이 들었다. 오크우가 나를 보호하고 있다면 쿠시족을 죽이고 있진 않은 것이다. 오크우가 부르르 떠는 걸 느끼자 나는 방출되었다. 모래 위로 뒹굴었는데 나 자신을 볼 것도 없이 발랐던 오치제가 대부분 빨려 나갔다는 걸 알 수 있었다. 맨살에 닿는 밤공기가 시원했다.

나는 오크우를 돌아보았고 그것의 오쿠오코 몇 가 닥이 실오라기같이 가늘게 매달려 있거나 아니면 총에 맞아 아예 떨어져나간 걸 보았다. 불빛에 오크우의 파란 체색이 한결 옅어 보였다. 어쩌면 분홍색일지도. 빨간색인가? 나는 헷갈렸다. 그러다 확실히 알았다. 오크우는 흩뿌려진 피로 얼룩져 있었다. '내 피야?' 그 생각이 들었다. 하지만 나 자신을 살필 틈도 없이 오크우가 땅으로 하강했다. 메두스가 땅을 짚는 건 한 번도 본 적이 없었다. "오크우!" 내가 부르짖었다. 무릎걸음으로 마구 그쪽으로 갔다. 오크우는 이제 옆으로 쓰러져 있었다. 바람 빠진 풍선처럼. 나는 살며시 오크우의 갓을 만졌고 내 눈에서는 눈물이 배어나고 거의 숨이 쉬어지지 않았다. 오크우의 갓은 여자들이 호수로 가져갔다 가져오는 물주머니처럼 뻣뻣한 느낌이었다. 만지는데 서늘했다. "왜 이래?" 내가 소리쳤다. "왜 이런 건데?"

"저자들이 쐈어." 내 옆에 와 무릎을 땅에 짚은 음위니가 말하고 있었다.

"너 그 갑주는 왜 사용 안 했어?" 내가 물었다.

"그랬으면… 네가… 죽었을 거야." 오크우가 말했다. 어느때보다도 더 굵고 거슬거슬한 음성이었다. 그 소리에 머리가 아팠다.

음위니는 오크우를 집중해서 응시하면서 한 손을 그것의 갓에 얹었다. 오크우는 음위니의 손길에 살을 움찔했지만 곧 잠잠해졌다. 나는 우리 뒤를 보았고 숨을 삼켰다. 적어도 백 명은 될 쿠시 병사들이 있었다. 남자 병사, 여자 병사들이 딱 붙는 사막 바지와 상의 차림으로 꼿꼿이 서 있었다. 여자들은 검은 옷, 남자들은 흰옷. 쿠시 남자 두 명과 쿠시 여자 한 명이 역시 모두 군복을 착용한 모습으로 서서 카피카 족장과 티티 그리고 델레와 이야기하고 있었다. 나머지 사람들도 열의를 가지고 그 셋 뒤에 서 있었다.

"아파하고 있어." 음위니가 말했다. "나에게는 말 안 하려 해."

나는 생각을 할 수가 없었다. 엄마, 아빠, 내 동기들, 가족의 죽음. 나를 제구실 못 하게 만들고 있는 지나리야. 밤의 가장꾼의 불길한 출현. 전쟁이 닥쳐와 있었다. 의식을 유지할 만큼의 공기를 도무지 들이마실 수 없었다. 심장이 가슴통을 뚫고 터져 나올 것만 같았다. '헤루의 가슴이 쩍 벌어졌고 내 얼굴에 튄 그 애의 피가 따뜻했지.' 오크우에게 몸을 던지고 악을 쓰며 울부짖고 싶었다. 항복해버리라고. 나는 오크우를 보았고 이어서 다시 쿠시 사람들과 장로님들을 보았다가 도로 오크우를 보았다. 얼굴을 찡그리고 손을 주머니에 넣어 황금 구슬을 만졌다. 손이 내 오치제 단지를 스쳤다. 분별을 찾기 위해 나무 되기를 하려는 참이었다. 그러다 스스로 나 자신에게 말했다. "안 돼."

음위니가 묻는 눈으로 나를 보았다.

나는 주머니 속에서 오치제 단지를 꽉 쥐었다. 오크우의 안쪽 면은 이미 오치제가 잔뜩 묻어 있었다. "음위니, 오크우 다친 자리에 이것 좀 발라줘." 내가 말했다. 멈칫했다가 이렇게 덧붙였다. "다 써버려."

나는 일어섰다.

내가 그들 모두에게로 걸어갈 때 그쪽에서는 나를 쏴버릴 수 있었다. 방금 했던 일이다. 나는 너무 화가 나서 신경 쓰지 않았다. 쿠시 병사들은 다가가는 내 앞에 조각상처럼 서 있었다. 타고 온 하늘고래들 앞에 줄을 지어 서 있는 뒤로는 사막의 어둠이 펼쳐지고 위에는 별이 떴다. 내 샌들이 모래에 푹푹 박혀 들어갔다. 내 빨간 치마는 다리에 감기고 빨간 상의는 땀에 젖었다. 오치제를 바르지 않은 채로. 나는 벌거

벗은 채였다.

"빈티." 쿠시 남자 둘 중 하나가 말했다.

"전 당신이 누군지 몰라요." 내가 델레 옆에 가 서며 말했다. 델레는 외우주 생명체를 보는 듯한 눈으로 나를 뚫어지게 보고 있었다. 그들 모두가 그렇게 보고 있었다.

"칼브(이슬람 세계에서 마음을 뜻하는 말. 일상어인 동시에 종교적·문화적으로 특별한 정의와 의미를 가진다 – 옮긴이) 영도자 이야드다." 그가 말했다. "이쪽은 나와 함께 이끄는 칼브 영도자 두라." 가느다란 땋은 머리를 무릎까지 늘어뜨린 키 큰 여자가 나를 향해 고개를 끄덕했다. "그리고 칼브 영도자 야바니." 똑같이 길게 검은 머리 단을 늘인 눈매가 날카로운 남자는 고약한 냄새라도 맡은 것처럼 날 보고 콧방울을 벌름거렸다. 세 사람 모두 연한 갈색 피부였다. 전형적인 쿠시족 피부색이 햇볕에 진해진 그런 색깔이다.

"네 제안을 설명했단다." 카피카 족장이 서둘러 말했다. "네가 메두스를 잘 달래서 평화를 가져오기 위한 만남에 나오게 할 수 있다고 한 얘기 말이다." 그이는 살짝 고개를 끄덕여 보였고 나는 방금 일어난 일이야 어찌 되었든 안도의 물결이 밀려오는 걸 느꼈다. 힘바 의회도 그 자리에 나와줄 것이었다.

"그 제안을 크우 장군에게 전할 것이고 그분이 쿠시 땅의 왕에게 아뢸 것이다." 코끝으로 나를 깔아보면서 이야드가 말했다. "하지만 메두스족은 우리 민족에서도 가장 뛰어난 지재를 타고났던 이들이 가득 찬 우주선을 습격해 비무장 상태인 학생들과 교수들을 학살했다. 거기서 남은 사람이라곤… 너뿐이었지. 네가 정말 저 야만족들이 합리적인 결론을 내리도록 설득할 수 있을까?"

내가 언제부터 떨기 시작했는지 모르겠지만 막상 말을 하려니 목소리가 번개 폭풍 칠 때의 죽지 않는 나무인 양 떨려 나왔다. "방금 나를 죽이려고 했죠." 불쑥 내뱉었다.

야바니가 웃었다.

"그건 사고였다." 이야드가 말했다. "네가 메두스인 줄 알았지."

델레가 내 팔을 잡아끌려는 게 느껴졌다. "숨 쉬

어." 내 귀에 대고 델레가 말했다.

나는 팔을 억지로 뺐다. 이제 내 오쿠오코가 마구 꿈틀거리고 있는 것을 느낄 수 있었다. 오치제가 없는 지금 내 모습이 무엇 같아 보일까? "당신들은 내 친구를 쐈어요." 내가 으르렁거렸다. "우리가 여기 당도한 때로부터 당신네들이 저 앨 죽이려고 한 게 벌써 세 번째예요! 뻔히 알면서 거짓말로 움자 대학 행성을 통해서 평화협정에 동의한 거죠."

"그자들은 우리 가운데 가장 똑똑한 최정예 인재들을 우주선 한 대만큼이나 죽여놓은 주제에 메두스 한 명이 죽었다고 평화협정이 파기될 것 같지는 않구나." 이야드가 쏘아붙였다. "아무튼 메두스들은 육신이라 할 것이 거의 없는 놈들인데."

눈앞이 분노로 흐려졌다. "쿠시 학자들이 메두스 족장을 공격해서 그분의 침을 빼앗아 가선 그걸 박물관에 전시해놓았어요!" 나는 이야드의 면전으로 바싹 다가섰다. 나는 키가 크지 않다. 온몸에 근육이 울퉁불퉁하지도 않다. 내 키는 이 남자의 턱에 닿을까 말까 했고 눈을 마주하려니 올려다보아야만 했는데 그래도 이야드는 겁을 먹었다. 얼굴에 보였다. 아무것도 바르지 않은 그의 맨살에서 두려움이 물씬 풍겨나는 게 냄새 맡아졌다. 나를 끔찍이 두려워하고 있었다. 나는 밤의 가장꾼을 두 번 본 사람이고, 메두스이며, 에니 지나리야고, 힘바족이고, 집이 없는 사람이었다.

"나는 오셈바의 빈티 에케오파라 주주 담부 카입카 메두스 에니 지나리야, 숙련 조율사예요." 나는 말했다. 자연스레 나무 되기에 들어갔는데 기분이 차분해지기는 했지만 나의 분노는 그대로 남아 있었고 그게 기뻤다. 한 줄기 흐름을 불러 올리고 양손을 쳐들어 양손 검지에서 검지로 부드러운 번개가 이어지는 걸 보여주었다. 손가락을 돌리자 흐름은 공 모양으로 말려 뭉쳐서 이야드의 눈앞 공중에 둥실 떴다. "내 고향 땅과 내 민족 사람들이 묵은내 나는 한 옛날 전쟁에 죽고 파괴되는 걸 보고 싶지 않아요. 서로를 미워해야 할 진정한 이유도 없는 두 민족이 벌이는, 이치에도 닿지 않는 싸움에 말이죠. 태양이 떠오를 때, 합의했던 대로 뿌리집으로 와요. 당신들이 태워 숯덩이와 잿더미로 만들어놓은, 내 가족이 죽어 누워 있는 그 집으로 말이에요. 메두스족도 그 자리에 올 것이니 양측이 다시는 이런 어리석은 일이 없도록 확실히 마무리를 하도록 하세요." '우리 힘바족의 원조와 힘으로써 말이지.' 성난 마음으로 그렇게 생각했다. '왜냐하면 너희 양쪽 모두 직접 알아서 그렇게 할 만큼의 지각이 없으니 말이야.'

이야드가 대답하기를 기다리지도 않았다. 나는 내가 만든 흐름을 도로 감아 넣고 돌아서 오크우와 음위니에게로 걸어갔다.

* * *

쿠시족은 떠났다. 나는 그들이 가는 것을 보지 않았다. 하지만 하늘고래들이 이륙하는 소리가 들렸고 그들이 피워 올려 우리에게 끼얹은 먼지를 느꼈다.

오크우는 죽지 않았다. 내 오치제가 그 애를 살렸다. 음위니가 상처에 처덕처덕 발라준 오치제에, 오크우가 나를 꼭 감쌌을 때 내 피부와 오쿠오코에서 빨려나간 오치제까지. 음위니는 손가락을 내 오치제로 칠갑한 채 나에게서 눈을 떼려고 하지 않았다.

그날 밤 우리는 오셈바 회당에서 묵었다. 폭이 넓긴 해도 오크우만큼 넓지는 못한 돔형 문으로 어찌저찌 오크우를 욱여넣었다. 메두스는 덩치가 산만 하지만 자기가 하려고만 하면 쉽게 압축이 되었다. 이야드가 무례하게 말하기는 했지만 말 자체는 맞았다. 메두스에게는 살집이랄까 몸무게라 할 것이 거의 없었다. 일단 안으로 들이자 오크우는 힘없이 우물가로 떠갔다. 그렇게 순수한 물 곁에, 자기 신 곁에 있게 된 것을 기뻐하며 잠잠했다. 음위니는 물 한 통을 길어가지고 뒤로 나가 그 물로 몸을 씻었다. 나도 똑같이 하고 싶은 마음이 간절하지 않았다고는 말할 수 없다. 그리고 이 생각 때문에 마음이 불편했다.

장로들과 델레는 내가 오치제를 바르지 않은 모습으로 있는 걸 차마 볼 수 없어 했다. 그래서 티티와 다른 여자들은 음식과 담요를 갖다주고 우리 낙타를 돌봐주겠다고 약속하고는 우리를 놔두고 갔다. 아침에 만나자는 거였다. 건물 밖 뒤란에는 성스러운 불이, 이제는 작아져서 죽지 않는 나무 껍질을 연료로 탔다. 불이 꺼져버리지 않게 한 것이다. 어느 하늘고래의 터빈이 또 먼지를 피워 올려 끼었지 않는 한은 괜찮았다. 티티는 나에게 오치제 단지를 갖다주었고 이제 나는 뒤쪽 출입구와 성스러운 불을 마주하고 담요 위에 앉아서 책상다리한 내 앞 깔개 위에 놓은 그 큼지막한 단지를 물끄러미 보고 있었다.

음위니가 내 옆에 앉아 단지를 집어 들었다. 내가 가만히 있자 그 애가 단지를 열어 내용물의 냄새를 맡아보았다. "이거랑 내가 오크우한테 발라준 아까 것도 네 거하고는 냄새가 다르네." 음위니가 말했다.

나는 빙긋 웃었다. "내 건 움자 대학행성에서 캔 점토로 만든 거거든."

음위니는 단지를 도로 내려놓고 내 쪽을 보았다. "너는 이걸 바르든 안 바르든 아름다워 보인다고 말하면 실례야?"

음위니와 딱 한순간만 시선을 마주치고 나는 눈을 피했다. 심장이 팔딱거렸다.

"이제 네가 더 확실하게 보여." 그 애가 말했다. "바른 모습도 보고 바르지 않은 모습도 봤으니까. 그 둘이 하나가 되네."

"원래는 네가 내 오치제 안 바른 모습을 봐선 절대 안 되는데." 내가 말했다. "내 나이 힘바 여자애들은 부모님 말고는 오치제 안 바른 모습을 못 보는 법이야. 심지어 성인 여자의 남편이라고 해도…" 나는 입술을 깨물고 단지를 보았다.

"알아." 음위니가 웃었다. "하지만 알잖아. 나는 힘바 사람 아니야. 내겐 그거 바른 너를 보든 안 바른 너를 보든 그저 너를 본다는 것뿐인걸. 전혀 채신없을 것 없어." 음위니는 부숭부숭한 그의 적갈색 머리 가운데에서 자라나온, 길게 꼭꼭 땋아 늘인 머리 가닥을 만졌다. 그 한 가닥은 하도 길어서 끝이 무릎까지 왔다. "이거 보여? 에니 지나리야는 이걸 '사니'라고 불러. 혼령들의 '사다리'지. 나이 열 살이 되면 기르기 시작하는 거거든? 그러니까 이건 7년 된 거야. 여자는 사니를 만지지 못하게 돼 있어서 우리 어머니도 만진 적 없어." 음위니는 잠깐 머뭇거리다 그걸 내게 내밀었다.

나는 그것을 보았다. "진짜로?" 내가 물었다. "왜인데?"

"우리가 만났던 사막 개들이 넌 지구 출신이 아니라고 생각했던 거 알아?" 음위니가 말했다. "내 생각에, 어쩌면 말이지, 너는 무언가의 한 부분일 거야, 빈티." 음위니의 확신 어린 미소가 이제 흔들리고 있었다. 음위니에게는 쉬운 일일 리가 없었다. 나는 적 갈색 땋은 머리 가닥을 보았다. 그러다 손을 내밀어 두 손으로 잡았다. 오치제를 발라 뻣뻣하게 굳히지 않았다는 것만 빼면 꼭 내 머리 가닥 같았다.

"자, 만졌어." 머리 가닥을 놓으면서 내가 말했다. "뭔가 다른 느낌이 들어?"

"아니." 그가 말했다. "하지만 달라지긴 했어." 그러면서 혼자 벙긋 미소 짓더니 곧 소리 내어 웃었다.

"뭐가 웃겨?" 내가 물었다.

음위니는 그 애 고향을 떠나온 이래 내가 본 어느 때보다도 더 크게 벙긋 웃음 지었다. "솔직히 말해서 난 네가 이제는 사람이 아닌 게 아닐까 하는 생각까지 했거든. 그러니까 어쩌면 너는 만져도 상관없을지 모르겠다 생각했어."

　나는 웃으면서 음위니를 슬쩍 밀어버렸다. 우리는 잠시 그렇게 앉아서 성스러운 불을 응시하고 있었다. 가족의 죽음이라는 암흑이 나를 밑으로 끌어내리려는 게 느껴져왔고 그래서 음위니에게 더 가까이 붙어 앉았다. 그 애는 나를 돌아보곤 내 오쿠오코를 만졌고 나는 그 애 손을 밀어내버리지 않았다.

　"그러게 놔두면 안 돼, 빈티." 오크우가 우리 뒤에서 말했다.

　음위니가 얼른 손을 놓고 일어섰다. 그랬다가는 도로 무릎을 땅에 짚고 앉으면서 얼굴을 내게로 가까이해 입을 맞추었다. 그 애가 물러났을 때 우리는 서로 눈을 들여다보며 미소 지었고, 그러고 나서는…

　그러고 나서는 암흑이었다.

　'그러고 나서는 다시 그곳에 가 있었다….

　나는 우주에 있었다. 무한한 암흑. 중력이 없는 곳. 날고, 떨어지고, 상승하고, 이리저리 자잘한 금속성의 먼지 부스러기들로 이루어진 행성 고리를 뚫고 돌아다니고 있었다. 그 파편들이 마치 반짝이는 얼음

조각들처럼 내 살에 우수수 와 부딪혔다. 나는 숨을 쉬려고 입을 조금 벌렸고 먼지가 내 입술을 때렸다. 숨을 쉴 수는 있을까?

생명의 숨결이 내 가슴 속에 꽃피고 그것이 내 폐를 채워 폐가 팽창하는 것이 느껴졌다. 긴장이 풀렸다.

"당신은 누구지요?" 어떤 목소리가 물었다. 오치힘바로 말하고 있는데 그냥 사방에서 그대로 들려왔다.

"나미브의 빈티 에케오파라 주주 담부 카입카. 그게 내 이름이에요." 내가 말했다.

간격.

"더 있을 텐데요." 그 목소리가 말했다.

"그게 다인데요." 내가 짜증 나서 말했다. "그게 내 이름 맞아요."

"아니야."

이 말은 진실이었으나 거기 깃든 진실성에 나는 움찔하고 말았고…

…나무에서 떨어졌다. 음위니의 시선으로부터 떨어져 나왔다. 내 황금 구슬이 우리 곁에 떠 있었다. 조그마한 행성인 양 자전 중이었다. 구슬은 내 깔개

위로 툭 떨어졌다.

"어디 갔었어?" 음위니가 몸을 젖혀 물러나며 물었다. "어디였어, 거기?"

"너도 봤어?"

"상대가 인간 숙련 조율사일 때는 사정이 다르지." 오크우가 우리 뒤에서 말했다.

"나 그 장소 알아." 음위니가 말했다. "거긴 토성의 고리였어."

나는 눈살을 찌푸렸다. "네가 어떻게 알아? 넌 지구를 떠난 적이 없다면서."

"나는 떠난 적이 없어. 하지만 지나리야는 그래봤지." 그 애가 말했다. "그리고 그이들이 우리에게 지나리야를 주었는걸. 난 그이들의 우주여행 기억을 봤어. 계속 제일 좋아하던 게 토성과 목성이고. 어째서 네가 토성의 고리를 보는 걸까? 토성 고리를 뚫고 새처럼 날아다니고?"

"에단이 자꾸 나에게 보여주는 게 그거거든." 내가 말했다. "산산이 분해된 후에도 그래. 아마 내가 기어이 거기 가게 되려나 봐."

"힘바족 치고 계속해서 고향을 떠날 팔자인 사람은 본 적이 없는데." 음위니의 말은 나에게 한다기보다 자기 혼자 하는 소리였다. 음위니는 다시금 나에게 입 맞추었고 이번에는 내가 앞으로 몸을 내밀며 양손으로 그 애 얼굴을 잡고 그 애에게 마주 입 맞췄다. 음위니는 두 팔로 나를 감싸고 잠시 꽉 끌어안았고 우리는 서로에게 정신이 팔려 무아지경에 들었다. 델레와 내가 더 어렸던 때에 몇 번 뽀뽀한 적이 있긴 해도 나이가 들면서 델레는 전통을 굳게 믿어 나와 거리를 두기 시작했더랬다. 그리고 내 친구 에바가 다른 여자애들이 더러 그러는 것처럼 자기와 함께 몰래 덤불 숲 뒤로 가자고 했을 때 나는 웃으며 말했었다. "고맙지만 안 갈래."

이제 나는 정신을 차릴 수 없었다. 도중에 금기도 망설임도 없었다. 그리하여 내가 음위니의 입술에서 입을 떼었을 때 그 애의 두 팔이 여전히 나를 감싸 안고 있는 채로 나는 그 애 눈을 들여다보지 않았다. "떨어져 내리는 것 같은 기분이야." 숨소리만으로 내가 말했다. 음위니는 한 번 더 내게 입 맞추고 팔을 풀었다. 그 애가 일어섰을 때 나는 깔개 위에 팔꿈치를 짚고 기댄 채 몸이 팔딱팔딱 맥동했고 마음은 너무나도 많은 것들로 소용돌이쳤다.

"난 사막으로 들어가야겠어." 그 애가 말했다. "이따 올게." 나는 한 손을 들어 올렸고 음위니가 그 손을 잡았다. "샌들 벗고 바깥의 모래밭에 서 있도록 해." 그 애가 덧붙였다. "그렇게 하면 땅에 붙박이게 될 거고 떨어져 내리는 기분이 그렇게 심하게 들지 않게 될 거야. 실제로 떨어지고 있진 않으니까."

"밤의 가장꾼이 나에게 말한 게 그건데."

"말을 했다고?"

나는 망설이다 고개를 끄덕였다. "이렇게 말했어. '죽음은 늘 새 소식이다. 땅에서 날아올랐다가 땅으로 돌아온 새는 여전히 땅 위에 있다. 신발을 벗고 잘 들어라'라고."

음위니는 자기 머리 가닥을 손가락에 감으면서 똑하고 혀 차는 소리를 냈다. "다시 말하지. 너는 샌들을 벗고 밖에 나가 서 있는 게 좋겠어."

음위니가 떠난 뒤 나는 오치제 단지를 찾아 돌아왔

다. 단지를 집어 들었다가 도로 내려놓았다. 확신이 들지 않아 한숨이 났다. 나는 단지를 집어 들고 일어섰다. "오크우, 괜찮아?"

"안 좋을 것 같으면 말을 했을 거야." 오크우가 넉넉히 제 몸을 감쌀 만큼의 기체를 뿜어내면서 그렇게 말했다.

나는 기침했다. "나 잠깐만 바깥 불가에 나가 서 있을 건데."

"나는 여기서 저 아래 물에 귀 기울이고 있을게." 오크우가 말했다.

밤 날씨는 서늘했지만 불이 주변을 따스하게 해주었다. 불길을 작게 해놓았는데도 그랬다. 그 불의 빛이 탁 트인 사막까지 비쳐 나갔으나 그게 닿지 않는 곳은 깜깜한 암흑이었다. 그걸 보니 세 번째 물고기호를 타고 여행할 때 창밖을 내다보던 일을 상기하게 되었다. 그 암흑이 훨씬 깊기는 했지만.

나는 오치제를 옆에 놓고 양손을 들어 올렸다. '별일 없지?' 타자 쳤다. 그러고 나서 빨간 글자들을 사막으로 휙 밀어 보냈다. 글자들은 보이지 않는 거센 바람에 날려가듯이 가까운 모래 언덕을 타 올라 그 너머로 사라져갔다. 잠시 후에 '별일 없어. 좀 쉬어. 지나리야 쓰지 말고'라는 메시지가 음위니의 녹색 글자로 내게 돌아왔다. 그러고 나자 그 기이한 속삭임이 들려왔고 지평선 위로 빼꼼 엿보는 다른 행성을 본 것 같은 느낌이었다. 나는 밑을 보고 속삭임이 멈출 때까지 눈을 감고 있었다. 다시 눈을 떠보니 행성은 없었다.

음위니가 하지 말라고 하긴 했지만 장거리 지나리야를 버텨낼 수 있지 않을까 하는 고려도 해보았다. 할머니에게 연락해 무슨 일이 일어났는지 말씀을 드려야 했다. 음위니가 할 것이 아니라 나여야 한다. 하지만 시도를 했다가 아직 굳지 않은 내 정신이 또다시 안 좋은 반응을 일으킬 시에는 음위니도 자리를 비웠으니 나를 도와줄 사람은 부상 입은 오크우밖에 없었다. 오크우는 쉬어야 했다. '아니야.' 나는 생각했다. '뭔가 좋은 소식이 생기면 할머니께는 그때 말씀드리자. 해 뜬 후에 하도록 하자.' 나의 가족이 죽고 없는 세상에 또다시 해는 뜬다. 가슴 속 뜨거운 숯이

다시 지글지글 타기 시작하는 느낌이었다. 얼른 고통을 밀어내버리면서 나는 오크우를 향해 생각했다. '내 목소리 들려?' 얼굴 양옆과 어깨에 닿아 있던 내 오쿠오코가 살짝 꼼지락거렸다. 오크우는 가까이에 있었기에 그리 많은 힘을 들이지 않아도 되었다.

'들려.'

나는 후 숨을 내쉬며 주머니에서 황금 구슬을 끄집어냈다. 이젠 그게 에단이라는 생각이 안 들었다. 오히려 작은 행성으로 보고 있었다. 이유는 없다. 그냥 그대로 그것일 뿐. 그리고 나는 그것 주위를 부유하고 있었다. 끈 없이, 집을 잃고. 나는 그냥 나무 되기에 들어갔고 흐름 한 줄기를 끌어올려 그 위에 흐르게 하면서 황금 구슬이 푸른색 전류를 타고 내 눈앞에 떠오르며 천천히 돌아가는 걸 지켜보았다. 자세를 높여 두 손으로 그것을 잡아서 손가락으로 그것의 지문을 닮은 표면을 어루만졌다.

나는 오치제 단지를 집어 들어 뚜껑을 비틀어 열고 검지와 중지를 그 속에 꽂아 넣었다. 그리고 그것을 내 몸에 발랐다.

돌아오다

움자 대학교에서 처음 들었던 수업은 '나무 되기 101'이었다. 그것은 내가 움자 대학행성에 살아 도착해 영웅이 된 때로부터 지구 시간으로 7일이 지난 후에 시작되었다. 병기, 수학, 유기농, 여행을 비롯해 전공 분야가 뭐든 들을 수 있는 1학년 과목 중 하나였다. 나는 그 첫날에 수강 면제를 받았다. 그 수업은 수학, 병기, 유기농 도시 사이에 있는 너른 벌판 중한 곳에서 진행되었다. 메마른 노란 풀을 짧게 깎아놓았지만 톡톡 튀어 다니는 은투은투 벌레들이 여전히 그곳을 점령하고 있었다. 벌레들의 그 화사한 오렌지핑크 색소가 햇살 속에 시선을 붙들었다. 학생들은 모두 큰 원을 그리고 앉아 강사인 오시시 교수님 말씀에 귀를 기울였다. 교수님은 줄기가 굵은 높은 나무같이 생긴 분으로 내 머리보다 큰, 부채를 닮은 잎들을 달고 있었다.

오시시 교수가 열 줄기의 굵은 흐름을 한꺼번에 불러일으키면서 동시에 수업 설명을 하는 광경에 모두 어질어질 눈이 돌아갔다. 반 시간 정도 강의를 들었는가 싶자(나는 지구보다 빠르게 도는 움자 대학행성의 일과에 아직 적응 중이었다) 우리는 대략 여섯 명쯤 되는 작은 조들로 나뉘었고 그 안에서 조교가 한 명씩 나와서 조원들 보는 앞에서 나무 되기를 해보게 했다. 우리 조에는 메두스 비슷한 종족 학생이 두 명, 다이아몬드로 만들어진 게 같은 외양을 가진 사람이 하나, 파란색을 띤 인간형 학생 세 명이 있었는데 그 셋은 계속해서 내 오쿠오코를 만지고 잉잉거리는 소리를 냈다. 그러는 모양새가 내가 보기엔 아무래도 비웃는 것 같았다. 모두 소리로 말을 하긴 했지만 서로 닮은 언어를 하는 사람은 없었다.

168

"나는 사가르 조교라고 한다." 우리 선생님이 말했다. 털이 없이 미끈한 여우같이 생긴 사람인데 튀어 나온 주둥이 위에 두 눈이 달렸고 두 발로 서며 키가 나와 비슷했다. 말을 할 때 그이는 목 가까이의 무언가를 건드렸는데 나는 그 말을 알아들으면서도 또한 동시에 다른 목소리가 여러 겹으로 나고 있는 걸 들을 수 있었다. 필경 다른 학생들이 이해할 수 있는 언어들로 말이 나오고 있는 것일 터였다. 나는 기쁜 마음에 웃음 지었다. 움자 대학행성 사람들은 워낙 각양각색인데 모두 그걸 정상으로 치부하는 것이 계속 봐도 놀라웠다. 지구와는 너무나도 달랐다. 지구에선 여태 차이점 때문에 전쟁을 해댔고 대부분의 사람들은 비슷한 사람이 아닌 한 도무지 연계하지 못하는데 말이다.

"배치를 위한 시험이니까." 사가르가 말했다. "앞으로 나와서 조원들을 향하고 할 수 있는 한껏 나무 되기를 해봐."

"진짜 잘 못하는데 어떻게 해요?" 거대한 다이아몬드 게 외양을 한 친구가 물었다. 그 애는 내 옆에 있었고 여러 개의 다리로 계속 풀밭을 콩콩 굴러대는 것이 초조한 게 분명했다. 그 애 탓에 은투은투 벌레들이 이리 뛰고 저리 뛰었다. 나는 다시 활짝 웃었다. 그 말도 알아들을 수 있었다! 사가르가 뭘 써서 우리 모두와 의사소통을 하고 있는지 몰라도 거기에 우리 조원들도 접속된 것이었다. 나는 제일 가까이 있는 다른 조 쪽을 보았다. 나와 겨우 몇 자 거리였는데 들리는 것이라고는 꾸르륵 소리, 웅웅거리는 소리, 폽폽폽 하는 소리뿐이었다.

우리 조 조원 중에서는 쉽사리 하는 건 고사하고 힘들게나마 나무 되기를 할 줄 아는 사람이 없었다. 내 차례가 되었을 때 사가르가 말했다. "좋아. 그래도 한 명은 있네. 오늘은 전체에서 학생 한 명뿐인가 보군." 그랬다. 이백 명이 넘는 신입생들이 듣고 있는 강의에서 나무 되기를 할 수 있었던 건 나 하나뿐이었다. 나와 같은 우주선에 탔던 다른 학생들이 모조리 제외되어버린 일이 없었더라면 이렇게는 되지 않았을 것이다. 혜루는 나 못지않게 나무 되기를 잘했다. 이 일 또한 학생들이 대개 나와 거리를 둔 그 밖의 이유들에 추가가 되었다. 그 조에 속해 있으면서 우리 모두가 가깝게 모여 대기하다 시험받을 동안에 내가 거기에서 일어나 할 수 있는 일을 하고 그러고 나서는 다른 학생이 해보도록 옆으로 비키는 가운데 나는 다시금 따로 떨어졌다는 것을 알았다.

맨 끝 두 학생이 차례대로 해보는 동안 나는 머리 위 하늘을 올려다보았다. 지구의 추운 지역에서 발생하는, 대기 중의 산소와 질소가 태양으로부터 나온 대전 입자와 충돌하면서 생기는 현상에 관해 전에 어디서 읽어본 적이 있었다. 결과적으로 생겨난 녹색 빛의 소용돌이는 아름답고 신기해서 비록 눈이 있고 몹시 추운 지구상의 다른 지역에 가고 싶은 마음은 전혀 없어도 그 빛들이 실제 보면 어떨까 호기심이 났더랬다. 동기들에게서 떨어져 서 있던 중 나는 알아차렸다. 그렇게 많은 인원이 수학적 트랜스 상태에 빠져들어가 흐름을 불러일으키려고 애쓴 탓에 대기가 대전되어 있었다. 이상하게 분홍 기가 도는 환한 주황색 하늘에 청록색 빛들이 소용돌이쳤다. 전기 오른 공기가 피부로도 느껴질 지경이었다. 나는 한동안 그대로 너무나도 많은 가능성과 새로움의 감각을 만끽하며 하늘을 올려다보고 서 있었다.

이제 오셈바 회당 안에서 나는 움자 대학행성의 그 날 느낀 것과 같은 느낌으로 깨어났다. 양손의 체모가 바짝 일어서고 에너지의 감각이 온통 내 주위를 휩쌌다. 나는 눈을 떴고 몸을 세워 앉았다. 음위니도 가까이 자기 깔개 위에 있었는데 뒤척이기는 했지만 깨지 않았다. 그때 그 소리가 들려왔다. 멀리서 나는 꽈르릉 소리 그리고 귀신이 울부짖는 것 같은 낮은 바람 소리.

나는 일어서서 뒷문으로 나가보았다. 오크우가 먼저 나와 있었는데 불 앞에 거뜬히 부양 중이었다. 잘 붙어 있던 오쿠오코는 완전히 나은 것 같고 거의 잘려 대롱대롱 달려 있던 것들은 끄트머리가 떨어져나가 짧아졌다. 하지만 적어도 색은 다시 푸른색이었다.

"불을 싫어하는 줄 알았는데." 내가 말했다.

"이젠 익숙해졌어."

더운 바람이 사막에서 불어왔고 멀리 번개 빛이 보였다.

"아직 멀어." 오크우가 말했다.

"하지만 다가오는 중이야." 내가 말했다. "여기는 비가 많이 안 와. 그렇지만 해 뜬 후에 왔으면 좋겠다." 잠깐 사이를 두었다가 물어보았다. "너희 족장님은 강화 협정에 동의하셔?"

한참 동안 대답이 없어 나는 물어보지 말걸 하는 마음이 들기 시작했다.

"메두스는 문제가 아니야." 오크우가 마침내 그렇게 말했다. "너희 의회가 하려는 일이 성사돼야지. 그런데 너 정말 조심해야 해."

* * *

새벽을 한 시간쯤 남긴 때에 오셈바 회당을 나섰다. 바람 부는 날씨에 구름 낀 하늘 때문에 사위가 더 어두웠고 그래서 때때로 저 멀리 번뜩이는 번개 빛이 더 잘 보였다. 나는 회당을 나와 문을 닫았는데 그러고 나서 몸을 돌리자 내가 웃음 지을 일이 정말 생긴다는 사실에 충격을 받았다.

"세상에!" 함께 오셈바 회당을 뒤로하며 내가 소리 쳤다. "너 막 빛이 나."

거의 기운을 차린 오크우가 갓을 진동시켰다. "너 희 동네 호수에서 묻혀온 거야." 그것이 말했다. "달 팽이들 말이야."

"송이깜박이달팽이?" 잔잔히 빛을 발하는 파란 갓 을 만져보면서 내가 물었다. 호수에 사는 생체 발광 달팽이들은 마침 우리가 도착한 때에 알을 낳았다. 오크우는 어제 호수에서 떠올라 올 때 온통 그것들로 범벅이었다.

"맞아." 오크우가 말했다. "메두스가 그런 것들과 함께 긴 시간을 보내면 우리는 그것들의 유전정보를 흡수해서 우리 것으로 만들지."

"빈티도 빛이 나게 되는 거야?" 음위니가 물었다. 킬킬거리는 게 얄미워 상을 찡그려 보였다.

오크우의 갓이 진동했지만 뭐라 말은 하지 않았다.

오크우가 빛이 나니 편리했다. 구름장 덮인 하늘, 바람에 날리는 흙먼지, 게다가 오셈바 전체가 캄캄하 게 불이 나가 있으니 길이 평소보다 어두웠다. 내 천

174

문의도 망가져서 길을 밝힐 방도가 없었다. 하다못해 가정집이며 건물에 더러 피어 있는 생체발광 꽃들조차도 꺼진 채였다. 우리는 서로 가깝게 붙어 걸어갔다. 이번에는 정말 아무도 지켜보지 않는 가운데 우리끼리만 오셈바를 횡단하여 다시 뿌리집으로 돌아갔다.

한 걸음 한 걸음 내 고향 마을을 걸어갈수록 지금 무엇을 향해 걸어가고 있는 것인지가 궁금했다. 마음먹고 나 자신을 그 어디로 접근시켜가고 있는 건지. 그런 식으로 집을 떠나고 또 그런 온갖 일들이 일어나고 난 뒤에 나는 내 가족과 다시 연을 이어야만 했다. 하지만 실상은 이렇게나 금세 집으로 도망쳐 오게 된 건 나 스스로 불안했기 때문이었다. 메두스의 분노가 앞으로 나오자 그냥 적응을 해야 할 새로운 변화임을 깨닫는 대신에 나는 바로 내가 뭔가 잘못되었구나 짐작해버렸다. 그렇게 잘못됐다고 생각했던 건 가족들이 내가 뭔가 잘못됐다 생각했기 때문이었다. 그리고 이제 내 어린애 같은 행동이 죽음과 전쟁을 불러왔다. 나 뭘 시작해놓은 거지? 무엇이든 간에 내가 종결을 지어야만 했다.

바람이 더 거세졌고, 피부에 바르고 오쿠오코에 이겨 붙인 오치제 층이 있어 다행스러웠다. 죽지 않는 나무 군락을 지나칠 때에 음위니와 나는 양손으로 귀를 막았고 오크우는 어찌나 빠르게 길로 질주해 가버리던지 시야에서 깜박 사라졌다. 음위니와 나는 완전히 깜깜해진 가운데 멈춰 섰다.

"오크우!" 내가 불렀다. 하지만 내 목소리는 소음에 완전히 묻혀버렸다. 오쿠오코를 통해서 오크우를 불렀다. 길 한참 앞쪽 두 채의 집 사이에 가서 오크우는 멈춰 섰다.

'오기나 해.' 마음속에 오크우의 말이 들려왔다. '그 사악한 나무들 옆엔 도저히 못 있겠으니까.'

나는 음위니를 보았다.

"한 가지 생각이 있어." 불과 몇 미터 거리에서 너무나도 빠르게 진동하고 있어 윤곽이 흐려 보일 정도인 나무들을 보지 않으려고 애쓰면서 내가 얼른 말했다. 나는 길게 몰아치는 강한 바람에 집중하면서 긴장을 풀고 입으로 말하는 동시에 양손을 올려 지나리야로 타자를 쳤다. $W = 1/2rAv^3$ (풍력발전 방정식. W는 파워, r은 공기 밀도, A는 단면적, v는 풍속이다─옮긴이) 방정식이 앞에 빨간 글자로 떠올랐고 그것이 깃발처럼 오크우 쪽으로 날리기 시작했는데 마치 내 앞 보이지 않는 깃대에 달려 있기라도 한 듯했다. 눈으로 그걸 보면서 나는 두 손을 들어 흐름으로 된 밝은 구 하나를 불러일으켰다.

흙길, 부르르 진동하는 나무들, 길 건너 가게 앞모습들과 그 옆 살림집 창으로 내다보는 사람들. 이 모든 것이 내가 만든 빛에 비쳤다. 음위니와 나는 죽지 않는 나무들을 한번 본 후에 걸음을 재촉했다. 오크우를 따라잡은 후에도 나는 계속 내 빛을 사용했다. 이렇게 해서 쿠시족이 오크우와 나를 못 찾자 분노를 쏟아부었던, 우리 집에 가까운 오셈바의 한 구역에 다다른 우리는 반파되어 있던 집 몇 채가 바람 때문에 폭삭 꺼졌는가 하면 옆으로 쓰러져버린 걸 보게 되었다. 이쪽 끝 집들과 건물들 모습은 수십 년 전 쿠시-메두스 전쟁 중의 쿠시 땅 도시며 마을의 옛 광경을 방불케 했다. 움푹움푹 탄흔이 팬 벽이며, 날아가버린 집들, 와르르 무너진 건물들. 사암은 전쟁을 배겨낼 소재가 못 되었고, 뿌리집과 같은 석조 건물들은 폭파시켜 돌무더기로 만들고 심지어 화염으로 태워버릴 수 있었다.

나무 되기는 근심스러운 마음을 씻는 데 도움을 주었다. 그리고 강한 빛은 오셈바의 마지막 모습처럼 느껴지는 광경을 내게 보여주었다.

* * *

뿌리집은 더 이상 타고 있지 않았다.

이제 그곳은 숯 더미에 불과했다. 재는 대부분 닥쳐오는 폭풍에 사막으로 날려갔다. 일출이 가까웠고 내가 할 수 있는 일이라고는 그 꺼먼 무더기 앞에 서서 물끄러미 바라보는 것뿐이었다. 우리가 뿌리집에 당도했을 때 유일하게 마중 나온 건 오빠의 텃밭에 남아 있던 것을 정말로 다 먹어 치워버린 우리 낙타 라쿠미였다. 힘바 의회분들이 여기서 우리와 만나기로 했는데 보이지 않았다. 델레조차도 없었다.

"늦는 것뿐이야." 내가 말했다.

몇 분이 지났지만 여전히 그이들이 올 기색은 없었다. 그래서 안 그래도 실망스럽고 걱정스러운 판에 우리 집에 시선을 뒀다. 바람에 날아가버린 게 정말 많아서 잔해가 드러나 있었다. 숯이 돼버린, 나무로 된 시꺼먼 토대가. 지하실 문은 불타 메꿔져버린 모양이었다. 흐름으로 된 구를 손에 든 채로 내 마음은 마비되었고 텅 비었다. 나는 바라보고 또 바라보았다.

내 고향 집의 잔해 너머로 오크우가 아버지가 만들어주었던 천막의 흔적을 살펴보고 있는 게 보였다. 흔적이라고 해봐야 쩍쩍 금이 간 난장판인데 쿠시족 무기로 인한 폭발이 워낙 뜨거웠기에 모래가 가열되어 노랗고 검은 유리가 형성되었던 것이었다. 음위니는 뿌리집의 토대에 가 까맣게 탄 밑동을 파보고 두드려보고 있었다.

"뭐 하는 거야?" 내가 불렀다.

"보는 거야." 딴 데 정신 팔린 투로 그 애가 말했다. 이젠 두 손을 토대에 모아 붙인 채였다.

나는 짜증이 나 혀를 찼다. 저러다가 송두리째 폭

삭 꺼져 내리면 어떡하려고? 저렇게 해서 뭘 찾게 될까? 몸서리가 났다. "음위니!" 내가 소리쳤다. "그거 그만해…."

천둥이 울었다. 이번에는 더 큰 소리였는데 거기에 더 굵고 더 급박한 우르릉거리는 소리가 섞여 있었다. "아, 안 돼." 나는 속삭였다. 천천히 서쪽으로 몸을 돌리자 먼지가 똑바로 내 얼굴에 흩뿌려졌다. 쿠시족이 온 것이다. 쿠시 땅 코쿠리에서 왔나? 서쪽으로 더 멀리서? 얼핏 봐도 하늘과 맞닿은 선에 하늘고래가 빼곡했다. 센 바람과 전기 오른 대기도 아랑곳없이 그것들은 매끄럽게 비행했다.

먼지를 뱉어내고 눈을 깜박거리는데 오크우가 합류해 자기 몸을 내 앞에 두었다. "아니야." 옆으로 빠지면서 내가 말했다. "평화협정 자리야. 만약에 저자들이 나를 쏜다면 그땐…."

"그땐 네가 죽어." 오크우가 말하며 내 앞으로 들어왔다.

"바보짓 하지 마, 빈티." 음위니가 합류하며 그렇게 말했다. 음위니도 내 앞으로 왔다. "힘바 의회가 안

왔다는 건…." 음위니는 입술을 꾹 물었다. "우리를 함정에 빠뜨린 건지도 몰라."

비행선들이 착륙하자 많은 군인들이 쏟아져 나왔고 그들이 펼쳐놓는 발사 무기의 규모가 엄청났다. 불과 몇 분 되지 않아서 대오를 갖춰 대기하고 선 수백 수천 명 쿠시 병사들이 너른 사막을 점거했다. 하늘고래 몇 대는 쪼개져서 병기를 갖춘 지상 왕복선으로 변신했고 거기에 하늘 높이 뻗어 올라간, 검은색 고리가 달린 긴 봉들이 있었는데 그 기능은 나로서는 알 수 없었다.

"그냥 사절이 오는 건 줄 알았는데." 쿠시 사람 세 명이 우리에게 걸어올 때 내가 중얼거렸다.

"저자들은 항상 과시하길 좋아했지." 오크우가 메두스 말로 우르릉거렸다.

"통역 좀 해줘." 음위니가 말했다.

"위세를 보여주길 좋아한다고." 내가 오치힘바로 일러주었다. "오크우, 내가 지금 부를까?"

"해 뜰 때라며." 오크우가 말했다. "자기들이 올 거야."

그리고 아닌 게 아니라 태양이 지평선에 빠끔히 솟아나자 쿠시족 세 사람은 우리에게 오려다가 걸음을 멈추고 오셈바를 바라보았다. 나도 고개를 돌려 보았다. 메두스 우주선들은 수생생물 같았다. 둥글넓적한 모양에 짙은 남보라색으로 빛나는 모습이 자기네들 메두스의 더 큰 버전처럼 보였다. 나는 혹시 정말 그런 게 아닌가 잠깐 궁금하게 생각했다. 왜냐하면 1년 전에 나도 메두스 우주선에 들어가봤는데 살아 있는 생물의 체내에 들어간 느낌이었고 또 냄새도 그렇게 강하게 났기 때문이다. 메두스 우주선들은 소리 없이 착륙했다. 우주선의 오쿠오코가 주위에 쫙쫙 뻗쳤고 동체는 바람에 불려 조금씩 출렁였다.

돌아가다

나는 양측 지도자 사이에 섰다.

쿠시 왕인 '골디'를 나는 좀처럼 쳐다보지 못했다. 그 사람 얼굴은 뉴스에서나 보았고 우리 아버지 가게에 들어온 쿠시 사람이 그를 가리켜 '명예로운 분'이라 지칭하는 걸 들어봤을 따름이었다. 그는 키 크고 건장한 남자였는데 피부 빛이 해를 본 적이 없기라도 한 것처럼 창백했다. 옷은 티끌 하나 없이 새하얘서 먼지바람 속에 펄럭이며 빛났다.

왕의 양옆에 옹위해 선 건 사령관들이었다. 통통한 몸매에 볕에 그을은 피부색을 한 여자가 방위사령관으로 이름은 '매서운 눈의 여주인'이라고 했다. 또 한 명은 번들거리는 민머리의 쿠우 참모장으로 나보다 불과 몇 살 위인 것 같았다. 들어본 이름이란 걸 나는 알았다. 뿌리집에 불을 질렀다고 오크우가 말해준 바로 그자였다. 내가 서 있는 곳에서도 오크우의 증오가 특별히 쿠우를 향해 있는 것이 느껴져왔다.

그들 뒤로 총총 따라온 사람이 쿠시족인 코쿠리시장, 알하지 트럭 오마제였다. 그 사람은 나를 향해 고개를 끄덕여 보였는데 며칠 전 내가 세 번째 물고기호에서 내릴 때 지었던 것과 같은 미소를 던지면서 목례했다. 정말 자칫하면 불상사가 났을 뻔한 그때부터도 저 사람은 오크우에 대한 암살 계획을 알고 있었던 걸까? 그 시점에는 몰랐다 쳐도 우리가 오셈바로 떠난 다음에는 바로 알게 됐을 터였다. 나는 그자를 마주 노려봤다.

메두스 족장은 군의 대장 둘을 동반하여 왔다. 총사령관 음부와 부사령관 은케 아부오였다. 살이 무색 투명한 족장과는 달리 음부와 은케 아부오는 오크우처럼 푸른색이고 불투명했다. 오크우는 나와 쿠시족 사이에 버텨 서 있었다.

나는 그 두 집단을 바라보았다. 양쪽 모두 내가 말하기를 기다리고 있는 것 같았다. 나 자신의 내면으로 기어 들어가고 싶은 심정이었다. 자신이 작게만 느껴졌다. 나는 입을 벌렸다가 다물었다. 쿠시 왕은 쓸모없는 무언가를 보듯이 나를 보고 있었다. 나는 메두스 족장을 훔쳐보았다. 그이를 마지막으로 봤던 건 다른 행성 위, 내가 모두를 구한 후, 몹시도 용감한 일을 한 후의 일이었다. 여기는 지구고 여기서 나는 그저 힘바족 여자애일 뿐이었다.

"힘바 의회는 아직 도착 안 했습니다." 음위니가 내 옆에서 한 발 나서면서 말했다.

"우린 오래 기다릴 마음이 없다." 골디 왕이 메두스 족장을 째려보며 말했다.

"우리도 마찬가지다." 족장이 메두스 말로 우르릉거렸다.

"우리도 마찬가지라고 말씀하셨어." 오크우가 음위니에게 통역해주었다.

우리는 모두 조용히 있었다. 나는 숯 무더기를 힐

꾿 보았다. 메두스의 분노와 원한이 너무나도 급작스럽게 확 밀려들어 나는 몸을 흠칫했다. 쿠시 왕이 바로 여기에 내 앞에 있었다. 내가 말했다. "내가 누구인지 아십니까?"

골디는 의뭉스러운 미소를 지었고 나는 더한층 분개했다. "물론 알지. 생각보다 천박하지도 않고 말도 잘하는구나." 그러면서 클클 웃었다. "그리고 적어도 목소리가 제대로 들리네. 힘바 여자들은 애건 어른이건 말소리가 정말 작지."

"저 숯 무더기가 뭔지 알아요?" 내가 물었다.

위에서 천둥이 울었고 나는 더한층 강해진 느낌이었다. 골디가 대답하기 전에 나는 나무 되기에 들어갔다. 정신이 맑아졌고 나는 일곱께 감사드렸다. 왜냐하면 쿠시 왕 골디가 이어서 이렇게 말했기 때문이다.

"너의 가족은 적을 받아들여 숨겨주었다." 은근했던 미소를 싹 거두면서 그가 말했다. "그 응보를 받은 거지." 그자는 뿌리집이 있던 곳을 손짓했다. "나였다면 땅바닥에 구멍을 파놨을 거다."

나는 머리 위 오쿠오코가 꿈틀거리며 일어나고 목

과 등을 철썩 치기도 하는 걸 느꼈지만 침착을 지켰다. 방정식들이 내 머리 주위로 회전하고 있었다. 주머니 속 황금 구슬은 따스하게 달아올라 자전 중이었다. 나는 깊이, 아주 깊이 숨을 들이마셨다. 상담가 선생님이 가르쳐준 대로 공기가 엄지발가락에서부터 전신을 채워온다고 상상했다. 그러고 나서, 이것도 그이가 가르쳐준 대로인데, 그 사람들을 다 놔두고 한 발 물러섰다. 한 사람 한 사람 빼놓지 않고 눈을 똑바로 쳐다보다가 마지막으로는 골디를 보았다. 하지만 골디는 알아채지도 못했다.

그자는 몸을 돌려 사령관과 참모장을 보고 이렇게 말했다. "힘바족은 겁쟁이 족속들이거든."

쿠우가 끄덕였다. "겁을 먹으면 숨어버리지요. 머리 좋고 창의성 있는 사막여우 모양으로 말입니다."

나는 말을 하려고 입을 열었으나 곧 다물어버렸다. 입술을 꾹 눌러 닫고 분노로 몸을 떨며 주위를 둘러보았다. 의회는 어디 갔어? 음위니와 눈이 마주치자 그 애가 입 모양만으로 "기다려봐. 올 거야" 하고 말했다. 그렇지만 1초 1초 계획은 실패로 낙착되어가고 있었다. 하늘에서는 폭풍우가 휘몰아쳤고 이제 꽈르릉 천둥이 쳐댔다. 번개 빛이 번쩍였다. 나는 스스로 침착해지려 한 줄기 흐름을 불러 올려 그대로 양손에 띠었다. 흐름의 감촉과 그것이 번개를 끌어오지는 않는 채로 머리 위 뇌전으로부터 힘을 얻는 방식이 더 강력해진 기분을 느끼게 했다. 나는 몸을 더 꼿꼿이 폈다.

"쿠시족을 상대로 이야기 나누진 않겠다." 메두스 족장이 오크우에게 말했다. "이건 우리가 합의한 것과 일의 진행이 달라." 그러고는 나를 보고 이렇게 말했다. "빈티, 너희 의회 사람들은 어디에 있느냐?"

골디는 자기 장군과 방위사령관과 이야기를 하느라 완전히 등을 돌리고 있었다. "내가 한번 만나보자 했던 건 오로지 움자 대학행성 수장과 나 사이를 봐서였소. 남자들의 회의인 줄 알았는데 그렇기는커녕 이 어리석은 힘바 여자애 하나만 나와 있군. 이렇다면 우린…."

'어리석은 힘바 여자애'라는 말, 그게 일을 냈다. 젠체하는 태도, 움자 대학교에서의 내 높은 위상에 대한 모독, 우리 가문과 힘바족 전체에 대한 멸시가 담긴 그 말이 말이다. 그런데 의회원들은 어디 가고 안 왔어? 상관없었다. 내 가족이 다 죽었다. 우주선 안에 탔던 사람들 모두가 자꾸만 죽어갔다. 나는 헤루의 가슴이 다시금 쩍 벌어지는 걸 보았고 나의 존재 모든 부분에 분노가 가득 차오르면서 내 오쿠오코가 용틀임하는 것을 느꼈다. 나의 내면 깊은 곳의 문들이 단숨에 활짝활짝 열렸다. 모조리 다. 전부 다 동시에. 내 몸이 앞으로 흔들 기울었고, 이어서 쥐고 있던 흐름이 팽창하는 느낌과 함께 뒤로 젖혀졌다. 번개가 위에서 번쩍 빛났고 내 안의 무언가가 지금까지 해본 적 없는 일을 하기로 결정 내렸다. 그걸 움켜잡기로.

나는 나무에서 떨어져나왔다. 그러자 펑! 하고 내가 끌어온 흐름이 내 속으로 쏟아져 들어왔다.

정신이 깨었다. 나는 무언가 정말로, 굉장히 중요한 것을 알고 있었다. 모든 것이 그 순간에 달려 있다는 걸 나는 알았다. 어떻게 그렇게 되는지는 확실히 알지 못해도 우리 민족의 운명이 순간적으로 내 두 손에 달려 있었다.

그래서 나는 부르짖었다. "내가 이 만남을 주최한 사람이다! 이 만남은 내가 생각한 거야!" 나는 골디 왕을 직면했다. 험한 눈을 부릅뜬 채였다. 골디는 옷 자락이 날리도록 휙 돌아서서 어안이 벙벙해 나를 보았다. 흐름은 푸른색 전기 나선 형태로 나를 휩싸고 있었는데 살갗에 따스하고 보호받는 느낌이 들었다. 나는 동시에 오쿠오코를 통해서 메두스 족장에게도 내가 할 줄 아는 한도 내에서 가장 거친 메두스 언어로 그 말을 했다. 내 두 손은 마치 독자적인 의사가 있는 내 몸 어느 한 부분의 것인 양 움직여 잠깐만에 나는 같은 말을 사막을 향해 밀어 내보냈다. 그렇게 하고 있어도 나의 세계는 그대로였는데… 이미 부풀어 오른 상태였기 때문이다.

나에게 돌아온 말들은 먼 곳에서 속삭여 보낸 것 같았다. 글자가 아니라 소리로 들려왔다. "그이들에게 잘 말해줘라, 빈티야." 우리 할머니 목소리였다. 시야 가장자리에서 음위니가 갑자기 몸을 돌려 뿌리집 쪽으로 달려가는 게 보였다.

"나는 미치지 않았습니다." 내가 모두를 향해 말했

다. 골디 왕을 대면하고 말을 했다. "나는 작지 않아요. 나는 어리석지 않습니다." 나는 잠시 말을 끊었다. "여러분 중 그 누가 왜 싸우기 시작했던 것인지 기억이나 하고 있나요? 메두스족이 호수들을 말려버리려 했던가요? 쿠시족이 평화 시에 찾아온 메두스 탐사대 일족을 학살했던가요? 쿠시 땅의 족장 딸이 납치당했던가요? 내가 여러분 각자에게 까닭을 묻는다면 여러분은 실제 목격자일 수 있는 이의 손주의 손주라도 죽은 지가 오래인 이런저런 이야기들을 꺼들어내겠지요." 나는 족장을 향했다. "이 땅을 차지해서 뭘 하고 싶은가요? 여러분의 신은 물이잖아요. 아마 이 전쟁이 시작되었던 때에는 물이 있었을지 몰라도 이제는 지구의 이 부분은 물이 바싹 마른 땅이에요. 내 고향 마을에서는 나무들이 물을 찾을 수 있는 곳을 가르쳐주어 우리가 죽지 않고 살아요. 쿠시 땅은 거의가 사막이지요. 지표면의 71퍼센트가 물인데도요! 그쪽으로 가면 어때요? 큰바다엔 사람이 많이 살지 않아요. 여러분은 아무 말썽이 없이 실컷 그 물을 만끽하실 수 있어요. 하지만 그러질 않고 메마른 땅에 있는 한 방울 물을 놓고 싸워서 죽고 죽이려고 하는군요."

나는 골디에게 돌아섰다. "그리고 당신들 쿠시족, 당신들이 깔보지 않는 상대가 누가 있나요? 힘바족은 당신들 사회 전체가 흥성할 수 있게 기술을 창안해주었어요. 그런데 대가라고 주는 것이 우리가 당신네 노예인 것처럼 구는 거잖아요. 무엇 때문에요? 쿠시족이 힘바족보다 우월한 게 뭔데요? 말해보세요! 그러다가 우리 중 한 사람이 어느 메두스와 친구가 되어 평화를 과시하며 데리고 오니 당신네들은 자존심에 상처를 입은 거죠. 그래서 그 메두스를 암살하려고 한 거고. 힘바족에 대해서는 극에 달한 무례에 해당하는 줄을 뻔히 알면서, 그런 짓을 하면 메두스가 전쟁을 걸어올 줄 알면서 말이에요! 당신네들은 메두스 족장의 침을 탈취했죠. 오직 그렇게 할 힘이 있다는 걸 과시하느라고요. 그래놓고 그들이 보복에 나서자 불평하네요."

깊이 숨을 들이마셨다.

"나는 힘바족의 깊은 바탕을 일깨웁니다." 나는 골

디 왕과 메두스 족장 양쪽을 강렬하게 바라보았다. "당신들 둘 다 이게 뭔지 모르겠지만 상관없어요. 이건 힘바 의회원들이 할 일이었지만 겁들이 나신 모양이네요. 숨어들 계신가 보죠. 나는 숨지 않습니다. 그리고 내 안에 집단이 있으니 내가 할 수 있어요.

메두스 전통은 명예를 중시합니다. 쿠시 전통은 존중을 중시하지요. 나는 오셈바 힘바족의 숙련 조율사입니다." 나는 두 손을 쳐들었고 흐름은 소용돌이치며 뭉쳐 양손에 각각 파란 태양 같은 구체를 이루었다. 그 하나를 골디에게 내밀었다. "쿠시족을 대표하는 분." 한 손은 메두스 족장에게 내밀었다. "메두스족을 대표하는 분." 나는 자신을 조절했다. 내면 깊은 곳으로부터, 내 발아래 땅으로부터, 떠 있는 지구를 지나 그 너머로부터 무언가를 끌어내었다. 숙련 조율사로서 내 길은 수학을 통한 것이었기 때문에 내게 다가오는 것은 숫자들로 감지되었고 그것들을 수학으로 흡수했다. 그러고 나서 발언하면서 나는 그것을 숨결에 실어 내보냈다. "부디." 말을 할 때 목구멍을 지나 혀와 입술로 쏟아져 나가는 말마디들이 서늘

한 느낌이었다. "이 일을 끝내요." 내가 말했다. 내 음성은 풍성하고 차분했다. "지금 끝을 내세요."

그 단어들이 내 입술을 떠나기가 무섭게 목울대가 불로 지지는 듯했다. 번개가 쳤고 그 즉시 천둥이 꽈광 울었다. 요란한 소리에도 나는 몸서리치지 않았다. 번개의 위협이 다시는 나를 겁주지 못할 것이었다. 그것이 아직도 내 속에 있다는 게 느껴졌다. 비록 이제 사그라들고는 있지만…. 내 두 발과 정수리에서, 용틀임하는 내 오쿠오코 끝에서 스르르 없어져가는 게 느껴져왔다. 밑으로 가라앉기와 위로 떠오르기를 동시에 하는 느낌이었다. 기가 빠지는 것 같으면서도 동시에 펑펑 넘쳐났다. 그것이 깊은 바탕이었다. 그것이 바로 나를 통해 움직일 것이라고는 정말 감히 꿈도 꾸어보지 못했다. 단 한 번도. '델레가 여기 있어서 이 광경을 봤으면 경이감에 차 무릎을 꿇었을 거야.' 그런 생각이 들었다. 하지만 델레는 여기 없었다. 의회원들은 아예 이 자리에 오지 않았다.

"그래, 빈티." 골디가 말했다. 목소리는 얌전했고 나를 응시하는 그 얼굴은 경악해 맥이 빠져 있었다.

"나… 나는 강화에 동의한다."

메두스 족장은 머금고 있던 기체를 커다랗게 풍 내쉬었고 그의 두 전우와 오크우도 그랬다. 우주선 가까이 부유 중이던 메두스 몇 명도 똑같은 행동을 했다. 이어서 족장이 메두스 말로 나에게 말했다. "나는 빈티 말을 듣겠다. 빈티가 옳아. 이 싸움은 쓸데없다."

"쿠시와 메두스 간의 전쟁은 종결됩니다." 두 손을 한데 모으면서 내가 말했다. 그 즉시 흐름으로 된 구두 개는 꺼져 사라지며 에너지의 잔물결을 내 몸에 흘려보내 나는 모든 것이 뚝 그치자 휘청 뒤로 물러섰다. 기침이 났고 입안에 피 맛이 느껴졌다. 위에서는 폭풍이 불 만큼 불었는지 저절로 자며 하늘이 개기 시작했다. 뜨는 해의 빛이 비쳤다.

쿠시 왕과 메두스 족장 양쪽이 각자 자기 사람들에게로 돌아가는 걸 보며 나는 미소 지었다.

"잘해냈어." 오크우가 오치힘바로 말했다.

나는 그에게 고개를 끄덕였다. 이제는 아주 조용했다. 바람은 세게 부는 산들바람 정도로 잦아들었고 번개와 천둥은 하늘 저 멀리 후퇴했다. 나는 음위니를 찾아 주위를 둘러봤는데 금방 보이지가 않았다. 하늘을 올려다보자 커다란 은빛 태양이 흩어지는 구름장 사이로 빛나고 있었다.

"일곱이여, 감사합니다." 목소리가 거칠게 나왔다. "내가 해내는 데 필요했던 걸 전부 주신 것 일곱께 감사합니다." 나는 소리 내어 웃었다.

시선을 도로 내렸을 때 내 눈길이 간 곳에 아주 기이한 광경이 있었다. 무려 세 번째로 나는 그것을 보고 있었다. 밤의 가장꾼을. 또다시 낮 시간에. 그것은 내 고향 집으로 이어지는 흙길에 서 있었다. 내가 이른 새벽 컴컴할 때 집을 떠나 걸어갔던 바로 그 길이다. 이번에는 그것의 머리에서 뭉클뭉클 뿜어져 나오는 연기는 없었다. 정적 속에 그것이 춤을 추면서 내는 둥둥 하는 북소리를 들을 수가 있었다. 라피아로 된 엉덩이를 흔들고 그 기다란 팔을 쳐들면서 먼지를 차 일으키며 춤을 추었다. 나는 그렇게 춤추는 사람을 딱 한 명 알고 있었다.

"델레?" 실눈을 뜨면서 내가 입속말했다.

발사음을 들었을 때 나는 펄쩍 뛰었다. 처음에는 하도 집중해서 밤의 가장군을 보았기 때문에 그 소리가 날카로운 북소리인 줄 알았다. 그런데 오쿠오코에 강한 충격이 느껴지고 내민 손으로, 얼굴로, 목으로 진동이 찢고 들어왔다. 아픔 탓에 두 눈에 눈물이 고였고 시선을 돌려 메두스 우주선들을 보는데 둥그런 불덩어리가 메두스 족장을 강타하는 것이 보였다.

머릿속에 메두스 목소리들이 들리진 않았다. 들린 것은 하나로 합쳐진 비명이었다. 그러고 나서 눈으로 봤다기보다는 그냥 알았는데 왜냐하면 움자 대학교에서 오크우가 만들어낸 장갑은 투명하고 몸에 아주 딱 맞았기 때문이다. 바로 메두스들은 한 명도 빠짐 없이, 자기네 우주선에 타고 있거나 밖에 있거나 간에, 그 장갑으로 몸을 감싸고 있다는 사실이었다. 족장도 포함해서 그랬다. 그래서 족장은 양옆에 사령관들을 거느린 채 곧추선 그대로 둥실 떠서 뒤로 물러났다. 그러고 나서 메두스 우주선이 매끄러운 비행으로 전투 대형을 갖추었다. 그 차르르 흐르듯이 움직이는 것이 마치 물 같았다…. 이 상황은 군단 수준의 무즈하 키비라였다. 쿠시족을 돌아보기가 무섭게 그들의 하늘고래 비행선 한 대가 터져나갔다. 지상에 있던 쿠시 병사들이 더 많이 달아났다.

거친 손이 내 오른팔을 움켜잡았고 나는 휙 몸을 돌려 안절부절못하는 쿠우 장군과 눈이 마주쳤다. "넌 우리와 같이 간다!" 그자가 호통쳤다.

나는 내 팔을 보았다. 쿠우의 힘센 양손이 살이 패도록 팔을 붙들고 있었고 그걸 본 순간 주위 모든 것이 파란색으로 뜨거워졌다. 나는 왼손 주먹을 부르쥐고 그자의 얼굴에 주먹을 꽂아 넣었다. 맨 처음 닿은 건 치아와 코였기에 주먹에 실린 힘에 아마 손가락 몇 개는 삔 것 같았다. 주먹을 도로 물려 다시 후려치자 쿠우는 비틀비틀 옆으로 빠지면서 나를 놓았다. "어억!" 손으로 얼굴을 누르면서 그자가 끅끅거렸다. 하지만 그 와중에도 그자는 제복 속에서 무기를 끄집어냈다. '그러니까 이 만남에 무장하고 왔다 이거군.' 그자를 노려보며 나는 생각했다. 곧 쿠우가 다른 손을 올려 손가락을 쫙 폈는데 때마침 파란 구체 하나가 그자가 켠 보호막에 격돌해 터졌다. 눈을 돌리니 오크우가 쿠우 장군을 향해 날아오는 게 보였고 그 둘은 모래밭에 뒹굴었다.

이제 내 손으로부터 아픔이 퍼져 나와 나는 잠시 그대로 서 있었다. 엉망으로 다친 손가락들 상태보다도 내가 한 행동에 더 충격받아 얼어버렸다. 나는 평생 한 번도 누구를 때린 적이 없었다. 아드레날린으로 후들후들 떨면서 손을 올려 보았다. 중지와 검지는 완전히 부러지다 못해 삐죽삐죽하게 깨진 뼈가 보일 지경이었다. 현기증 난 상태로 주위를 둘러보았다. 쿠우 장군은 쿠시 비행선들 쪽으로 달아나고 있었다. 오크우는 입고 있는 장갑으로 쏟아지는 화염탄을 튕겨내며 분투 중이었다.

쿠시족과 메두스족 양측 모두가 자기네 군대 있는 쪽으로 달아나면서 나만 혼자 거기 덜렁 남겨두고 있는 이상한 한순간이었다. 음위니는 내가 지금은 생각에 올릴 틈조차도 없는 무슨 일인가를 하려고 말을 하고 있던 사이에 서둘러 어디론가 가버리고 없었다. 오크우는 쿠시족의 사격에 몰려 메두스 우주선들 쪽으로 밀려나고 있었다. 근처 어디에서 음위니가 고함치는 소리가 들렸고 오크우가 화염탄 몇 발을 싹싹 피하면서 내게로 달려오려 하는 게 보이기도 했다. 양측에서 한꺼번에 벌어진 일이었다. 쿠시족과 메두스족이 자기네 지도자들이 방금 합의한 바를, 강화를, 나 몰라라 내팽개쳐버리는 바람에.

　이 모든 일을 시작하려 메두스 족장을 쏜 건 누구였던가? 앞으로도 알 수 없을 터였다. 내가 아는 것은 메두스 족장이 피격될 때 쿠시 왕의 얼굴을 내가 봤고 그 얼굴은 놀라고 낭패한 표정이었다는 것이다. 쿠시 왕은 모르고 있었다. 이렇게 되기를 바라지 않았다. 그다음은 그에 대한 반응이었을 따름이다. 그리고 반응들을 하면서 모두들 나에 대해서는 잊어버렸다. 그들은 내가 거기 서 있다는 것을 잊었다. 서로 총을 쏴댈 때 내가 자기네들 양쪽 진영 사이에 있다는 걸 까먹었다.

　뻘건 화염구와 푸른 작열파가 내 옆으로 날아가고 날아오며 하늘을 가득 채웠다. 연기 냄새, 사르는 불길, 나를 둘러싼 공기 그 자체가 타오르기 시작했다. 우리 오빠의 텃밭 자리에 서 있던 라쿠미는 대가리가 완전히 잘려나가 거꾸러졌다. 화염구들의 칙칙 소리가 내 귓전을 스쳐 갔다. 나는 기침을 하고 휘청거렸다. 그러다 무언가가 가슴을 세게 때리는 걸 느꼈고 이어서 왼쪽 다리를 후려치는가 싶더니 뭐가 뭔지 모르게 되었다. 분간이 안 갔다. 나는 비명을 질렀다. 내가 날아가고 있었다. 아픔이 내 주위를 온통 휩싸고 피어올랐고 내 속에서도 피어올랐다. 이제 나는 신음하고 있었다. 메마른 흙 속에 뒹굴면서.

오크우가 내 위를 덮었고 모든 것이 파래지며 한 꺼풀 덮인 듯 무뎌져왔다. '빈티.' 오크우가 나에게 말하는 소리가 들렸다. '버텨.' 오크우는 제 몸과 내 몸을 땅바닥에 짓눌렀고 우리를 둘러싼 세상은 폭발했다. 무언가가 가까이에 쾅 곤두박질쳐 화염으로 터져 나갔고 오크우가 진저리 치는 게 느껴졌다. 그러고 나서는 교전이 위쪽으로 이동하기 시작한 듯했다. 이걸 보고 처음 든 생각은 내가 추락하고 있나 보다 하는 거였다. 하지만 그렇지 않았다, 쿠시와 메두스의 비행선들이 나선 거였다. 그 함선들이 교전을 하늘로 그리고 필경 우주로도 가져가고 있는 거였다.

시작되었을 때와 마찬가지로 순식간에 상황은 끝이 났다. 적어도 힘바 땅에서는 끝났다. 다른 어딘가에서는 끝나지 않았고. 상공 높이에서 격전이 벌어지는 소리, 가까운 곳에 무언가 거대한 물체가 지면에 들이박는 소리를 나는 들을 수 있었다. 잘은 모른다. 왜냐하면 오크우가 여전히 자기 몸 안에 나를 감싸안고 있었기 때문이다. 오크우가 내게서 몸을 들어 비켜날 때 나는 까무룩 정신을 잃어갔다. 내 피가 내 몸 아래 사막 모래 속으로 흘러나가는 소리를 실제로 귀로 들었다. 욱신거리는 등의 아픔이 아득했다. 내 가슴은 축축하고 차갑게 헤벌어져 있었다. 나의 두 다리는 갈기갈기 찢겨 있을 따름인지 아니면 아예 떨어져나갔는지 몰라도 아예 느낌이 없었다.

가까스로 나는 팔을 올려 코에 툭 떨어뜨렸다. 팔에 발려 있는 오치제 냄새를 맡았더니 고향 냄새가 났다. 음위니가 날 부르는 소리가 들렸는데 그 애는 내 옆에 와 무릎 꿇고 있었다. 음위니는 험한 눈으로 몸을 떨고 또 떨었다. 그 애의 아름다운 부숭부숭한 머리카락은 흙먼지와 모래투성이였다. 하지만 나는 고향 냄새를 맡고 있었다. 나는 눈을 감았다.

죽음은 언제나 새 소식이다.

여자애

　음위니는 울부짖고 있었다.

　다시 빈티를 내려다보고 울부짖고 울부짖고 또 울부짖었다. 그 애의 가슴은 으스러지고 불에 타 속이 다 나왔다. 뼈, 힘줄, 살이 붉은색, 노란색, 흰색으로 다 보였다. 그 애의 다리는 양쪽 다 뭉개진 고깃덩어리였다. 왼팔은 충격에 잘려나갔다. 오른팔, 얼굴, 그리고 촉수만이 말짱했다.

　사태가 급전직하할 때 음위니는 뿌리집의 잔해에 있었다. 돌아보니 메두스 족장과 쿠시 왕이 둘 다 경이와 존경의 눈으로 빈티를 바라보고 있었다. 빈티의 웃음소리를 음위니는 들었다. 마음이 벅차올랐다. 지도자들이 그 자리를 떠나는 모습을 보았다. 그러고 나서 음위니는 원래 살펴보러 온 것 쪽으로 돌아섰는데 그래서 모든 일이 등 뒤에서 벌어지고 말았다. 음위니가 갔을 때 빈티는 숨진 후였다.

오크우가 빈티의 다른 쪽 옆에 떠 있었다. 그것의 촉수는 너덜너덜해진 빈티의 팔을 건드리려다 움츠리고 건드리려다 움츠리기를 되풀이했다. 오크우는 상공에서 벌어지고 있는 전투를 감지할 수 있었으나 빈티 곁에 남았다. 그로 해서 다른 메두스들은 전쟁을 통하여 가족이 되었던 이가 살해되었음을 알 수 있었다. 오크우가 나서지 못했기 때문에, 오크우가 더듬거렸기 때문에 그들은 더욱 거세게 더욱 분노해 싸웠다.

음위니는 위를 보았고 입을 벌려 대놓고 통곡을 했다. 충격에 멍해진 나머지 눈앞에 라피아로 된 괴물이 자기 쪽으로 마구 달려오는데도 기겁하지 않았다. 괴물은 괴성을 지르고 막대 같은 기다란 손으로 음위니를 옆으로 밀어버리고는 나무 얼굴이 달린 머리를 벗어 내팽개쳤다. 음위니는 한옆으로 넘어졌다가 그 생물을 뚫어지게 마주 보았다. 생물이 아니라 밤의 가장꾼을. 밤의 가장꾼이 빈티의 죽음에 애통해하고 있었다.

* * *

델레는 지켜야 할 규약도 다 잊어버렸다. 지난해 델레는 밤의 가장꾼의 말을 전하는 비밀 단체에 입회했다. 빈티가 떠난 직후에 들어갔다. 남자 장로들로부터 송가들을 배운다든가, 죽지 않는 나무의 가지를 불로 태워 그 연기를 마신다든가, 일곱의 벗들을 만나 뵙는다든가 하는 것 모두 빈티 일을 잊는 데 도움이 되었다. 그러고 나서 델레는 차기 힘바 족장 훈련을 받을 사람으로 낙점되었다. 길러야만 했던 수염은 근질근질해서 질색이었지만 무척 자랑스럽고 강해진 느낌이었다. 하지만 그러는 동안에도, 아무리 애써 잊으려 노력해봐도 실은 사무치게 빈티가 그리웠다.

며칠 전 장로들과 함께한 명상 자리에서 연장자들

은 모두 빈티가 밤의 가장꾼을 봐야 마땅하다고 뜻을 모았다. 빈티 방 창밖에 가장꾼 복장을 하고 서 있었던 사람은 카피카 족장이었다. 델레는 싫었다. 빈티는 여자애고 자기의 운명을 내동댕이친 애인데. 그런데 장로들은 어제 카피카 족장이 빈티에게 밤의 가장꾼을 다시 보게 해주기로 했다는 얘긴 아예 델레에게 해주지조차 않았다.

그래도 어젯밤 오쿠루워 회의 동안에 델레는 빈티에 대한 감정을 고쳤다. 하는 말을 귀 기울여 들어보고 자세히 지켜본 결과, 자기가 평생 알아온 바로 그 빈티가 맞다는 것과 대단한 사람이라는 걸 실감했다. 장로들이 괜히 장로인 게 아니었다. 어르신들 나름의 편견은 있어도 그분들은 델레 자신이 지금까지 보지 못한 것, 인정 못 한 것을 볼 줄 알았고 다 함께 인정할 줄 알았다…. 그러나 장로들은 심각한 잘못을 저지르기도 했다. 몇 시간 전 델레는 2차 회의에 모인 장로들과 함께했다. 이번에는 오셈바에서 1마일 떨어진 적막한 사막에서 열렸다. 델레는 그냥 한데 모여서 뿌리집으로 가려는 건가 보다 했다. 장로들이 모두 다 강화 협상 중재를 포기하고 빈티를 대신 희생시키자는 데 합의했을 때 델레는 도저히 믿을 수가 없었다.

그리고 그랬기에 델레는 밤의 가장꾼 의상을 훔쳐냈다. 그걸 입자 곧 할 일을 알 수 있었다. 그리고 사람이 영혼의 의상을 입었을 때엔 자기 자신이 아니기 때문에 델레는 쉽사리 뿌리집으로 향했다. 그래서 거기에서 빈티가 보게 될 위치에 자리 잡았다. 보고 용기를 얻기를 바라는 마음에.

그렇게 빈티는 실제 일을 성사시켰다. 델레는 길에서 있었으나 거기서도 보였다. 빈티가 깊은 바탕의 물꼬를 텄다! 델레는 그 힘이 지면을 통해 진동하는 것을 느꼈다. 그의 발로, 두 다리로 전기가 오른 듯, 흐름과도 같이 중동까지 찌릿하게 올라왔다. 오셈바의 다른 애들 거의 다가 그렇듯이 델레도 흐름을 불러일으키는 방법은 몰랐다. 여러 해 동안 빈티가 하는 것을 구경만 했을 따름으로, 자기 천직이 아니라 훈련을 안 해도 되는 걸 다행으로 여겼다. 이제 델레는 빈티가 힘바 역사에서도 한 손에 꼽을 만큼 적은 수의 사람만이 해낸 위업을 달성하는 걸 지켜보고 있었다. 그리고 빈티는 쿠시와 메두스 사람들의 지도자들에게 분쟁을 아예 종식시키도록 설득하는 데에 그걸 썼다. 빈티는 진정한 오셈바의 숙련 조율사였다.

델레는 이제 그 애의 얼굴을 지그시 내려다보고 있었다. 너무도 아름다운 모습. 비록 얼굴 부분부분 오치제가 벗겨져나갔고 낯선 촉수들이 모래 위에 쫙 펼쳐져 있어도. 힘없이 늘어진 채로. 영혼의 속 깊은 곳에서부터 스며 나왔다. 애통한 울음이. 델레는 고개를 젖히고 입을 크게 벌렸고 눈꼬리에서 눈물이 줄줄 흘러내렸다. 무시무시한 실감이 그의 심장을 쥐어짰다. 손을 긴 막대처럼 보이게 해준 가죽 장갑을 팽개쳐버리고 밤의 가장꾼 복장을 쥐어뜯었다. 라피아 섬유를 잡아당기고 파랗고 빨간 천을 잡아 찢었다.

* * *

음위니는 일어서서 걸어 나왔다. 푸른색 옷이 빈티의 피로 시커멓게 된 채 눈은 하늘을 향했다. 교전은 쿠시 땅 쪽으로 옮겨간 후였고 그건 정말 잘된 일이 었다.

"오크우." 쉰 목소리로 음위니가 불렀다.

"어." 메두스가 대답하며 둥실 떠 다가왔다.

뒤에서는 이 자리에 나타난 유일한 힘바 의회원 하나가 계속해서 악을 쓰며 통곡하고 있었다. 이제 텅 비어버린 사막에 그 곡소리가 퍼져나갔다.

"우리가 빈티를 우주로 데려가야 할 것 같아." 음위니가 오크우에게 말했다. "저 애가 있을 곳은 거기야. 여기가 아니라."

"어떻게?" 오크우가 물었다. "이착륙항은 저쪽이다. 교전이 발발한 곳이지. 될 성싶지 않은데."

"이착륙항으로 해서 가자는 건 아니야." 음위니가 고개를 저었다.

"메두스 우주선으로 갈까?" 오크우가 제안했다. "이해해줄 거다. 우리도 죽은 이를 우주에 풀어 보내니까."

"아니." 음위니가 단호하게 말했다. "더 좋은 안이 있어." 음위니는 잠시 말을 끊으며 다시 절망에 점령

당할 것 같아 눈을 꾹 감았다. "난… 빈티를 어디로 데려가야 할지 정확하게 알아. 너도 갈 거지?"

"가지." 오크우가 말했다.

"우리가 말을 해도 들어주지 않았을 거야." 델레가 그들 뒤에서 흐느끼며 말했다. 빈티의 하나 남은 손을 잡은 채였다.

"그래서 넌 빈티를 죽게 내버려뒀어?" 음위니가 쏘아붙였다.

"그런 거 아니야." 델레가 말했다. "해보려고는 했어. 난 나머지 장로분들과 생각이 달랐어. 하지만 나는 견습생일 뿐이라고. 발언권도 없는 처지야. 그래도 발언을 했어. '우리는 우리 동족을 버리지 않습니다.' 내가 그랬어. 그분들은 빈티는 이제 우리 일원이 아니라면서 나에게 잠자코 있으라고 했어. 그리고 아무도… 그분들 중 아무도 자기들이 실제로 깊은 바탕을 일깨울 수 있을 것이라고 믿지 않았어. 그분들은 믿지 않더라고…. 희망이 없더라고. 족장님은 말씀하셨어. 쿠시족이 힘바족 말을 들을 턱이 있느냐고. 우리를 존중하지 않는 사람들인데 듣겠냐고." 델레는

211

신체적인 아픔을 느끼기라도 하는 듯이 이 말을 할 때 눈을 짓감았다.

"하지만 빈티를 존중했는걸." 음위니가 말했다. "쿠시족도 메두스족도. 그러고 나서는 아예 잊어버렸지만."

델레는 빈티를 보았고 다시 흐느끼기 시작했다.

"이리 와." 음위니가 울음을 그쳤다. "빈티가 기뻐했을 법한 행동을 하고 싶으면 이쪽으로 와. 오크우, 가자."

음위니는 둘이 자기를 따라오는지 보지도 않고 뿌리집의 나무 토대로 걸어갔다. 한 걸음을 내디딜 때마다 더 많은 것이 보였다. 숨이 탁 막혀왔다. 전에는 이와 비슷한 것이라도 겪어본 일이 없었다. 자기 발을 통해서 음위니는 그들이 있었던 장소를 실제로 '볼' 수 있었다. 이렇게 되기까지 일어난 일은 불과 며칠 사이에 그토록 깊이 사랑하게 된 사람이 비이성적인 두 민족에 의해 갈기갈기 찢기고 말았다는 것뿐이었다.

음위니는 샌들을 벗어 던진 자리에 가서 멈춰 섰

다. 뜯겨나간 모래딱정벌레의 날개처럼 신발짝이 거기 놓여 있었다. 오크우가 한쪽 옆으로 떠 오고 델레가 다른 쪽에 와 서서 그들은 시꺼멓게 탄 뿌리집의 잔해를 굽어보았다. 음위니는 가볍게 안도의 한숨을 내쉬었다. 발로 볼 수 있는 것이 많았다. 지나리야는 그에게 과거 이 능력을 지녔던 혈족들을 보여주었다. 이것은 '깊은 땅질'이라고 불렸고 누군가가 '충분히 먼 거리를 걸어 지나면' 그때 발동되는 법이었다.

음위니는 지나리야를 통해 전언을 할 참으로 잠시 양손을 들어 올렸지만 곧 이미 자기 주위에 온통 아리야, 빈티의 할머니, 자기 부모님, 자기 형들, 친구 몇 명 등등 사람들의 전갈이 들어오고 있다는 걸 알아차렸다. 에니 지나리야는 어떻게 해서인지 무슨 일이 일어났는지를 알고 있는 것이었다. 음위니 자신은 전언을 한 일이 없었다. 어떻게 벌써들 알지?

"그냥 내 옆에 서 있어." 음위니가 오크우와 델레에게 말했다. 어떻게 설명을 하겠는가? 그래서 음위니는 설명을 관뒀다. 폭풍이 이것을 깨워놓았는데 비록 폭풍은 이미 지나갔어도 음위니는 여전히 벗은 발로 그 진동을 느낄 수가 있었다. 뿌리집의 토대는 한 그루 죽지 않는 나무의 죽은 뿌리로 된 것이었다. 적어도 사람들은 그런 줄로만 알았다. 그 뿌리 중 한 가닥의 속을 비워내서 거기를 집의 지하실로 삼았다.

빈티와 같이 음위니도 숙련 조율사였다. 그리고 음위니의 능력은 다른 방식으로 이루어지는 의사소통, 바로 살아 있는 이들과 대화할 수 있다는 것이었다. 그래서 오크우와 어떤 방식으로 대화를 하여 어디를 다쳤는지 어디에 오치제를 바르는 게 좋을지를 알 수 있었던 것과 똑같이 음위니는 뿌리집의 토대를 이룬 살아 있는 죽지 않는 나무와 대화를 나눌 수 있었다.

델레는 그 자리에 그대로 동그마니 뉘어 있는 빈티의 시신을 돌아보고 이어서 그 애의 친구를 보았다. 이름이 음위니라고 하는 사막의 야만인을. 음위니의 부숭부숭한 머리는 기묘한 적갈색으로 먼지 폭풍처럼 제멋대로 풀어헤쳐져 있고 흙먼지가 가득 묻은 모습 또한… 먼지 폭풍 같았다. 피부색은 빈티와 같이 짙은데 빈티의 피부색을 비문명의 표식으로 본 일은 없었건만 음위니에게서는 모든 게 야만을 나타냈다. 그래서 음위니가 쭈그려 앉아 양손을 땅바닥에 쫙 깔린 검게 탄 나무에 올리고 온몸을 떨기 시작하자 델레는 소리 질렀다. "하지 마! 무슨 짓을 하는 거야?" 왜냐하면 뭐든 간에 분명히 잘못일 것이기 때문이었다.

오크우는 음위니를 면밀히 지켜보았다. 그 인간은 빈티를 연상시키는 점이 정말 많았다. '조율사란 매일 반이로구나.' 오크우는 생각했다. 그러자 멀찍이 떨어진 곳으로부터 자기 동족 여럿이 그에 동의하는 게 느껴져왔다. 오크우는 그냥 그대로 기다려보았다.

뿌리

뿌리가 굳센 나무는 폭풍을 비웃는다.

말한 사람이 누구였는지는 기억할 수 없지만 음위니는 어렸을 때 자주 이 말을 들었더랬다. 이 격언이 이렇게나 말 그대로의 진실일 것이라고는 상상해본 적도 없었다. 음위니가 그 기초에 손을 댄 채 몇 번이고 되풀이해 "풀어줘, 부디. 놔줘. 풀어줘. 부탁해"라고 되뇌는 동안 땅이 흔들렸다.

빡 하고 쪼개지는 소리를 듣자마자 음위니는 말했다. "델레, 가봐!"

"뭐라고? 어디로?" 델레가 물었다. "무슨… 무슨 일

216

이 일어나는 거야? 너 뭐 하는 거야?"

"지하실 위치로 가봐." 음위니가 말했다. "이 집은 네가 나보다 더 잘 알잖아."

"나한테 보인다." 오크우가 불에 탄 토대 위로 날면서 말했다.

음위니와 델레는 그것 뒤를 따랐다. 음위니는 숨을 헐떡였고 그 위치로 달려가 뚫어지게 보았다. 델레가 옆에 무릎 꿇을 때 음위니는 두 눈을 감았다. 이제 그 식물의 음성을 머릿속으로 들을 수 있었는데 어찌나 웅장한지 머리가 쾅쾅 울리고 시야가 흐릿해졌다. 음위니가 이해할 수 있는 단어를 말하지는 않았지만 거기에는 안도와 한숨이 담겨 있었다. 음위니는 더 기다렸고 그러는 가운데 쪼개지는 소리가 더 나며 델레가 용을 쓰며 잡아당기고 발을 박차는 기척도 있었다.

음위니는 숨을 멈춘 채 눈을 감고 조금 더 기다려보았다. 두 발로 그들을 보았다. 그러고 나서 다른 목소리들이 들려오자 양손으로 머리를 감싼 채 땅속으로 잠겨 들어갔다. 빈티가 살아서 이 광경을 봤어야 했다. 식구들이 한 명 빠짐없이 살아 있고 무사하다는 걸 알았더라면 얼마나 환호하며 기뻐했을까.

* * *

델레는 땅에 배를 깔고 엎드려 밑으로 손을 내뻗어선 사람들을 한 명씩 끌어내었다. 어머니, 아버지, 언니, 오빠, 동생들, 여자 조카, 남자 조카, 심지어 가족의 친우도 몇 명 있었다. 그이들은 기쁨에 막 뛰어다니고 펄펄 날며 노래하고 춤을 추었다. 피부와 머리카락에 오치제가 거의 남아 있지 않은 것도 아랑곳하지 않았다. 다들 무릎 꿇고 일곱께 기도를 올렸다. 흐느껴 울며 얼싸안았다. 벅찬 기쁨을 뚫고 말을 할 수 있었던 사람은 빈티의 아버지가 유일했다. 아버지는 음위니에게 뿌리집이 공격받고 불이 붙어 타오를 때 모두들 큰 지하실로 도망쳐 들어갔던 이야기를 했다. 무언가로 해서 지하실이 마치 가족의 일원인 양 반응했다는 것이었다. 지하실은 닫혀 봉해졌고 보호를 해주었다. 그리고 뿌리집 안에는 먹을 수 있는 비축분 식량이 있었을 뿐만 아니라 지하실 벽에서 물을 머금은 깍지들이 자라 나왔다고 했다.

"뿌리집은 진정한 힘바족일세." 빈티의 아버지가
말했다.

그러고 나서 물었다. "빈티는 어디에 있나?"

* * *

이제 태양은 환히 빛났고 쿠시 땅 위에서와 지구
대기권 바로 바깥 우주에서 벌어지고 있는 전쟁이 점
점 더 먼 일같이 느껴졌다. 힘바족의 전쟁도 아니니
일단 지금은 사람들이 그 일을 걱정하지 않았다. 빈
티 일 그리고 빈티네 가족의 생존에 관한 소식이 순
식간에 입말로 퍼져나갔다. 그리고 이제 철저히 보호
되던 지하실에서 벗어났으므로 천문의를 가지고 있
는 사람들을 찾을 수도 있었다. 이내 많은 군중이 뿌
리집에 모여들었다. 그렇다. 이제 그곳은 다시 뿌리
집이었다. 그 사람들이 반가운 오치제 단지들이며 음
식 바구니들을 들고 왔다. 집이 있든 없든 뿌리는 비
록 불에 탔지만 그 토대만큼은 그 집에 살던 사람들

과 마찬가지로 살아 있고 멀쩡하고 굳건했다.

사람들은 대부분 오크우를 겁냈다. 하지만 빈티의 아버지가 그날 낮이 거반 지나도록 오크우 곁을 지키면서 자기에게 조의를 표하러 온 사람들로 하여금 억지로라도 오크우를 보게 만들고 얘기를 나누게 만들었다. 빈티의 어머니는 빈티가 쓰러진 그 자리에서 빈티와 함께 있었다. 머리카락을 쥐어뜯지 않기 위해 몸을 앞뒤로 흔들면서 혼자 콧소리를 흥얼거리며 애도의 빨간 담요를 빈티의 시신에 덮어주었다.

몇 번이고 거듭해서 음위니는 빈티의 가족이며 찾아온 사람들에게 빈티가 무슨 일을 하려고 했고 무엇을 위해 죽었는지를 말해주었다. 음위니는 그 사람들 면면을 잘 살펴보았다. 모든 얼굴이 다 음위니 보기를 마치 자기들이 가져야 할 것을 갖고 있는 야생인처럼 보았다. 특히 빈티의 손위 동기들이 그랬다. 그럼에도 음위니는 빈티의 용감한 행위와 의회의 배신 이야기를 전하고 그들이 알아야 하기에 그들의 질문들에 답을 해주었다.

힘바 의회가 뿌리집에 당도했을 때 음위니는 자리

를 피해 빈티 어머니가 계신 곳으로 걸어갔다. 오크우도 합류했다.

"무슨 억지를 꺼내놓든지 나는 듣고 싶지 않아." 음위니가 말했다.

"여길 떠야지." 오크우가 말했다.

"곧 갈 거야. 우선은 어머님과 얘기해보자." 음위니는 빈티의 어머니를 가리켰다. 그분은 빈티의 머리를 무릎에 괴고 콧노래를 불러주고 있었다. 오치제를 이겨 붙인 그분의 긴 머리 가닥들은 끄트머리가 땅에 끌려 모래가 묻었다. 오래된 오치제에 덮여 있기는 해도 환한 햇볕이 피부에 좋을 리는 없었다. 얼굴에서는 땀이 줄줄 흘러 아래쪽 모래땅의 오치제로 벌게진 젖은 부분으로 방울방울 떨어져 스며들었다.

"음마 빈티." 앞에 가 앉으면서 음위니가 불렀다. 빈티의 얼굴을 스쳐본 순간 온몸의 근육이 바짝 당겨졌다. 말을 하려니 목소리가 떨렸다. "죄송합니다."

"얘는 몰랐지." 빈티 어머니가 말했다. "가족들이 살아 있는 걸 얘는 몰랐어. 집 없는 혈혈단신이… 된 기분이었겠지."

음위니는 스르르 떠 다가온 오크우를 곁눈질했다. "빈티는 여러분 모두를 사랑했어요." 그것이 말했다. "여러분을 위해 싸웠습니다."

빈티의 어머니는 오크우를 쳐다보았고 고개를 끄덕였다. "내 남편은… 두려워서 내가 이러는 걸 차마 보질 못해. 슬픔이 극에 달해 정신이 혼미한 줄 알아." 그러면서 눈살을 찌푸리더니 말을 이어갔다. "위에서 모든 게 불탈 때에 뿌리를 깨운 사람이 바로 나야." 어머니는 그렇게 말했다. 그러곤 한 손을 들어 우아하게 물결치는 동작을 해 보였다. "내가 보는 모든 것은 서로 딱 맞아 들어가. 심지어 지금 이 모든 일들마저도. 나는 방정식의 양쪽 항을 둘 다 보지. 나의 가장 영특한 딸의 죽음으로 이어지는 길이 보여." 빈티 어머니는 눈을 감았고 1분이 지나서도 여전히 그 눈을 뜨지 않고 있었다. 음위니는 일어서려고 했다. 빈티 어머니의 눈이 돌연 반짝 뜨였고 음위니를 뚫어지게 응시했다.

"괜… 괜찮으신 거예요, 음마 빈티?"

"안 괜찮지." 빈티 어머니가 속삭였다. 잠시 사이가

떴고 어머니가 말했다. "너는 그 애와 같은 눈을 가졌구나."

"전 조율사예요." 음위니가 말했다.

어머니는 고개를 끄덕였다. 멍한 채 빈티를 내려다보면서였다. "빈티와 빈티 아버지가 흐름을 만들어내기 위해 조작하는 그 방정식들, 그것들 말이다. 나는 눈을 뜨면 그냥 보인단다. 빈티도 이 능력을 조금은 갖고 있지만 그걸 흐름에 쓰는 방향으로 훈련을 받았지. 나는 훈련이고 뭐고 없어. 그냥 보는 거지. 문을 보고, 지하실 정중앙을 보고, 그담엔 벽을 보는 거야. 혈이 있는 데가 거기거든. 열기와 연기가 스며들어오는 벽면을 피해서 모두들 가운데 웅크리고 모여 있을 때 난 정확하게 문과 마주 보는 거기로 갔지. 원을 딱 반으로 나누는 선을 따라서. 나에게는 그 선이 보였어. 식물들이 수학을 할 줄 안다는 걸 알고 있니? 식물들은 살아남아 번성하기 위해 필요한 걸 가늠하지. 뿌리집의 뿌리는 오래도록 살아남아왔단다.

뿌리집엔 혈이 있었어. 나는 그걸 일깨울 수 있었지. 나 자신의 생명력을 붓는다면 말이야. 우린 모두

몸속을 관통해 흐르는 흐름을 갖고 있거든. 그래서 우리가 살아 있는 거지." 어머니는 오른손을 들어 보였다. 손바닥이 심하게 충혈되어 시뻘겋고 우툴두툴 물집이 잔뜩 잡혀 있었다. 음위니는 놀라 숨을 삼키며 그 손을 잡아 드리려 했지만 빈티 어머니가 손을 물렸다. "자기 사람들을 보호해야 한다는 걸 뿌리집이 알게 된 건 그렇게 해서란다." 빈티 어머니는 손을 가슴에 꼭 붙였다. "하지만 일단 닫히고 나서는 열릴 생각을 하지 않더구나. 우리도 네가 구해준 거다, 음위니."

빈티 어머니는 다치지 않은 쪽 손으로 음위니의 손을 잡았다. 그랬다가 금방 놓아주었고 시선은 도로 빈티에게로 내려갔다.

"저희가 빈티를 데려가고 싶어요." 어머니가 말씀이 없는 채 몇 순간이 지나고 나서 음위니가 말했다. "우주로요. 빈티가 항상 제일… 자연스러운 느낌이라고 했던 데가 우주거든요." 빈티의 어머니가 아무 말 하지 않자 음위니는 말을 이었다. "어쩌다 저한테 이런 말을 하더라고요. 자긴 토성의 고리에 꼭 가봐야

224

겠다는 생각이 든다고요. 환영이 자기를 그곳으로 부른댔어요. 저희가 빈티를 데리고 가려는 데가 거기입니다."

음위니는 숨죽인 채 기다렸다.

"너희들 여기는 왜 왔니?" 마침내 빈티 어머니가 시선을 올리지 않은 채로 물었다. "너랑 애랑 둘 다 그냥 거기 있지 않고 왜 여길 왔어?"

음위니는 한숨짓고 빈티 어머니를 마주하고 앉았다. 아래로 내리깐 벌겋게 부은 눈을 보다가 천천히 손을 뻗어서 빈티의 남은 손을 잡고 있는 쪽이 아닌 다른 손을 잡았다. "저는 오고 싶은 마음이 없었어요." 음위니가 인정했다. "안전한 길이 아니었죠. 그리고 빈티하고 같이 낙타를 타고 출발을 하고서도 전 빈티한테 뭔가… 아닌 느낌이 들었어요." 음위니는 조심스럽게 기색을 살폈다. 어머니는 그대로 자기 딸을 내려다보고 있었다. 음위니가 계속했다. "빈티는 숙련 조율사입니다. 하지만 그래서 빈티가 무슨 조화를 이루었죠? 전 빈티를 도무지 이해할 수 없었어요. 어디가 망가진 사람 같았거든요." 음위니는 숨을 죽였다. 하지만 이제 시작을 해놓았으니 끝도 내야 할 터였다. "그렇지만 빈티는… 빈티는 조율사이기만 한 게 아니로구나 하고 깨닫게 됐어요. 빈티를 부를 만한 단어가 아직 없는 거죠. 전 빈티가 무언가 굉장한 일을 하리란 걸 알 수 있었어요."

"하지만 못 했지." 빈티 어머니가 음위니를 올려다보며 말했다. "실패하고 말았어." 눈에서 눈물이 줄줄 흘러 얼굴이 맨얼굴이 돼 있었다.

"빈티는 실패하지 않았어요. 쿠시와 메두스가 실패한 거지." 음위니의 뒤에 있던 오크우가 말했다.

"빈티는 천생 자기가 할 일을 했어요. 우리 부족 중에서 가장 오래 사신 어른도 빈티가 한 일은 못 했습니다. 빈티처럼 살고 그렇게 일을 해내고 그렇게는 못 했어요. 그리고 알아주세요. 우리 부족은 유서 깊고 발전된 사람들이에요." 음위니는 기다려보았고 빈티 어머니가 속내를 말로 하지 않자 이어서 말했다. "어머님네 힘바족은 저희 부족을 사막 사람들이라고 알고 계시지요. 저희는…."

"에니 지나리야지." 어머니가 말했다. "알고 있어.

너희 부족 사람하고 결혼을 했는걸…. 그이도 숙련 조율사였고." 어머니는 빈티를 내려다봤다. "얘가 뭐든 대단한 인물이 되리란 건 항상 알고 있었단다. 움자 대학교에 합격한 걸 우린 알고 있었어. 빈티는 우리가 아는 줄 몰랐지만. 면접 시험을 보게 된 줄도 난 알았지. 애 아버지는 애가 집을 나갔을 때 무척 화를 냈지…. 하지만 난… 나는 화 안 냈어. 알 것 같더라고." 그녀는 몸을 기울여 빈티의 이마에 입 맞췄고 그러고 나선 두 어깨가 축 처졌다. 어머니가 눈을 들어 음위니를 보았다. 기다리고 있었다.

"저희가 데리고 가도 될까요?" 음위니가 다시 물었다.

"어떻게 데리고 가게?"

"메두스 우주선도 쿠시 우주선도 안 탑니다." 음위니가 말했다. "그건 걱정 마세요."

"토성의 고리로 간다고?"

음위니가 끄덕였다. "빈티가 바로 다음에 가려고 했던 데가 거기였어요."

빈티 어머니는 한참 동안 음위니를 물끄러미 바라

보았고 음위니는 시선을 비키지 않았다. 이것도 그들 간 대화의 일부였고 음위니는 힘을 풀고 거기 잠겨 빈티 어머님을 안으로 맞아들였다. 그러다 마침내 어머님이 눈길을 돌리자 흐르던 눈물은 멎었고 어머님은 혼자 희미한 미소를 지었다. "우선 여자들이 염을 해야지." 빈티 어머니가 말했다. "하지만 그래라. 제가 가려고 했던 곳으로 내 딸을 데려다주렴."

* * *

빈티의 오빠들이 누가 보지 못하게끔 주위를 둘러 천막을 세웠다. 그런 다음 여자들이 그날이 저물도록 빈티를 염했다. 빈티가 쓰러진 바로 그 지점에서 했다. 무겁도록 오치제를 입힌, 허리까지 오는 머릿단을 뒤로 동여맨 엄격한 여자인 외과수술의 우두머리가 빈티의 내장을 최대한 손보고 가슴 상처를 다 기웠다. 그리고 팔이 달려 있던 부분의 헤벌어진 상처도 기워놓았다. 여자들은 성스러운 우물에서 길어온 물로 빈티를 씻겼다. 좋은 향기가 나는 기름을 피부에 문질러주고 그런 다음에는 빈티 어머니의 오치제를 발랐다. 그리고 마지막으로 바느질꾼 중 한 명이 다른 사람들이 일하는 동안 지은 빈티의 '귀향' 의복을 선사했다. 긴 수의는 최고로 진한 오치제의 색과 같은 붉은 기가 강한 주황색이었는데 띠는 하늘색이었다. 옷을 지은 바느질꾼은 왜 그 색으로 했는지 설명을 거부했다.

시신 수습이 끝나자 빈티는 밤의 가장꾼 의상 위에 눕혀졌다. 본 사람이 워낙 많았기 때문에 비밀 단체 구성원들은 새롭게 이것과 다른 의상을 만들어야 할 터였다. 그리고 카피카 족장과 델레 둘 다 이 의상은 이제 빈티에게 속한 것이라고 생각하고도 있었다. 빈티는 변화였고, 그녀 자신이 혁명이었으며, 그녀가 바로 영웅적인 행동이었다. 이제까지의 그 누구보다도 더 밤의 가장꾼이었던 빈티였다. 이어서 족장이 예식을 선포하고 여자아이를 나무에 올려 보내 커다란 잎 한 장을 따오게 했다. 전통에 따른 나뭇잎 통지가 집에서 집으로 전해졌다. 비록 천문의를 통해 퍼져나간 그에 대한 소식 쪽이 더 빠르게 움직이긴 했지만….

저녁때가 되자 다시 바람 부는 날씨였다. 또 다른 전기 폭풍이 사막 깊은 곳을 때리는데 그래도 찌릿하게 대전된 냄새가 날 정도로는 가까웠다. 델레가 아마도 오셈바 전체를 향해 하는 것 같은 헌신과 사랑의 말을 했다. 그리고 자기의 가장 친한 친구 이야기를 할 때 델레의 음성은 크고 강했다. 서쪽에서, 쿠시 땅에서 쓰일 곳을 찾아 꿍 터지고 작렬하는 쿠시와 메두스 화기들 소리가 사람들의 주의를 많이 빼앗아 갔다. 어두워오는 하늘은 쿠시와 메두스가 저 위 우주에서 전투를 벌이느라 희뜩희뜩 빛이 났다.

식이 진행되는 동안 음위니와 오크우는 내내 변두리에 머물렀다. 지금 하는 의례는 그들과는 상관없었다. 정말로. 이 사람들은 그들 소관이 아니고 음위니의 의견에 따르면 대부분 어차피 죄책감 때문에 하는 거였으니까. 기다리는 동안 음위니는 자기 고향 사람들 모두와 이야기를 했는데 그러다 관둔 건 다들 힘바족에 치를 떨며 화를 냈기 때문으로 자기 자신이 느끼지 않으려고 애를 쓰고 있는 감정을 고향 사람들이 표현하는 걸 들어주고 있기가 고역이라서였다. 계획 이야기는 빈티의 할머니에게만 했다.

"잘 데려다주렴." 빈티 할머니의 말은 이것이 다였다.

저녁이 되었고 사람들은 모두 작별을 고해 남은 건 빈티의 부모님과 동기들, 음위니, 그리고 오크우뿐이었다. 꾸려놓은 음식물 상자들이 여러 개나 오크우 옆에 쌓였다. 대추도 있고 녹색 플랜테인에 곡물 가루, 말린 들나물 여러 꾸러미, 오크우가 즐겨 먹었던 바싹 구운 메뚜기도 여러 상자 있고 다른 먹을거리들도 있었다. 어둠 속에 빈티의 시신 주위에 둘러서서 다들 말이 없었다. 음위니는 그들 가운데서 빠져나와 뿌리집의 잔해 위에 가 섰다. 여기에서는 여전히 연기 냄새가 났고, 걸으며 귀 기울이는 음위니의 발아래로 더러 숯 조각이 부스러져나갔다.

자기의 거친 두 발을 통해서 음위니는 과거의 장면들을 많이 보았다. 뿌리집이 아직 서 있던 때의 일들이었다. 빈티의 어머니가 지하실로 날아 들어온 커다란 메뚜기에게 수학 방정식을 노래로 불러주는 광경을 음위니는 보았다. 빈티 어머니는 메뚜기가 와서 앉도록 한 손을 내뻗어주고 마치 자기 날개의 수학적 반복무늬를 보여주려는 듯 천천히 그 알록달록 아름다운 날개를 접는 메뚜기를 지그시 보고 있었다. 음위니는 빈티가 한참 옛날에 춤추는 것 가지고 언니와 말다툼을 벌이고 빈티 언니가 기가 차다는 듯 눈을 굴리면서 깔깔 웃는 광경도 보았다. 빈티의 아버지가 지나리야를 써서 자기 어머니와 대화하려고 남모르게 지하실로 들어오는 것도 보았다.

음위니는 눈을 떴고 깊이 숨을 들이마셨다. 땅질을 할 수 있게 된 것이 음위니는 정말 좋았다. 그야말로 마음에 들었다. 우주는 노래하는 이야기의 그물망이고 음위니는 이제 자기가 가는 곳 어디에서든 그 노래를 들어볼 수 있게 되었다. "다시는 신발을 신지 않겠어." 혼자 그렇게 속삭였다.

음위니는 별들을 올려다보았고 미소를 지었다. 올때가 됐다. 그리고 실제로 빛들이 보였다. 그녀가 오고 있었다. 음위니는 모여 있는 사람들을 보았다. 빈티의 여자 형제 몇 명이 울음을 터뜨렸다. 빈티의 아버지는 양손으로 머리를 감싸 쥔 채 서 있었다. 그리고 어머니는 슬픔에 찬 눈으로 음위니를 보고 있었다.

형태는 꼭 새우를 닮은 미리12가 밤의 어둠 속에 짙은 남보라색으로 반짝였다. 그와 함께 앞면 창들 둘레에는 분홍색 광점들이 도드라져 보였다. 하지만 이건 세 번째 물고기호가 아니었다. 이 미리12는 전혀 그만큼의 크기가 안 되고, 멀쩡히 서 있었을 적의 뿌리집 크기가 될까 말까 했다. 이 녀석은 세 번째 물고기가 낳은 새끼, '새 물고기'였다. 새 물고기는 커다란 원을 그리며 사람들 주위를 잽싸게 획 한 바퀴 돌면서 장난스럽게 따스한 공기를 모두에게 뿜어내었다. 그러면서도 빈티의 시신에 먼지를 끼얹지 않도록 조심했지만.

"일곱을 찬양하라." 음위니가 속삭였다.

간밤에 오셈바 회당에서 사막으로 걸어나갔을 적에 음위니는 세 번째 물고기를 불렀더랬다. 큰 코끼리 아레화나, 먼 거리에 있는 큰 동물을 부르는 방법을 포함해 음위니에게 많은 가르침을 준 그이는 분명 뿌듯하게 여겼을 터였다. 빈티와는 달리, 음위니는 강화 협정이 잘 풀릴 것이라고 그리 확신하지 못

했다. 그래서 자기의 조율 기술을 써서 세 번째 물고기에게 연락을 했다. 맨 처음 세 번째 물고기와 연락이 닿았던 건 전날 호수 가까이 서 있었던 때였다. 놀랍게도 세 번째 물고기가 그 깊고 부드러운 음성으로 음위니에게 응답해주었다. 만약에 음위니가 도움이 필요해지면 자기가 근처에 있다면 도와주겠노라고 그녀는 말했다. 부르기만 하라고.

그래서 음위니는 불렀다. 그리하여 세 번째 물고기는 이 슬픈 여행을 맡아 하도록 자기 자식을 보내주었다.

* * *

작별 인사는 짧았다.

빈티의 오빠들이 조심스럽게 빈티의 시신을 들어 올려 새 물고기호 속으로 운구했다. 부드러운 우주선 바닥의 희미한 파란 불빛들이 새 물고기가 빈티를 안치하려고 하는 곳으로 그들을 인도했다. 음위니는 그들에게 그러라고, 문제없다고 확인을 해주었고 아무도 우주선의 결정에 의문을 제기하지 않았다. 실제로는 음위니도 그들과 똑같이 아는 것이 거의 없었다. 우주선이 그 기묘한 목소리로 말해준 것을 제외하고는…. 하지만 음위니는 지구를 떠난다는 생각 자체와 엎치락뒤치락하고 있는 중이었기에 출발이 빠르고 순조로울수록 좋았다. 음위니는 새 물고기호에 한 발을 내디뎠다가 멈춰 서서 이제 지끈지끈 맥이 뛰게 된 관자놀이를 문지르고 바로 다시 샌들을 신었다. 딴 것보다 우선은 지구 떠나는 일을 처음 겪게 될 자기 자신부터 어떻게 해야 했다.

새 물고기가 그들을 이끌고 간 방은 위쪽 호흡실 중 한 곳으로 녹색 잎이 풍성한 지구 식물들이 가득했다. 식물들은 새로 태어난 이 생명체에 이제 막 뿌리를 내린 터였다. 이 방에 이르니 말캉말캉하니 날 것 같은 분홍색 바닥이 있었는데 새 물고기는 음위니에게 여기에 빈티를 안치하라고 했다. 음위니는 거길 보자마자 스스로 찾아내고 길러낸 식물들이 무척 많이 있는 빈티 할머니의 방이 생각났다. 이곳의 공기는 드물게 내리는 비에 푹 젖은 모래 냄새, 가득 물을 머금은 잎사귀들 냄새, 번개 폭풍이 치고 난 뒤의 오존 냄새, 그리고 빈티 할머니가 우물 바닥에서 긁어모아 화분에 식물을 심을 때 쓰는 흙 냄새가 났다. 신선하고 생명으로 가득 차 있었다.

오크우는 입구에 억지로 몸을 욱여넣어 방 안으로 들어왔지만 잠깐 있다 금세 나가버렸다. "세 번째 물고기호에서 걘 이곳을 좋아했지." 빈티를 내려놓을 때 오크우가 음위니와 빈티 오빠들에게 말했다. "습한 것도 따뜻한 것도 냄새도 다 좋댔어. 나한텐 미생물 냄새밖에 안 나지만." 그러고 나서 우주선 안 다른 곳을 둘러보러 갔다.

빈티의 오빠 오메바와 베나 둘 다 머뭇거리고 있지 않았다. 그 방을 나가고 싶어 하는 게, 여동생의 시신으로부터 벗어나고 싶어 하는 게 보기에도 뚜렷했다. 빈티의 어머니는 우주선 이륙 전에 빈티 아버지가 데리고 자리를 피해야만 했는데 왜냐하면 옷을 찢고 심지어 머리 가닥까지 뜯어버릴 것같이 되었기 때문이다. 여자 형제들은 곡을 하고 구슬픈 노래를 부르기 시작했다. 음위니로서는 두 번 다시 듣고 싶

지 않은 노래였다. 다른 힘바 사람들은 그저 제자리
에 서서 물끄러미 바라보고만 있었다. 지난 24시간
사이에 일어난 온갖 일들에 아직 충격에서 헤어나지
못한 상태로.

음위니는 그 방에 좀 더 머물러 있었고 그런 뒤에
방을 나왔다. 그러자 등 뒤에서 스르르 문이 닫혔다.

우주가 그 장소

"지구를 떠나게 돼서 기쁘다." 오크우가 말했다. 그 녀석은 창밖을 내다보면서 커다란 기체 구름을 내뱉었다.

음위니는 아직도 조종실 한가운데 있는 기둥을 붙들고 매달려 있었다. 사막에서 나고 자란 그는 지구를 떠난다는 꿈을 꾸어본 적이 없었다. 자기네 사람들이 사막을 건너 길을 나설 때에 보호해주고 사막에서 만나는 이런저런 족속들과 친교를 나누는 걸로 행복했다. 여우부터 시작해 개며 매며 개미와. 음위니가 살아온 삶은 단순한 것이었다. 그랬으나 그 인생

238

에 빈티가 등장한 순간에 음위니는 단순한 삶은 그만 끝이 났다는 걸 알았다.

새 물고기호의 요상하게 빚어져 나온 의자들 중 하나에 친친 묶여 앉아 있는다는 게, 그렇게 지구를 떠난다는 게 어떤 기분인지를 음위니는 절대 말로 형용 못할 터였다. 한 시간이 지난 후에도 음위니는 도무지 말을 하지 못했다. 오크우는 이 점을 이해하는 것 같았다. 왜냐하면 음위니를 그냥 혼자 놔두고 새 물고기호 조종실의 벽 하나를 다 채우는 크기 창문들 중 하나로 둥실 떠 갔기 때문이다. 오크우는 제 몸을 띠로 묶을 필요가 없었고 우주선이 자기 내부를 지구와 흡사한 환경으로 균형 잡아가기까지 기압이나 중력의 변화에 영향받는 것 같지도 않았다.

음위니가 마침내 말을 했을 때 상대는 새 물고기였다.

'그다음엔?' 새 물고기가 물었다. 몇 시간이 지나 음위니가 새 물고기의 꼭대기 근처 '별 방'이라 불리는 커다란 방 안에서 잠이 들어 있을 때였다. 음위니는 등에 진동 같은 것을 느꼈는데 그것이 마음으로 이해할 수 있는 단어들을 이루었다.

음위니가 이 방을 고른 이유는 천장이 전부 창으로 되어 있어서 등을 대고 누워 우주를 바라볼 수 있는데 그것이 고향에 있을 때 사막으로 훌쩍 나가 하늘을 보던 것과 일면 비슷했기 때문이었다. 음위니는 바닥에 누워 잠들었던 터였다. 바닥이 워낙 폭신해서 깔개를 깔지 않아도 되었다. 음위니는 몸을 뒹굴려 보랏빛 형광이 나오는 바닥에 양손을 짚었다. "무엇의 다음에 말이야?" 음위니가 큰 소리로 말했다.

'토성 다음에. 우리가 그녀를 풀어준 다음.'

"아." 모든 것을 상기하고 음위니의 어깨는 축 처졌다. 기진맥진한 깊은 잠에 든 덕분에 빈티의 죽음으로부터 그리고 정신적으로 전혀 그런 짓을 하겠다는 준비도 없었던 채 방금 고향을 떠나왔다는 사실로부터 일시 유예를 누린 터였다. "난… 오크우 말이 우린 오크우네 학교로 가야 한대. 움자 대학교로."

'거긴 먼데.'

"알아."

'너는 어쩌고 싶어?'

음위니는 한숨을 쉬었다. "그건 됐어. 너는 어떡하고 싶은데?"

우주선은 진동했다. 천장이 끼익거리고 바닥에는 청보라색과 분홍색 줄무늬가 명멸했다. 환희다. 음위니는 미소 지었다. '나는 날고 싶어.' 새 물고기가 말했다. '멀리 갈래.'

음위니는 배를 깔고 엎드렸다. 두 손은 여전히 새 물고기에게 딱 붙인 채였다. "나 이제 도로 자도 돼?"

'응. 그치만… 안 돼. 나한테 빈티 얘기 해주지 않을래? 우리 엄마가 얘기 많이 했거든. 너도 나한테 이런저런 거 얘기해줘.'

그래서 음위니가 잠이라는 피난처로 복귀한 건 한 시간 후 자기가 빈티에 관해서 아는 것을 모조리 새 물고기에게 말해준 뒤의 일이었다. 음위니는 심지어 자기가 빈티를 얼마나 사랑했는지까지 얘기했고 자기 스스로 놀라고야 말았다. 음위니는 아닌 게 아니라 움자 대학행성에 가고 싶었다. 그곳은 음위니가 몹시도 돌아가고 싶어 한 고향으로부터 멀리 떨어져 있지만 빈티의 일부가 살아 있기도 한 곳이었다. 음위니는 새 물고기에게 자기는 빈티의 친구들과 빈티의 수학 교수님을 만나보고 싶다고 얘기했다. 음위니는 빈티가 오치제를 만드는 데 사용한 점토를 채집했던 장소를 꼭 보고 싶었다. 그리고 마침내 새 물고기의 부드럽게 맞이해주는 살 위에 몸을 눕히자 음위니는 전보다도 더 깊이 잠이 들었고 그가 꾼 꿈에는 온통 아름다운 색채들이 확확 피어나고 마음을 달래주는 콧노래가 깔렸다.

* * *

음위니도 오크우도 그 방에 들어갈 생각은 하지 못했다. 하루하루 날이 가고 토성에 근접해가면서 발상이 점점 더 탐탁잖게 느껴졌다. 음위니로 말하자면, 식물, 토양, 그리고 오크우 말대로라면 미생물이 가득한 그 따뜻한 밀림 공간에서 빈티의 시체가 어떤 꼴이 돼 있을지, 아니 냄새는 또 어떨지에 대해 그저 상상이나 해볼 따름이었다.

오크우로 말하자면, 그 방을 여는 것은 빈티를 자

유롭게 해줄 때가 됐다는 뜻이었다. 오크우도, 대부분의 시간 동안 전쟁에 목말라 있는 오크우의 동료 메두스들도 이 평화로운 소녀 인간을 자기들이 함께하지 못할 여행길에 띄워 보내고 싶지 않았다. 그리고 오크우는 자기 짝과 헤어지는 걸 차마 견딜 수 없었다. 이번에는, 일이 이렇게나 나가버린 이상에는.

그렇거나 말거나 사흘의 말미가 지나고 새 물고기가 어김없이 음위니에게 이제 한 시간 있으면 토성 고리에 근접한다고 일러주었다. 현실을 마주할 때였다.

'때가 됐네.' 새 물고기가 흥분해서 우르릉거렸다.

별 방의 창을 통해 토성이 가까워오는 것을 죽 지켜본 음위니는 풀이 팍 죽는 느낌이었다. 새 물고기는 이동해가고 있었는데 이제 멈추었다. 망망한 우주에 제자리 유영을 하고 있었다. 기다리는 것이었다. 음위니는 우주선이 지나치게 명랑한 태도라는 데 자기도 모르게 약간 심통이 났다. 특히 직전 24시간이 그랬다. 하지만 아무 말 하지 않았다. 새 물고기는 어린 생체 우주선이었다. 멀리멀리 빠르게 날아가도록 태어난 생명체고 이제 처음으로 우주에 나온 터였다.

자유를 느끼고 모험심에 젖는다고 어떻게 이 애를 탓할 수 있나?

호흡실로 이어지는 통로는 좁았는데 왼쪽 벽에는 쭉 창이 나 있어서 바깥의 암흑을 보여주었다. 오크우가 앞장서 갔다.

"나 이 일을 할 준비가 된 것 같지가 않아." 음위니가 말했다.

"이런 일을 할 준비가 된 사람은 아무도 없어." 오크우가 말했다. "그래도 우리는 그 애가 이다음 길을 가게끔 보내주는 거야."

음위니는 마음속에 빈티의 얼굴을 떠올렸다. 오치제 바른 얼굴과 바르지 않은 얼굴을. 또다시 심장이 쪼개질 것 같은 기분이었다.

"계속 가." 오크우가 말했다.

호흡실에 다다랐을 때 오크우는 바로 들어섰다. 음위니는 머뭇거렸고 그러다 뒤를 따랐다. 음위니가 들어와서 문을 닫았다. 거기에, 고운 식물들 가운데, 새 물고기의 전신을 통과해 다른 호흡실들로 흘러가는 깨끗한 물에 씻긴 채로 빈티의 몸이 그 보드라운 빨간색 천에 감싸여 놓여 있었다. 밤의 가장꾼 복장 위에 누워 있었다.

"모습은 똑같네." 오크우가 말했고 음위니는 그게 무슨 뜻인지 정확하게 알아들어 몸서리쳤다. 빈티의 시체는 아직 부풀어 오르지 않았다. 신경에 거슬리는 밤의 가장꾼 복장을 보지 않으려고 애쓰면서 음위니는 빈티 시체 옆 바닥에 운반기를 놓고 동력을 넣었다. 1초 만에 운반기는 부르르 떨었고 낮게 신호음을 내었다. 친친 감싸인 빈티의 시신과 밤의 가장꾼 복장이 땅바닥에서 들어 올려졌다.

음위니가 한숨지었다. "좋아." 꽉 잠긴 목소리로 중얼거렸다. 음위니는 빈티를 살짝 밀었고 빈티는 문 쪽으로 매끄럽게 밀려갔다. 음위니가 그걸 멈춰 세우고 오크우를 쳐다봤다.

"뭔데?" 오크우가 말했다. "우린 이 일을 빨리 해야만 해." 그것은 재빠르게 문 쪽으로 이동했다. 문이 스르르 열리고 오크우가 비집고 나갔다. 문 바로 밖에서 음위니는 이 녀석이 기체를 커다란 덩어리로 내뿜고는 그걸 도로 들이마시는 걸 볼 수 있었다. 그러더니 문을 뒤로하고 움직여가면서 얼마간을 도로 내뱉었다.

음위니는 빈티를 내려다보았다. 숨을 들이쉬고 그대로 참았다. 빈티에게서 나는 냄새를 맡고 싶지 않았다. 음위니는 아래로 손을 뻗었다. 한 번 더 빈티의 얼굴을 보아야만 했다. 죽음으로 인해 퉁퉁 불어 있어도 상관없었다. 아니 심지어 호흡실에 살고 있던 유기체에 의해 먹혔어도 상관없었다. 음위니는 빈티를 봐야만 했다. 진정으로 작별 인사를 하기 위해서. 그 애는 붉은 천을 옆으로 제쳤다. 뚫어지게 보았다. 참았던 숨을 내쉬었다.

빈티의 오쿠오쿠가 뱀처럼 꿈틀거리고 있었다.

* * *

내가 마주 바라보고 있었다.

깨어나다

나는 거기에 있었다.

그러곤 눈을 떴다.

"전부 수학이야." 내가 말했다.

그 말이 어디서 나왔는지 왜 내가 그 말을 했는지 모르겠다. 음위니가 나를 뚫어지게 보고 있었다. 입은 헤벌린 채였다. "생명, 우주, 모든 게 다." 나는 머리를 돌렸고 그러자 눈에 스친 건 내가 깔고 누워 있던 밤의 가장꾼이었다. 밤의 가장꾼 의상.

음위니가 한 손을 내밀어 천을 더 치워내었다. 나도 내려다보았고 음위니는 헐떡이더니 펄쩍 뛰고는 비틀비틀 물러났다. "오크우!" 마침내 음위니가 불렀다. "오크우! 이리 와봐!"

나는 오크우가 바로 밖에 떠 있던 그 문을 바라보았다. 내 시선이 닿은 순간 그 녀석은 빠르게 떠 물러나면서 그 연보라색 기체를 커다란 구름 덩어리로 남겨두었다. 그러고 나서 나는 오크우가 푹 하고 그걸 뱉어내는 소리와 도로 쭉 빨아들이는 소리와 푹 뱉어내는 소리와 빨아들이는 소리를 들을 수 있었다.

"빈티." 음위니가 속삭였다. "무슨… 정말 너 맞아?" 그 애는 눈에 눈물을 담고 입술을 떨고 있었다. 나는 그 애가 몇 시간이고 우주선 안을 돌아다니는 걸 지켜봐왔다. 그동안은 마치 유영하는 것 같았다. 나무 속에 둥둥 떠 물결 따라 출렁출렁 흔들리는 그런 느낌이었다. 그러다가 이 장소로, 이 우주선으로 쭉 끌려 들어왔고 기쁜 감정에 폭 휩싸였다. 그런 뒤로 오크우와 음위니가 이리저리 돌아다니는 걸 죽 보고 있었다. 둘 다 몹시도 슬프고 멍해져 가만히들 다녔다. 나는 둘을 따라 이리로 왔고 눈을 떴다.

음위니가 나를 뚫어져라 보는 가운데 나는 일어나

앉았다. 내 왼팔을 만져보았다. 왼팔이 있었다. 음위니는 바닥으로 주저앉아 어린나무의 홀쭉한 줄기에 등을 기댔다. 억센 고무질 잎들을 달고 있는 그 나무는 바닥에 팬 구멍에서 자라 나와 있었다. 묘하게 죽지 않는 나무를 닮은 나무였다. '우리 집.' 가슴을 누르면서 나는 생각했다. 쿠시 화염탄이 내 가슴을 맞혔던 그때를 나는 그야말로 또렷하게 기억하고 있었다. 얻어맞은 충격, 그런 다음에는 찔러드는 아픔, 그리고 내 몸에 들어온 다음에는 그 화염이 게걸스럽게 나를 물어뜯었더랬다. 이제 나는 입고 있는 빨간 옷 밑으로 부드러운 내 젖가슴을 눌러보았다. 옆으로 돌아누워 밤의 가장꾼 의상의 막대기 같은 손을 만져보았다. 왼손으로 그걸 잡은 채 내 손가락으로 그 의상의 손마디를 만드는 데 사용된 실제 막대기들을 꾹꾹 만졌다.

지금에 와 내 방 창가에 서서 밤의 가장꾼을 처음 내려다봤던 그 순간을 돌이켜 생각하니 웃음이 터져 나올 뻔했다. 깊은 속에서 내 내면의 작디작은 목소리 하나가 내가 뭔가 잘못된 것 아닌가, 내 영혼이 여자가 아니라 남자 영혼이었던가 의구심을 가졌던 건데. 왜냐하면 밤의 가장꾼은 아이든 어른이든 여자에겐 모습을 드러낸 적이 없었으니까 말이다. 심지어 그때도 나는 이미 변화를 일으켜놓은 사람이었는데 그런 줄 알지도 못했다. 이 선물을 실컷 만끽했어야 했을 때에 난 그러기는커녕 내가 망가진 사람이거니 하고 있었다. 하지만 망가진 사람이 변화를 불러올 수도 있는 것 아닌가?

나는 내 몸 옆 운반기의 동력을 껐고 운반기는 바닥으로 나를 내려주었다. 두 눈을 감고 일곱을 향해 비밀에 싸인 그들의 신비에 대하여 소리 없는 감사기도를 올렸다. 그러고 나서 천천히 내 근육들이 찌직찌직 당겨져 아파왔고 벗겨져나온 오래된 오치제를 바닥에 뿌려가면서 나는 일어섰다. 나에게는 두 다리도 있었다. 우주선이 우르릉 울리는 게 느껴졌고 우리 주위의 잎, 꽃, 줄기들과 가지들이 흔들렸다. 나는 우주선의 목소리를, 들었다기보다는 느꼈다. 전신에서 느껴졌지만 특히 가슴, 왼팔, 두 다리로 왔다. "안녕, 빈티." 그것이 말했다. 쿠시 말로 말을 했다.

음위니가 주위를 둘러보더니 곧 도로 나를 보았다.

"새 물고기가 너하고 이야기하고 있지, 그렇지?" 그가 물었다. "나한테도 들려. 간신히 들리는 정도지만."

내가 고개를 끄덕였다.

"안녕." 나는 큰 소리로 말했다. 그 외에 우주선에 말할 방도를 잘 모르겠어서 그렇게 했다. "새 물고기지? 그 이름은…."

"맞아, 세 번째 물고기의 딸이야." 그녀가 말했다.

"나 죽었잖아." 내가 불쑥 그 말을 꺼냈다. "기억나. 싸움을 그만두기로 합의들을 하고 나서 무슨 일인가가 일어나서 양쪽이 그냥 교전을 시작해버렸던 거. 나에 대해서는 잊어버려서 난 십자포화 한가운데 걸려들었어. 나를 죽인 게 쿠시였는지 메두스였는지는 모르겠지만…." 그 순간순간들이 더 많이 상기되어와 나는 말을 끊었다. 파랗고 빨간 섬광들을 보았고 열기와 냉기를 느꼈더랬다. 메두스에게서도 쿠시에게서도 총을 맞았다. "내가 너의 호흡실에 서서 음위니를 보고 있는 게 어떻게 가능한 거지. 숨도 쉬고 있는

데." 나는 음위니에게 두 팔을 뻗었고 음위니는 그 즉시 달려왔다.

음위니가 양팔로 나를 얼싸안았다.

"미생물들이군." 문간에서 오크우가 말하는 게 들렸다. 오크우는 그 문에 몸이 낀 채 서 있었는데 둥둥 떠 들어오려니 빈틈 하나 없이 문간이 꽉 찼다.

"오크우." 내 오쿠오코가 꿈틀거리는 걸 느끼면서 내가 말했다. 그리고 이제 처음으로 그렇게 하는 방법을 알 수 있었다. 내가 그리로 작은 불꽃을 튀겨 보내니 촉수를 따라 파란 불꽃들이 파바박 일어났다. 오크우의 갓이 팽창해 문간을 더 꽉꽉 채웠고 이어 슈욱 꺼져 내렸다.

"내 호흡실에 너를 넣으면 이렇게 될 거라고 어머니가 그랬어. 내가 아주 어리니까." 새 물고기가 말했다. "그래서 직접 안 오고 나를 보내신 거야. 싸움이 시작되고 모든 이착륙항 우주선들에 내린 통행금지령을 뚫고라도 왔을 거지만. 어머니는 쿠시족과 맺어진 연 때문에 걱정은 안 하셔. 하지만 어머니는 알고 있었거든. 그리고 어머니는 움자 대학행성으로 가는 여정에서 온갖 일이 벌어진 그때 너의 영혼을 보았어. 어머니는 너를 '점잖은 전사'라고 불러. 그리고 우리 결연이 미리12들을 다음 장으로 나아가게 할 것이라고 믿으셔."

"결연?" 내가 물었다. 또 다른 결연이 더 생기다니.

"새 물고기가 뭐래?" 음위니가 물었다. "나는 제대로 들을 수가…."

"쉿." 그 애를 그대로 안은 채로 내가 말했다.

"별 방으로 올라오면 설명해줄게." 새 물고기가 말했다.

* * *

나는 앞에 있는 큰 창을 내다보며 별 방에 앉아 있었다. 이 방이 그동안 음위니가 지낸 방이었는데 보니까 왜 그랬는지 알 수 있었다. 말린 고기 한 사발을 해치우고 두 잔째 물을 마시면서 나는 창밖 멀리 보이는 토성을 지그시 응시했다. 물에서는 흙 맛이 났는데 새 물고기에 있는 우물들 중 한 곳에서 길어 올린 것이라 그랬다. 그리고 육포는 맵고 질겼다. 맛있었다. 우리 마을 사람 누가 여행 길에 먹으라고 마련해준 것이라는 건 굳이 물어볼 필요가 없었다. 얇게 저미며 오셈바 훈제실에서 절여 만든 염소 고기다.

아까 나는 새 물고기의 어리디어린 내부 장식을 보면서 음위니를 따라 복도를 걸어왔다. 이내 걸음이 느려졌는데 목마름과 배고픔이 너무 강하게 엄습해와 내 몸이 저 스스로를 녹여 소모시켜버릴 것 같은 느낌마저 들었다. 우리가 별 방에 다다랐을 때 나는 바로 방 한가운데 앉아버렸고 할 수 있었던 말이라고는 "물" 그리고 그걸 마신 다음에는 "먹을 거"뿐이었다.

먹을 것을 먹고 물을 마시니 주위의 사물이 뚜렷이 보여왔고 머잖아 그냥 맛있기 때문에 고기를 질겅질겅 씹고 있게 되었다. 음위니는 내 옆에 앉아서 대추를 한 줌 쥐고 먹었다. 오크우는 창들이 나 있는 저쪽 벽 가까이에 떠다녔는데 밑에는 닭뼈가 널브러져 있었다. 오크우가 실제 무엇을 먹는 광경을 나는 한 번도 본 적이 없었다. 오크우는 자리를 피해 혼자 식사하고 싶어 해서 한동안은 뭘 먹긴 먹는 건가 의문이었다. 그랬다 보니 오크우가 저 스스로 보관실에서 구운 닭을 꺼내다가 먹어 치우는 것을 구경하게 되니 제법 볼 만했다. 메두스는 허약한 할머님들처럼 식사를 했다. 천천히 깨작깨작, 오쿠오코로 고기를 한 점 한 점씩 집어 들었다. 메두스가 음식 먹는 걸 구경하자 나는 처음으로 진짜 미소를 지었다. 내가 미소를 지을 수 있는 산 몸을 가지고 일어나 앉은 시점 이래로 처음이었다.

"좋아." 물을 한 모금 더 꿀꺽 마시면서 마침내 내가 말했다. "이야기 들을게." 나는 내 오른팔을 보았다. 짙은 갈색인 내 피부가 드러나도록 아직 남은 오래된 오치제 더께를 떼냈다.

"기다려봐." 음위니가 말했다. "새 물고기가 너하고 이야기하기 전에 오크우하고 내가 해줄 말이 있어. 그 후에 무슨 일이 있었는지 말이지. 네가… 그자들이 너를 죽이고 나서." 음위니는 눈살을 찌푸렸다. 고통스러운 표정이 그 얼굴에 비쳤다. "지금 내가 너를 상대로 '죽었다'는 말을 하고 있다니 믿을 수가 없네." 그 애가 호 하고 숨을 내쉬었다.

"그렇지." 내가 말했다. 하지만 뭐랄까, 메두스 한 명, 에니 지나리야 숙련 조율사 한 명과 함께 새 물고기호를 타고 우주에 나와 있는 이 판국에 모든 게 너무나 기이해 보이는데 내가 죽었다가 다시 살아났다는 작은 사실 따위 뭐가 대단할까? "사람이 죽으면 일곱께서 데려가시지. 누구든지 말이야. 다시 전체에 합일돼. 사람 없는 야생에. 다시 돌아오는 법은 없어."

"메두스는 꼭 돌아와." 오크우가 가만히 말했다. "우리는 재생되지."

"기억이 나니? 일곱이? 만물을 그려낸 원칙의 예술가들이?" 오크우는 무시한 채 음위니가 말했다.

"기억나." 내가 말했다. 음위니 얼굴에 충격받은 표정이며 오크우가 풍 뿜어낸 기체 덩어리를 구경하자니 재미있었다. 아무튼 나는 정말로 기억이 났다. "그렇지만 나에게 해줄 말이라는 걸 해봐."

음위니의 이야기가 우리 가족에 관한 대목에 갔을 때 나는 악 소리를 질렀다. 펄쩍 뛰어오르느라고 마시던 물잔을 엎질렀다. 어디로 가야 할지 알 수 없었기 때문에 나는 그냥 제자리에 서 있었다. 거기 서 있기만 했다. 가슴통이 탄탄히 죄어들고 그 안의 심장이 다시 힘차게 뛰었다. 두 다리에 힘이 생겼다. 내살이 맨살이네. 내 오쿠오코. 이제는 허리를 넘도록 긴 촉수들이 바르르 떨었다. 나는 두 손으로 얼굴 양쪽을 눌렀다. 그러고 나서 옷자락을 무릎까지 걷어잡고 우리 마을의 불춤을 추었다. 발을 세게 굴러서 발목 고리들이 짤랑거리게 하는 춤인데 다리를 봤더니 고리를 하나도 안 차고 있었다. 아무튼 나는 춤을 추었다. 짤랑짤랑 소리는 마음속으로 들었다.

"내가 뿌리집에게 말을 걸었어." 기쁨에 겨워 춤을 추고 또 추는 나에게 음위니가 함빡 웃으면서 설명했다. "그랬더니 열어주더라. 그래서 다들 나오시게 할 수 있었던 거야."

"다들이랬지?" 양팔을 창문 쪽으로, 외우주 쪽으로 뻗어내면서 내가 말했다. "다친 사람 없었어?"

"모두 괜찮았어." 음위니가 말했다.

나는 확 몸을 돌려 음위니에게 달려가서 두 팔로 그 애를 얼싸안고는 오랫동안 세차게 입을 맞췄다.

그리고 내 오쿠오코를 통해서 모양도 크기도 큰 토마토만 한 파란 불꽃 하나를 오크우에게 날렸다. 나는 펄쩍 뛰어 물러나서 다시 춤을 추기 시작했고 오크우가 웃느라고 갓을 진동시키는 걸 보고는 더 격렬하게 춤추었다. 우리 가족들이 살아 있다! 가족들이 살아 있어! 뿌리가 살아 있었구나. 그 위에 지어진 집이 불타 재가 됐는데도. 우린 극복하는구나.

"어떻게?" 내가 물었다.

음위니가 어머니 말씀을 전했을 때 나는 경악해 멍하니 그 애를 보았다. "어머니가 수학 시각을 쓰셨다고?" 내가 속삭였다. "우리 어머니는 세상에 있는 수학을 눈으로 보셔. 태어날 때부터 그러셨어. 내 재능이 선명한 것도 거기서 온 거거든. 다만 어머니는 훈련을 받은 적이 없으셔. 수학 시각은 폭풍이 몰아칠 때 가족들을 지키기 위해서만, 집을 강화하고 때로 병이 나면 병을 낫게 해주는 데에나 쓰셨지. 우리 어머닌 진짜 강하거든." 나는 혼자서 웃음을 터뜨렸다. 눈에 눈물이 고여왔다. "세상에, 믿어지질 않네! 일곱이여, 감사합니다. 일곱을 찬양합니다. 일곱은 위대

하셔. 모래에 원들을 만드시지!" 내가 열에 들떠 지나리야로 환상을 보았던 그때 어머니는 볼 수 없었던 이유가 바로 그거였다. 다른 사람들은 모두 연기와 열기에서 벗어나려고 벽을 놔두고 몸을 피했는데 우리 어머니는 뿌리집의 방어를 일깨울 혈을 찾아서 위험을 직면하러 갔던 것이다.

"내가 우리 마을에도 연락을 했거든. 힘바족과 만나보도록 사람들을 파견 중이야." 음위니가 덧붙여 말했다. "네 그 남자 친구 델레가 주도해서 회동을 하게 될걸."

음위니가 델레를 내 남자 친구라고 불러서 주의가 턱 걸렸지만 빠르게 넘어갔다. "델레가 거기 있었어?" 나는 기억해냈다. "아! 음위니. 델레가 밤의 가장꾼이었어! 내가 봤어! 델레인 걸 봤다고!" 나는 팔로 내 몸을 감쌌고 눈에 눈물이 차올랐다.

"힘바 의회는 너를 배신한 게 맞아." 음위니가 말했다. "하지만 델레는 그러지 않았지. 델레는 너에게 희망을 주고 힘을 주려고 밤의 가장꾼으로서 그 자리에 있었어."

음위니가 설명하는 동안 나는 말없이 이야기를 들었다. 이 대목은 잘 삭여지지 않았다. 밤의 가장꾼이란 게 남자들의 비밀 단체였다고? 델레가 그 단체에 들어 있고? 나의 어느 한 부분은 아직도 이 이야기를 기각했다. 그때 맨 처음에 내 방 창에서 봤을 때 밤의 가장꾼은 실제 같았지 의상을 갖춰 입은 사람 같지 않았다. 그리고 우리 아버지와 아저씨도 본 적이 있었는데 그건 어떻게 되는 건데? 두 분도 전통을 알고 있었나?

아무래도 상관없었다. 마음이 좋았다. 뭐에 대해서든 다 그랬다. 이미 전쟁이 재발발해 우리 고향은 앞으로 절대 전과는 같지 못할 테지만 이건 여태까지보다 지금 더 잘 이해하고 있는 대로 피치 못할 일이었다. 변화는 불가피한 것이고 일곱이 개입돼 있는 곳에서는 성장도 그러하다. 우리 가족은 살아 있고 에니 지나리야가 이제 그들을 만나 오셈바가 살아남고 진화하게끔 도움을 줄 참이었다. 그런데 세상에 살아남고 진화하는 방법을 아는 종족이 있다고 하면 그건 바로 에니 지나리야다. 오셈바는 달라질 것이고 성장

할 것이다.

델레는 조율사가 아니지만 나와 마찬가지로 이제 성년이고 힘바 의회에서 있었던 일로부터 스스로 무언가 배운 것이 있을 터였다. 차기 힘바 족장이 되기 위한 견습도 이제 막 시작이고, 걔가 꼬장꼬장하니 전통에 연연하기는 해도 힘바 의회가 잘못한 거라고 생각한 시점에 이미 틀을 깨고 나온 셈이었다. 동포에 대한 델레의 사랑과 지키려는 태도는 전통을 밀어붙여 성장하게 하기에 충분할 만큼 강했다. 델레는 앞으로 닥칠 일을 맞을 준비가 돼 있었다. 그 애가 무엇을 할 것인지 나는 예감이 좋았다.

무언가를 상기하고 내 심장이 미친 듯이 뛰기 시작한 건 바로 이때였다. 벌써 사흘이 지났기 때문이다. 이제 와 쉽사리 돌아갈 방법이란 없었다. 나는 그걸 넣어둔 오른쪽 치마 주머니에 손을 넣었다. 지금 입고 있는 건 다른 옷이지만 그래도 어쩌면…. 어깨가 축 처졌다. 에단 파편들과 그 속의 황금 구슬이 주머니에 없었다. 없어져버렸다.

"새 물고기야." 내가 말했다. "자, 이제 너한테서 설명을 들을 준비가 됐어." 나는 앉으면서 왼쪽 앞주머니에 손을 넣어보았다. 무언가 뾰족한 것 끄트머리가 만져졌다. 손을 더 푹 찔러 넣어 황금 구슬을 꼭 쥐면서 나는 활짝 웃었다. "일곱이여, 감사합니다." 내가 속삭였다. "우리 가족에게 감사해요."

"나는 어리고 시간도 별로 없었어." 새 물고기가 나에게 말했다.

음위니는 바닥으로 앉으면서 아예 가슴을 깔고 양팔을 쫙 뻗어 손바닥을 바닥 면에 딱 붙였다. "이렇게 해야 새 물고기 말이 제일 또렷하게 들려." 의문의 눈으로 보는 나에게 음위니가 말했다.

나는 고개를 끄덕이고 오크우를 보았는데 오크우는 이렇게만 말했다. "얘기 끝나면 말해."

"나는 별로 아는 게 없어." 새 물고기가 말을 이었다. "대부분의 미리12들이 한 적 없는 일이거든. 우리는 우리 이상의 존재가 되지 않아. 우린 여행하길 좋아하기 때문에 우주선 노릇을 하지. 어머니가 그러셨어. 어머니가 너를 태우기 전까지는 그랬대. 그랬다가 그때부터 생각하기 시작했대. 음위니가 어머니를 부르기 전부터도 생각을 하고 계셨어. 그래서 어머니는 나에게 '미리의 저력' 이야기를 해주고 어떻게 그걸 발동시켜야 하는지 가르쳐주셨어. 우리한테는 호흡실이 있거든.

어머니는 내가 태어나기에 앞서 내 호흡실에 어머니의 체내 식물들 씨앗이 뿌려졌다고 얘기해주셨어. 그 식물들은 호흡 가능한 대기권을 갖춘 행성을 떠날 때 우리가 숨쉴 기체를 생산해줄 뿐만 아니라 세균들, 좋은 바이러스들, 그 외 미생물들을 동반하고, 이 미생물들이 내 몸의 모든 부분에 퍼져 살게 돼. 하지만 미리12가 나처럼 갓 태어난 개체면 미생물들은 호흡실에서 제일 격렬하게 서식하지.

네 몸이 내 호흡실에 안치됐을 때 내 미생물들이 일하기 시작했어. 넌 이젠 사람이라기보다는 미생물들 비중이 더 클 거야."

나는 눈살을 찌푸렸다. "그게 무슨 소리야? 보기에나 느끼기에나 나 맞는 것 같은데. 내가 누군지 기억나. 나 죽었었지, 그렇지?"

"우리 어머니가 그렇게 될 거라고 말해주신 '미리

의 저력'이 그거야. 나는 사실 잘 몰라. 하지만 그것
들이 너의 유전자와 뒤섞여서 너를 보수하고, 팔하고
두 다리를 다시 자라게 하고, 그런 다음에는 너를 도
로 당겨온 거야. 그렇긴 한데 한 가지 알아둬야 할 게
있긴 해." 새 물고기는 잠시 말을 멈췄고 나는 안심했
다. 나한테는 생각이 절실했다.

나는 죽었었다. 이 사실이 내 뇌를 뚫고 메아리쳤
다. 벽에서 벽으로 쾅쾅 되튀기며 계속 돌아다녔다.
나는 죽었었어, 죽었었어, 죽었었어. 일곱에 합일되
던 걸 나는 기억하고 있었다. 이제 내가 나이기는 한
가? 육체적으로 나는 인간이기보다 미리12에 더 가
까웠다. 머리의 오쿠오코를 만지자 관자놀이가 지끈
거렸다. 양손을 들어 타자를 치고 그 메시지를 음위
니에게 밀어 보냈는데 지구에 있을 때 경험한 것보다
한결 쉬웠다. "나 아직 에니 지나리야야?" 내가 물었
다. 내 세계는 안정돼 있고 날아오는 목소리들도 없
었다. 혹시 우주에 굴이 뚫려 있지는 않은지, 토성 옆
에 낯선 행성이 통통 튀고 있지는 않은지 보려고 창
쪽을 보지도 않았다.

"너는 언제까지나 에니 지나리야야." 음위니가 대답했다. 그 애의 녹색 단어들이 내 눈앞에 아주 또렷한 형태의 글자들로 떠올랐다. 내가 그 글자들을 건드리자 향 연기처럼 풀려 사라져버렸다.

"에니 지나리야가 뭐야?" 새 물고기의 말이 밝은 분홍색으로 내 앞에 떠올라 나는 숨을 삼켰다.

음위니도 헉 소리를 냈다.

"너한테도 갔어?" 내가 물었다.

음위니는 끄덕였다.

"나도 너의 일부를 흡수했어, 빈티." 새 물고기가 말했다. 그러자 또다시 방에 오렌지핑크 빛이 환히 켜졌다.

"에니 지나리야는 나의, 우리의 부족 이름이야. 오래전에 찾아와서 우리를 변화시킨 지나리야 사람들에게서 이름을 땄어." 음위니는 힐끗 나를 보고는 덧붙였다. "넌 '사막 사람들'로 알고 있을지도 모르겠다."

"아아." 새 물고기가 말했다. "알아. 어머니가 빈티의 까만 피부랑 숱 많은 머리, 고아프리카인 얼굴 얘기를 많이 했거든. 어머니는 빈티의 투지는 거기서 온 것 아닐까 하셨어. 사막 핏줄이라. 어머니랑 난 빈티가 진짜로 힘바족이 맞나 했을 정도라니까?"

"난 힘바족이야." 내가 쏘아붙였다.

방이 다시 오렌지핑크 색이 되었고 이번에는 그 색대로 유지되었다. 음위니는 대책 없다는 듯 눈을 굴리더니 말했다. "그래그래, 빈티. 너 힘바족 해. 그거 누가 뺏어가지 않아."

나는 인상을 더 심하게 구기고 돌아앉았다. 화가 나고 답답한데 너무 많은 일들이 있어 그 순간 집중해 대꾸할 수가 없었다.

"내가 뭐 좀 물어볼 수 있을까, 새 물고기야?" 음위니가 물었다.

"물어봐." 새 물고기가 말했다.

"너 태어난 지가 겨우 며칠이면 어떻게 이렇게 대화를 잘해?"

우주선의 방이 아련한 오렌지핑크 색으로 확 빛나는데 너무나도 기분이 좋아 그 즉시 나는 짜증이 가셨다. 움자 대학행성의 은투은투 벌레들과 똑같은 색이었다. "지금까지 지구 햇수로 5년 동안 어머니하고 이야기를 했거든. 그리고 우리 어머니는 나이가 많아. 그래서 아주 지혜로우셔. 미리12는 낳을 때가 가까워야 '임신'이라고 그래. 우리에게는 태어나는 게 시작이 아니야. 변화일 뿐이지."

음위니는 놀라워하며 고개를 끄덕였다. "그러면 5년간 너는 어머니 체내에 있었고 둘이 대화한 거구나?"

"지구 태생인 어머니와 같이 그동안 은하 전역에 다 가봤어. 하지만 주로 가본 덴 지구와 움자야. 내가 생겨나고 나서는 어머니가 그 구간을 뛰었거든. 그래서 내가 쿠시 말을 할 줄 아는 거고."

"그러면 너도 있었던 거네. 그때… 메두스가 너희 어머니에게 타고 있던 사람들을 전부 죽였을 때 너 그런 줄 알았어?"

"무즈하 키비라." 새 물고기가 말했다. "응. 어머니가 우리는 움자에 도착할 때까지 가만히 있어야 한다고 그랬어. 내 평생에 잠들어 악몽을 꾼 건 그때가 처음이었어."

우리는 잠시 묵묵히들 있었다. 그러고 나서 내가 물었다. "나에게 얘기해주겠다던 건 뭐야? 내가 알아야 할 일이 있다고 그랬잖아."

"어쩌면 말을 너무 일찍 한 건지도 모르겠네." 새 물고기가 잠깐 뜸을 들인 후에 말했다. "넌 지금 막 깨어난 처지인데. 음식도 막 먹었고."

"난 괜찮아." 나는 조급했다. "부탁이야. 지금 말해 줘. 충격은 차라리 한꺼번에 받고 말래. 전부 다 얘기 해줘." 나는 숨을 거세게 몰아쉬고 있었다. 새 물고기 가 나를 상대로 말을 하는 동안 죽 느낌이 이상했다. 무언가 엄청난 이야기가 나올 것 같았다. "우선 나무 되기에 들어가 있을까? 그렇게 하면 어떤 충격이라도 감당할 수 있는데, 혹시…."

"아니야. 나무는 하지 마. 도움되지 않아."

"왜?"

"알게 될 거야."

그러곤 곧 알게 되었다.

별안간 별 방과 음위니, 오크우, 모든 것이 사라졌 다. 나는 우주에 있었다. 어느 쪽으로나 무한한 암흑이 나를 둘러쌌다. 멀리 창백한 파란색으로 보이는 토성 그리고 그 반대 방향에 있는 태양만이 예외였다. 새 물고기가 내는 파란색과 분홍색 생물발광 광채가 나에게서 비쳐 나오고 있는 것 같았다. 1초 1초 이 상황이 더 잘 인식돼오더니 문득 나는 추락하기 시작했다. 점점 더 빠르게 낙하해가면서 허우적거리기라도 해볼 팔이 아예 없다는 걸 깨달았고 공황이 오려고 했다. 나는 비명을 지르기 시작했다. 나의 비명은 굵고 낮은 우르릉 소리로 나왔고 나는 몸서리쳤다.

'힘 풀어.' 새 물고기의 말이 들려왔다. 내 머릿속에서 말하고 있었다. '그냥 있어. 안전하니까.'

'무슨… 무슨 일이야, 이게?' 내가 소리쳤다. 이번에도 내 목소리는 그냥 우르릉거리는 소리였다. 나 자신이 떨고 있는 것, 부르르 몸서리치는 것을 느낄 수 있었다. 내가 아니었다. 내 몸이 아니었다. 새 물고기의 몸이다.

'이젠 너의 몸이기도 해.' 그녀가 말했다.

새 물고기가 앞서 말했던 단어 하나가 다시 생각났다. '결연'.

'너의 몸은 부분적으로는 나야.' 새 물고기의 말이었다. '그렇게 해서 미리의 저력이 너를 다시 살려낸 거고. 그리고 또 나도 부분적으로는 너야.'

긴장이 풀리면서 드는 생각이 있었다. 처음으로 내가 어렸을 때 늘 꿈꾸던 일을 할 수 있게 됐구나 하는 생각이었다. 나는 우주복도 입지 않고 우주선을 타지도 않고 우주 공간에 나와 있었고 죽어가고 있지도 않았다. 그 일을 진짜로 해볼 기회가 나에게 온 거였다. 나는 스스로 새 물고기가 되었는데 그러자 지금 그냥 떠 있을 뿐이라는 걸 알 수 있었다. 여기에는 위아래가 없었다. 춥지도 덥지도 않고 몸속에 온기가 느껴질 뿐이었는데 그걸로 충분했다. 나는 토성을 똑바로 앞에 보았다.

'일곱은 위대하셔.' 내가 말했다.

'위대하시지.'

'어떻게 하면 내가…'

하지만 미처 묻기도 전에 나는 이미 그러고 있었다. 앞으로 날아가고 있었다. 나는 몸을 뒤집어 내 몸 기준으로 밑인 쪽으로 날았다. 너무 좋아 웃음을 터

뜨리면서 더 빨리 날다가 멈추고 더욱 빨리 날다가
멈췄다. 우주에 떠다니는 그 느낌으로 나는 황홀경에
빠졌다. 너무나도 자유로웠다. 마구 옆구르기를 하다
가 탑승 중인 음위니와 오크우 생각이 났는데 그 순
간 이상한 일이 벌어졌다. 나 자신이 차차 느려지는
게 느껴져왔다. 그러더니 나는 도로 우주선 안에, 별
방에 있었고 오크우와 음위니를 내려다보고 있었다.
음위니는 세로 봉을 잡고 매달린 채로 얼굴에 겁먹은
표정이 역력했다. 오크우는 그냥 둥둥 뜬 채 이제 방
저쪽 끝에 가 있었다. 그러다 내가 다시 내 몸에 들어
갔다. 방 한가운데 바닥에 책상다리를 하고 앉은 상
태였다. 나는 눈을 깜박이며 주위를 둘러보았다.

"빈티? 이제 내 말이 들리니?" 음위니가 소리쳤다.

"어?" 나는 부드러운 바닥에 한 손을 짚었다.

"너 우릴 죽일 뻔했잖아!" 음위니가 말했다.

"걔가 죽일 뻔한 건 너지. 난 아냐." 오크우가 말했
다. "그리고 내가 널 붙잡았지. 멀쩡하잖아."

음위니는 화난 표정으로 오크우를 흘겼다.

"미안해." 내가 말했다. 다리를 펴려고 하니 두 다

271

리의 밑 부분이 새 물고기의 바닥 표면에 무슨 점액 같은 걸로 들러붙어 있어서 떼는 데 꽤 힘이 들었다. 이래서 내가 음위니처럼 이리저리 내팽개쳐지지 않은 거였다. 나는 다리 뒷부분과 옷에서 그 끈적거리는 물질을 더러 뜯어냈다. "넌 내가 네가 되는 것처럼 내가 될 수 있는 거니?" 새 물고기에게 물었다.

"네가 내가 되는 건 아냐. 나는 미리12지. 우린 그런 식으로 접속이 되는 거야. 그렇지만 안 돼. 나는 그런 식으로 너에게 접속하진 않을 거야. 너는 그만한 용량이 안 돼."

새 물고기가 은근히 잘난 체하는 걸 지적하기엔 나는 너무 피곤했다.

"마지막으로 말해둬야 할 건 우리가 지구에 있을 땐 네가 살아가는 데 너무 많은 걸 나에게서 가져갔기 때문에 너하고 나하고 서로 너무 멀리 떨어져선 안 된다는 거야."

나는 하품했다. "왜? 어떻게 되는데?"

"몰라."

"얼마나 떨어지면 너무 멀리 떨어진 건데?"

"확실히는 모르겠어." 새 물고기가 말했다. "어머니가 나를 보낼 때 내가 궁금해하는 것마다 전부 대답해주실 순 없었거든. 이착륙항 근처에서 그렇게들 총포를 쏴댔으니 나도 너한테 오면서 피격당할 걱정이 더 컸고 말이야."

"그래, 됐어." 일어서면서 내가 말했다. 나도 이 문제를 가지고 궁금해할 힘은 없었다. 지금 당장은 말이다. 게다가 우리는 우주에 나와 있으니 당분간은 내가 새 물고기에게서 멀리 떨어질 일이 없다. 그런데 그러고 보면 우리 지금 어디로 가고 있는 거지? 내겐 우선 휴식이 필요했다.

토성의 돌들

"우린 토성 고리를 통과할 거야." 몇 시간 전에 오래도록 낮잠을 잔 후에 내가 말했다. "이건 의논하자는 거 아니야. 거기 간 다음에는 방향을 틀어 움자 대학행성으로 가기로 해. 너희들이 계획했던 대로."

"그러자." 음위니의 대답은 이게 다였다.

오크우는 아무 말 하지 않았고 새 물고기도 그랬다. 나는 나 자신에 대해 흡족해하며 커다란 창으로부터 몸을 돌렸다. 나는 셋 다를 상대로라도 말싸움을 할 태세였는데 내가 원하는 걸 그렇게 쉽게 얻으니 기분이 좋았다.

아홉 시간을 자고 일어난 다음 나는 다시 새 물고기에 접속했다. 이번에는 내가 직접 했다. 새 물고기는 잠을 자는 중이었던 것 같다. 왜냐하면 존재가 전혀 느껴지지 않았기 때문이다. 살아 있는 우주선으로서 바깥 우주에 나와 있는 건 나 혼자였다. 나의 호흡실들 속 공기를 느끼고 내 몸에 찬 힘을 느꼈다. 심지어 한구석에 서 있는 음위니도 감지했다. 양손을 움직여 지구의 사막에 있는 몇몇 사람들과 이야기를 나누고 있었다. 오크우는 지구 위 다른 메두스들과 이야기하고 있지 않았다. 구경을 하고 있었다. 새 물고기에 접속하면서도 나는 내 기술들을 전부 가진 채였다. 접속 상태에서 나무 되기를 시도해볼까 하는 생각도 해봤지만 그러지 말기로 했다. 나무 되기의 결과는 규모에 영향받는데 내가 뭘 불러오게 될지 누가 알겠는가?

바깥 우주에서 유영하며 완벽한 정적을 즐기면서 나는 토성을 지그시 바라보았다. 우리는 이미 그 굴곡이며 고리들이 보일 정도까지 와 있었다. 새 물고기가 늑장을 부렸어도 몇 시간만 더 가면 다다를 수 있을 만큼 가까웠다. 그건 내가 꼭 가야 한다는 결정을 내렸을 때의 일이다.

"어머니는 에단이란 예측불허랬어." 새 물고기는 그렇게 말했다. "네 것은 특히 저 나름으로 의식을 갖고 있을 수도 있다고 그러셨어."

하지만 나는 보고 싶었다. 봐야만 했다. 이런 온갖 일들을 겪어낸 이상 나는 이 수수께끼의 밑바닥까지 꼭 가봐야만 했다. "상관없어." 내가 대꾸했다. "내가 네 몸을 탈취해서 억지로 날아가게 하는 한이 있더라도 가고야 말 거야."

"넌 못 해." 새 물고기가 말했다.

"시도해볼 거야." 내가 말했다.

"해봐, 어디." 새 물고기가 다그쳤다.

"꼭 해야 될 경우에만 하지." 내가 말했다.

"어휴, 너희 둘 다 조용히 좀 하지?" 음위니가 바닥에 짚었던 양손을 거두면서 나무랐다. "이 문제로 너하고 싸우자는 사람 아무도 없어, 빈티. 그렇게 굴 필요 없잖아."

오크우는 갓을 진동시키고 기체를 어찌나 많이 뿜

어냈는지 음위니와 나 둘 다 기침하기 시작했다.

나는 일어나서 내가 여러 날 동안 안치돼 있었던 그 호흡실로 갔다. 밤의 가장꾼 의상을 집어 들었다. 그러고 나서 새 물고기의 다른 호흡실을 찾아갔다. 내가 새 물고기와 접속되어 있을 때 이 호흡실을 감지했었다. 안으로 들어가자 이곳의 빛은 대낮 사막의 햇살과 아주 비슷했고 나무들을 본 순간 나는 그 까닭을 알았다. 열 그루가 있었다. 몇 그루는 묘목이고, 몇 그루는 작지만 거의 성목이 된 나무이고, 한 그루는 완전한 성목으로 키가 천장까지 닿았으며 옆쪽이 조금 굽어 있었다. 죽지 않는 나무들! 묘목들은 새 물고기의 살에 갓 옮겨 심어진 것 같았고 다 자란 나무는 새 물고기 살 속 깊이 마치 신경처럼 뿌리를 뻗고 있었다. 바닥이 살짝 투명해서 뿌리들이 깊이까지 파고 들어간 걸 볼 수 있었다. 이 나무들은 모두 새 물고기가 태중에 있던 동안 내내 자라온 것들이었다.

처음도 아니게 나는 세 번째 물고기도 신통력이 있나 궁금해졌다. 그리고 그렇다는 건 새 물고기도 역시? 이곳에는 내가 오셈바에서 보아 알고 있는 다른 식물들도 있었다. 대개 뭍게며 도마뱀, 그 외 다른 생물들이 붙어사는 식물들인데 왜냐하면 곤충과 작은 생명체들을 끌어들이는 식물이라서다. 생명을 끌어오는 것들이었다. 이 방의 바닥은 건조하고 심지어 군데군데 모래가 한 층 깔려 있기까지 했다. 나는 그 나무들 잎을 만져보았다. 힘바족이 '생명 소금'이라 부르는 것으로 인해서 전부 거칠거칠했다. 분홍색이 도는 알갱이 상태의 물질인데 치료사들이 온갖 질병을 처치하는 데 그 소금을 썼다.

그 맛을 보았더니 혀에 생기가 돌았다. 내가 처음 내 에단을 찾아냈던 때에 우리 아버지는 무슨 금속으로 되어 있는지 알아내려고 혀에 대어 맛을 보셨다. 무엇인지 동정은 못 하셨지만 생명 소금 같은 맛이 난다고 말하셨더랬다. 나는 밤의 가장꾼을 바닥에 펼쳐놓고 바라보았다. 가면이 여러 개 달린 머리에서 웃는 쪽 얼굴이 나를 마주 응시했다. 이것이 그 밤의 가장꾼 의상이었다는 데 대해 아직도 남아 있는 불신감에 몸서리가 났다. 아니, 그게 의상이었다는 걸 믿을 수 없었다. 나는 의상의 머리를 마주보며 앉았다. 그리고는 에단 파편들과 황금 구슬을 끄집어냈다.

구슬을 얼굴에 가까이 가져와 지문 같은 모양이 있는 표면을 면밀히 들여다보았다. 그러다 왼손을 들어 내 지문을 보았다. 내 왼손 중지와 검지 지문이 원래부터 구슬에 찍혀 있는 것과 일치했던가? 왼팔을 잃기 전에는 비교해본 적이 없었으니까 알 수 없는 일이었다. 하지만 이제는 양쪽이 완벽하게 일치했고 나는 이 사실이 놀랍지도 않았다. 죽지 않는 나무들의 존재 또한 놀랍지 않았다.

오른손 손바닥에 구슬을 쥔 채로 나는 검지와 중지를 황금 구슬 위 제 위치에 댔고 그러자 구슬은 즉각 웅 소리를 내며 진동하기 시작했다. "좋아." 내가 속삭이고 그것을 내 앞 바닥에 놓았다. 모래가 아니었더라면 구슬이 굴러갔을 뻔했다. 낮은 소리로 이렇게 속삭였다. "$(x-h)^2+(y-k)^2=r^2$" 그러자 방정식이 내입술에서 스르르 떠 나가는 게 꼭 지나리야 같았다. 심지어 색깔마저 내 색인 빨강이었다. 원의 방정식을 선택한 것은 모든 게 자꾸자꾸 돌아오고 돌아오고 있기 때문이었다. 방정식은 내가 나무를 타면서 쭉 늘어나 내 주위로 원을 이루었고 그러고 나서 사라졌다.

내가 강하고 굵은, 오크우처럼 파란색을 띤 흐름을 불러 올린 순간 방 안의 죽지 않는 나무들도 진동하기 시작했다. 고향에 있을 때 번개 폭풍이 치면 반응하던 것과 같았다. 흐름을 황금 구슬로 이끌자 나무들의 진동은 몹시 빨라지고 안정되어 우웅 하는 소리가 나기 시작했다. 천천히 구슬이 떠올랐다. 내 눈앞 한 자 거리에 공중 부양하면서 천천히 돌아가기 시작했다.

더 높이 나무를 오르면서 나는 지나리야인들 생각을 했다. 그들은 아프리카의 조용한 한 지역을 찾아왔다. 사람들이 사막에 아주 밀접하여 살아가는 곳에. 그 소규모 공동체들은 워낙 닫혀 있고 외떨어져 있어서 비밀을 지킬 만했다. 그리고 그렇게 해서 세계 다른 곳의 사람들은 그곳의 햇빛이 지구의 대기에 반응하는 모습을 무척이나 좋아했던 키 큰 사람 형태의 황금 종족에 관하여 전혀 알지 못했다. 지나리야인은 지구상의 이 작은 땅뙤기를 휴가지로 알았고 그들이 만난 사람들은 그래도 개의치 않았다. 그이들 사이의 우정은 이름이 칸데인 어느 처녀가 길을 튼 것이었다. 칸데는 여러모로 나와 비슷했다. 칸데가 개시한 그것이 결국에는 그 조그만 마을에 살던 사람들을 더 확장시켰다.

지나리야를 확장시켰다.

그들은 에단 하나를 남겨두었다. 아무런 지침도 없이. 아무 목적 없이. 하지만 그것은 사람을 확장시켜 줄 수 있었다. 그 사람이 허용한다면. 내가 그 에단을 찾아냈다.

더 깊이, 더 더 깊이 나무 속으로 헤집고 올라가면서 제자리에서 돌아가는 그 구슬을 얼마나 오래 지켜보고 있었는지 모른다. 음위니가 나중에 말해주기로 자기는 별 방에 있었다면서, 식사도 했고 오크우가 옛날에 메두스 족장들이 모였다가 엄청난 불상사가 일어났던 이야기를 해주기도 했다고 그랬다. "넌 깊이 생각할 일이 있어서 어딘가로 갔구나 하고 알고 있었거든." 음위니의 말이었다.

구슬은 나의 흐름을 받아 점점 더 빠르게 회전했고 나무들과 함께 윙윙 울었다. 공기가 대전되면서 양팔의 터럭이 일어났다. 내 오쿠오코가 옆구리와 등에 슬근슬근 감겨들며 오래된 오치제 꺼풀이 아직까지도 벗겨져 나와 바닥에 떨어졌다. 그러다 문득 나는 우주에 있었다!

무한한 암흑.

무중력에서. 날며.

혹 떨어졌다가.

얼른 나 자신을 가누고.

이어서 다시 비행을.

비명과 웃음을 동시에 터뜨리고 싶었다. 나는 또다시 무언가로 더 확장되어버렸다. 이번에는 너무나도 달라져서 죽지 않고 우주를 날아다닐 수 있을 정도였다. 텅 빈 우주 공간에서 살 수가 있었다. 나는 잘 바스라지는 금속 부스러기로 된 토성의 고리를 뚫고 움직여갔다. 고리의 알갱이들이 반짝이는 얼음 파편들처럼 우리의 외골격에 비 오듯 부딪혀왔다. 그 느낌이 좋았고 그래서 나는 더 빠르게 날았다. 음위니와 오크우를 생각해서 구르기를 하고 싶은 충동을 억눌렀다. 새 물고기는 잠잠히 내가 이끌어가게 놔두었다. 이건 내가 하려는 일, 내 의도였다. 그리고 굉장히 멋졌다.

생명의 숨결이 내 속, 지금 현재 내가 앉아 있는 호흡실로부터 피어올랐다. 맹렬히 돌아가는 황금 구슬이 나무들과 더불어 윙윙 소리를 내고 있었다. 금속 부스러기들이 더 촘촘해져 마치 모래 폭풍같이 되었고 그중 얼마 정도가 내 앞에서 황금 구슬을 연상하게 하는 모습으로 휘휘 돌았기에 나는 멈춰 섰다.

"당신은 누구지요?" 웬 목소리가 물었다. 우리 집안 사투리를 써서 말하고 있는데 사방에서 들려왔다.

"나미브의 빈티 에케오파라 주주 담부 카입카, 그게 내 이름이에요." 지금 무슨 일이 벌어지고 있는지 미처 잘 생각 안 하고 즉흥적인 대답부터 했다. 그러고 나서 말했다. "아니다. 나미브의 빈티 에케오파라 주주 담부 카입카 메두스 에니 지나리야 새 물고기네요." 나는 몇 숨 기다려본 후에 결국 질문했다. "당신은 누구세요?"

"우리는…" 하고 말하고 나서 한순간 나는 아무 소리도 못 들었다. 그러다 그들의 이름을 말한 소리가 마음속에 프랙탈처럼 갈라지고 또 갈라져나갔다. 나무 되기라는 기술을 한 개의 단어에 담아 넣은 것만 같았다. 그들의 이름은 너무나도 복잡하고 다양하고 각각으로 다채로워 내가 입 밖에 내어 말할 수 있는 언어에 싣는 것은 고사하고 정신적으로 이것이라고 고정해 짚지도 못할 정도였다. 아름다운 이름이었고 그 이름이 내 정신을 넘나들며 빙빙 돌고 이리저리 튀도록 놔두는 것만으로도 나는 기뻐서 그 기쁨이 몰아치는 토성 고리의 금속 알갱이들에 새 물고기가 비추는 색에도 그대로 반영되었다.

마침내 말을 할 수 있게 되었을 때 내가 말했다. "여러분이 나를 이리로 불렀군요. 왜였나요? 무슨 용건이신가요?"

한꺼번에 몰아쳐온 부스러기들이 이제 내 앞에 깔때기 형태를 이루고 소용돌이쳤다.

"우리가 불렀던가요?" 그것이 물었다. 장난스럽다고 해도 될 목소리였다.

"불렀는데요." 나는 그 깔때기를 힘껏 응시했다. 그들의 이름은 그때까지도 내 정신 속에서 주의를 다투고 있었다.

"그 구슬은 우리가 만났던 사람들의 것이에요. 그걸 꼭 찾아야겠다 하는 사람들이 찾아내도록 남겨둔 것뿐이지요. 아름다운 금속 조각들 속에 선물 싸듯 포장했죠."

"그게 무엇인가요?" 내가 물었다.

"뭐라고 생각해요?"

나는 새 물고기가 내는 빛이 좀 더 자주색으로 된 것을 볼 수 있었다. 내가 짜증이 났기 때문이다. "여러분이 나를 불렀잖아요." 내가 다시 말했다. "왜지요?"

"좋아요." 그 목소리가 말했다. "그래, 우리가 불렀어요. 당신의 지나리야 물건을 통해서요."

"이제 내가 왔어요. 끝내 여기로 왔네요. 뭘 원하시나요?"

한참 사이가 떴다. 금속 부스러기들은 계속 소용돌이쳤고 한순간 반짝 비친 붉은 주황색 섬광을 분명 본 것 같았다. 이 사람들이 누구인지, 어디에서 왔는지, 심지어 어떤 모습을 하고 있는지도 나는 굳이 궁

285

금한 마음이 들지 않았다. 결국 알게 될 것이라면 알게 되겠지. 그렇지 않다면 모르고 말 것이고. 나의 기이한 여정 전체를 통틀어 한 가지 배운 것이 있다고 하면 그건 일어날 일이 일어날 테니 때로는 기다리면 알게 된다는 거였다. 그리고 지금 이건 괜찮았다. 왜냐하면 적어도 내 에단의 수수께끼와 그 이상한 환상을 파헤쳐 이제 맨 밑바닥까지 왔고 거기에 있었던 건 내가 상상했던 것만큼이나 기이했기 때문이었다.

"움자 대학교에 대해 얘기해줘요." 그 목소리가 말했다.

나는 너무 어처구니가 없어 대답을 못 했다. 그러다 내가 말했다. "뭐라고요?"

"움자 대학교 학생이잖아요. 안 그래요?"

"맞아요. 하지만…."

"우리가 당신을 불러온 이유가 그거랍니다. 그 대학교에 대해서 누군가 우리와 같은 이가 의견을 내주었으면 해서요."

"그렇지만… 여러분과 같다고요? 내가 어떻게 여러분과…."

"우리는 시공간의 사람들이에요. 우리는 경험하며 수집하며 더 확장되어가며 옮겨 다니죠. 이것이 우리 방정식의 문화이고 철학이에요. 움자 대학교에 우리 종족은 한 사람도 없지만 은하에서 가장 빼어난 대학교라고 듣고 있어요. 우리가 거기 가서 배울 것이 넉넉히 있고 우리가 기여하고자 하는 바도 많죠. 그렇지만 우선 우리가 신뢰하는 누군가가 진정으로 그 학교를 추천해줘야 하겠어요. 우린 당신을 신뢰합니다."

"그러면 여러분은 내가 나중에 결국… 지금의 내가 될 걸 알았어요? 그래서 나를 불러온 거예요?"

"네. 우리는 많은 걸 겸하죠. 그 대학교에 대한 당신 의견은 어떤 것인가요?"

"어… 거기 진학하려고 난 집을 나왔고 가던 길에 거의 죽을 뻔했는데요. 실제 가보니까 공부하는 사람으로서 최상의 경험을 할 수 있었어요. 정말 훌륭한 교수진에 학생들도 아주 우수하고 환경도 굉장히 좋고요. 나한테는 완벽한 학교예요."

잠깐 사이가 뜨더니 그 목소리가 말했다. "고마워요."

그리고 그냥 그렇게 토성 고리의 부스러기 알갱이들은 도로 부스러기 알갱이들이 되었다. 추천, 그이들에게 필요했던 건 그게 다였다. 정말 너무나도… 김이 빠졌다. 그래서 불만이라는 건 아니지만.

잠시 동안 나는 우주를 느끼고 작은 티끌이며 좀 더 큰 돌 조각들이 새 물고기의 몸에 부딪혀 튕겨 나가는 느낌을 즐겼다. 그러다 문득 생각이 미쳐서 새 물고기의 큰 집게발들 중 하나로 옆에 데굴데굴 돌아다니는 주먹만 한 돌멩이 두 개를 집었다. 새 물고기인 상태에서 나는 부스러기며 돌덩이들을 '맛볼' 수 있었는데 그 찌릿한 맛은 죽지 않는 나무 잎에서 긁어모은 생명 소금과 내가 내 천문의를 만든 재료인 사암을 연상케 했다. 그 돌멩이들을 나는 새 물고기의 외피에 많이 패어 있는 고랑 중 한 곳에 잘 넣어두었다. 나 자신으로 돌아와보니 황금 구슬은 바닥에 있고 나무들은 조용했으며 음위니가 서서 나를 굽어보고 있었다. 뭐가 뭔지 몰라 당혹스러워하는 표정이었다.

"대체 무슨 일이 있었어?" 음위니가 물었다.

"예상보다 별일 아니었어." 하하 웃으면서 내가 말하고 발을 디디고 일어섰다.

은투은투 벌레들과 햇살

새 물고기는 내가 움자 대학교에서 받은 첫 수업, 나무 되기 101이 진행되었던 노란 풀 들판에 착륙했다. 수학 도시, 병기 도시, 유기농 도시 사이에 있는 너른 들판, 원래는 인적이 없는 장소였다. 이날엔 메두스를 닮은 사람들 둘이 포충망을 들고 와 있었다. 아마도 연구를 위해 은투은투 벌레를 잡으러 온 듯했다. 우리가 착륙한 순간 그중 한 명은 우르릉 소리를 지르더니 둥실 떠가버렸고, 다른 한 명은 풍 하고 기체를 내뿜곤 대학교 소속 왕복편이 미끄러져와 우리가 우주선을 나오길 기다리는 광경을 구경하고 있었다.

음위니와 오크우가 새 물고기호의 출구 경사로를 걸어 내려갈 때 나는 아무 말 하지 않았다. 신이 난 오크우와 주춤주춤 하는 음위니, 둘 다 안중에 없었다. 둘이 먼저 갔지만 나는 괜찮았다. 나 자신의 안절부절못하는 마음은 나 혼자 처리하는 편이 좋았으니까. 지금은 나 혼자란 게 될 수 없지만 가능한 만큼까지라도 말이다.

"천천히 걸어." 내가 출구에서 잠깐 멈춰 서자 새 물고기가 말했다.

"안 그래도 그렇게밖에는 못 해." 내가 지금 얼마나 헐벗은 몸인지를 생각하지 않으려고 애쓰면서 그렇게 말했다. 피부에 오치제가 아예 없었다. 대기권에 진입할 때 뜨거워지는 게 이번에는 전과 달랐는데 내가 새 물고기에 연결되어 있기 때문에 그 열의 불쾌감을 나도 느끼게 되었다. 그리고 새 물고기 체내에 유지되는 중력에서 움자 대학행성의 중력으로 이행한 탓에 아직도 약간 기운이 없고 어지러웠다. 풀 색깔이 너무나 노래서 움자 대학행성의 두 개 태양 빛에 정말로 빛을 뿜어내듯이 환했다. 흙, 풀, 그리고

풀 속에 살고 있는 은투은투 벌레들의 냄새를 맡을
수 있었다.

오크우가 더 멀리 있는 누군가와 말하는 소리가 들
렸고 음위니는 신을 벗어버리고 땅에 손을 대려 몸을
구부렸다. 눈도 감고 있었다. 나는 출구 경사로를 걸
어 내려가기 시작했다. 새 물고기가 해준 말에 따르
면 이제 나는 엄밀히 말해 새 물고기의 일부이기 때
문에 새 물고기에게서 멀리는 못 갈 거라고 했다. 다
만 '멀리'라는 게 어느 정도인지는 새 물고기도 몰랐
지만 말이다. 혹시 그 말은 내가 우주선에서 아예 나
가지도 못한다는 뜻이었을까? 이제 곧 알게 될 참이
었다. 그런데 만약에 내가 너무 멀리 떨어지면 무슨
일이 생기는 걸까?

내 발이 풀에 닿았고 나는 우주선을 돌아보며 후우
숨을 내쉬었다. 새 물고기호의 모습을 처음으로 눈에
담게 되어 나는 잠시 멈춰 섰다. 그녀는 뿌리집보다
더 컸지만 뿌리집과 똑같이 자연스러운 우아함이 있
었다. 나는 혼자 미소 지었다. 새 물고기와 뿌리집 둘
다 살아 있기 때문에 그랬다. 새 물고기는 형태가 자

기 어미만큼 새우 같진 않았다. 뭐라고 딱히 이름을 대지는 못할 수서생물을 더 닮았다. 몸통이 둥그런 게 그 투명하던 메두스 우주선들이 생각났다. 그리고 이곳 대기권에 들어와 햇살을 받고 보니 자주색에서 분홍색인 살에 굵은 금빛 선들이 들어가 있었다. 금빛 선은 지느러미 시작하는 데서부터 양 옆구리로 죽 이어졌다. 게다가 그 눈이! 새 물고기가 엄청나게 큰 금빛 눈을 가지고 있다는 걸 난 어째서 몰랐을까? 토성에서 새 물고기의 눈으로 보던 때를 생각하면 나로서는 이름 붙일 수 없는 색깔들이 보였노라 맹세라도 할 수 있었다. 그러니까 충분히 이럴 법도 했다. 그 휘황한 눈들이 이제 움자 왕복선과 우리를 맞이하러 온 담당자분들이 있는 쪽으로 뒷걸음질해 새 물고기에게서 떨어져가는 나를 보고 있었다.

"괜찮아?" 새 물고기가 물었다.

나는 씽긋 웃으면서 고개를 끄덕였다.

천천히 움자 대학교 측 담당자들에게 걸어갔다. 모습이 게를 닮은 사람 두 명인데 한 명은 외골격이 장밋빛이고 또 한 명은 녹색이었다. 두 명 다 동체는 파란 움자 대학교 옷으로 감싸여 있었다. 왼쪽 앞 집게발 밑동에 건 금사슬에 천문의가 달려 있어서 거기에서 그들의 명랑한 음성이 울려 나왔다.

"잘 돌아왔어요, 빈티." 둘이 같이 소리 높였다.

"고맙습니다." 내가 말했다. "저희가 이렇게 착륙한 게 큰 문제가 되지는 않았으면 좋겠네요. 이착륙항에서 다들 난리가 날까 봐 그랬어요."

"이왕에 그리된 건 그리된 거지요. 우린 당신이 할 대로 하는 사람인 걸 잘 알고 있어요." 장밋빛인 사람이 말했다. "그리고 타고 온 우주선이 작은 데다 살아 있는 생명체니 풀에게는 다행이에요."

"하라스 총장님이 우주선 님은 일단 여기 있어도 된다고 하십니다." 녹색인 사람이 말했다. "총장님은 당신과 오크우, 음위니 님을 지금 당장 만나보고 싶어 하세요."

"그냥 '음위니'라고만 하시면 돼요." 쪼그리고 앉아 양손을 흙에 대고 있던 음위니가 고개를 들며 말했다.

"음위니." 녹색인 사람이 말했다. "우리가 여러분을 태워다 드릴 겁니다. 여러분의 우주선은 휴식을 취하고 풀이라도 뜯으면 됩니다…. 그녀에게 뭐 다른 필요한 게 있을까요?"

나는 새 물고기를 보았다. "가야 할까? 나 가도 되니?" 내가 물었다.

"내가 같이 날아갈 수 있어."

그래서 그렇게 해서 가게 되었다. 새 물고기가 바로 위 상공을 날아 같이 왔다. 여기는 움자 대학행성이었다. 그런 광경이 지금껏 흔히 볼 수 있는 것은 아니었겠지만 아마도 여기서는 해괴한 것도 아닐 터였다. 여기서 해괴해 보일 만한 일은 좀처럼 없었다.

하라스 총장

움자 대학교 총장의 이름은 우리 고향 사막의 사구 위를 불어가는 바람 소리와 비슷한 음향이었다. 내 귀에는 그 소리가 마치 "하아아아라아아아아아스스스스스스"처럼 들렸고 그래서 나는 그이를 하라스라고 불렀다. 그이는 개의치 않았다. 이름에 '총장님'이라는 직함을 붙여 부르기만 하면 되었다. 맨 처음 하라스 총장을 만난 건 세 번째 물고기호를 나선 직후였다. 내가 메두스가 제기하는 문제를 대변하고 그들이 우주선에 탔던 쿠시 사람들을 한 명만 빼고 모조리 폭력적으로 죽여버린 사건을 이야기한 자리다.

내가 받은 첫인상은 에니 지나리야의(그러니까 당시에는 '사막 사람들'이라고 생각했던 거지만) 신들 중 하나를 닮았다는 거였다. 하라스 총장님은 거미같이 생긴 사람으로 너비가 오크우만 하고 키는 나 정도였다. 그리고 이름과 마찬가지로 외모 또한 바람으로 만들어진 듯 색은 회색에 이 부분은 일렁이고 있고 저 부분은 그렇지가 않았다. 움자 대학교 첫 학년 동안 몇 번인가 만나 뵈었는데 총장 사무실이 나는 무척 마음에 들었다.

중앙 도시의 행정동에 위치한 하라스 총장의 사무실은 벌집과 비슷한 사암 건물 맨 꼭대기에 얹혀 있었다. 그냥 푸른 기가 도는 수정으로 된 거대한 거품이 있을 뿐으로 바닥은 햇볕에 따끈하게 데워진 보드라운 빨간 잔디였다. 삼각형 문 맞은편 벽에 내장되어 있는 것이 하라스 총장의 천문의로 누가 입구로 접근하면 거기서 버저가 울렸다.

"샌들 벗어." 내가 음위니에게 말했다.

음위니는 얼른 그렇게 했고 경이로워하며 푸른색을 띤 둥근 천장을 둘러보았다. 그러다 다시 히죽 웃었는데 음위니는 우리가 움자 대학행성에 착륙한 후로 계속 그러고 있었다. 하라스 총장 사무실의 보드라운 풀에 발을 올리자 음위니는 혼자 좋아서 킬킬 웃었다. "여기서도 목소리를 들을 수가 있네?" 음위니가 말했다. 그러곤 까르륵 웃었다.

"음위니는 뭐가 잘못돼서 저래?" 하라스 총장님을 향해 걸어가면서 오크우가 메두스 말로 나에게 물었다.

"음위니는 살아 있는 것들과 대화할 수 있어." 내가 말했다. "그리고 뭔가 '깊은 땅 밟기'라는 것도 하거든? 거기다 애는 다른 행성에 처음 와보는 거잖아."

"저렇게 좋아하다 죽는 거 아니야?" 오크우가 물었다.

"하라스 총장님." 오크우와 음위니 둘을 다 무시해버리고서 내가 불렀다. 음위니는 아직껏 키득키득 웃어대면서 풀을 보고 있었다.

"잘 돌아왔어요, 빈티와 오크우." 총장님이 오치힘바로 말했다. 그이는 돔의 한가운데에 서 있었고 한순간이지만 그 모습이 완전히 사라졌다가 곧 도로 나타났다. 나는 여기에 익숙했지만 음위니는 그렇지 않았고 그래서 등 뒤에서 그 애가 헉 놀라는 소리가 들렸다. "좀 쉬다가 다음 학기를 시작하면 되게끔 딱 맞춰 왔군요. 이대로 여기서 수업 들을 거지요?"

"네." 오크우와 내가 말했다.

"좋아요." 총장님이 말했다. "그리고 더없이 환영하는 바예요. 에니 지나리야의 음위니 은젬."

"여기 오게 되어 무척 기쁩니다, 하라스 총장님." 음위니가 말했다.

"당신도 당신 민족 중에서 맨 처음 여기 온 사람이지요." 하라스 총장이 말했다. "지나리야가 당신의 조상들에 관해 조사 논문들을 썼고 현 시간대의 당신네 부족이 어떨 것인지 추측했어요. 내가 이해하기로는 일단의 지나리야 학생들이 당신네 부족과 다시 연결이 되기를 바라고 있죠. 참으로 오랜만이에요."

음위니는 입이 떡 벌어져서 하라스 총장을 바라볼 뿐이었고 하라스 총장은 클클 웃었다. "조율사라지요?"

"네, 음마." 음위니가 대답하곤 눈살을 찌푸렸다. "죄송합니다. 제가 몰라서. 혹시… 오가라고 불러 드릴까요? 총장님? 저희 마을에는 남자하고 여자밖에 없어서요. 몇몇은 둘 다이거나 둘 다 아니거나 그 이상인 사람도 있지만 전부 인간이에요. 적어도 오래전 지나리야가 떠나간 후로는 그랬습니다."

"오크우는 뭐라고 부르나요?"

"그냥 빈티가 부르는 대로요." 음위니가 말했다. "하지만 제 머릿속에서는 남자로 알고 부를 때가 많아요."

내 옆에서 오크우가 커다란 기체 덩어리를 뱉어냈고 나는 내 발을 보면서 싱글싱글 웃었다.

음위니는 나를 보고 오크우를 보고는 어깨를 으쓱했다.

"원한다면 '음마'라고 불러도 좋아요." 하라스 총장이 말했다.

음위니가 고개를 끄덕였다. "고맙습니다, 음마."

"자." 하라스 총장이 말을 꺼내면서 몸을 돌려 돔 저쪽 벽을 향해 총총 걸어갔다. 우리 셋은 따라갔다. 하라스 총장은 말을 할 때 항상 원을 그리며 돔을 빙빙 돌곤 하는 편이었다. 그이가 높은 천장의 정점을

통하여 건물 바로 위에 떠 있던 새 물고기를 올려다
보았다. "일이 예상대로 풀리진 않았군요?"

우리는 모든 것을 이야기해주었다. 때로는 내가 얘
기하고 다른 때는 오크우와 음위니가 얘기했다. 하라
스 총장은 앞다리를 짤깍거렸고 몇 번인가 이야기를
듣는 중에 완전히 사라져버린 것같이 되기도 했지만
주로 조용히 있었고 물리적으로 완전하게 자리를 지
켰다. 나는 뿌리집이 불타버리고 우리 가족들이 죽었
다 믿었던 때의 일을 이야기하면서 참지 못하고 울음
을 터뜨렸다. 음위니는 하라스 총장에게 내가 지나리
야를 활성화하기 위해 올빼미같이 생긴 그 생물의 깃
털을 살에 찌를 때 먼발치에서 본 것을 이야기했다.
음위니 말로는 무언가가 터져 나오는 것 같았다고 했
다. "땅이 흔들리다 못해 제 주위로 아리야의 동굴이
있는 곳에서부터 온 작은 균열들이 생겨났어요. 동굴
이든지 아니면 적어도 그 근처에서요. 그리고 파란
자주색 빛이 팡 터졌습니다." 음위니의 말이었다. "빛
이지만 물처럼 일어났다 가라앉더라고요."

내가 다시 정신을 차렸을 때 아리야의 옷에 불이

붙어 있었고 나는 내가 어쩌다가 흐름을 불러 올려 놓고 주체를 못 한 건가 하고 질겁했더랬다. 그런데 음위니가 얘기해주는 광경은 한술 더 떴다. 오크우가 우리 집이 가족들이 안에 들어가 있는 채로 불타는 가운데 거기 있던 쿠시 병사들을 모조리 죽여버렸다고 말했을 때 나는 뜨거운 분노와 쾌감이 몰려드는 걸 느꼈다. 부모님은 돌아가시지 않았지만 오셈바 힘바족이 힘바 회당보다도 더 소중히 여기던 뿌리집이 쿠시족의 행패에 불타 무너졌다. 그 정당화된 살육 이야기를 들으면서 치미는 이 환희는 나의 메두스 측면의 한 부분이라는 걸 난 알고 있었고 그 때문에 마음이 꺼림칙했지만… 몇 주 전이었으면 그랬을 정도로까지 꺼림칙하지는 않았다. 그냥 나 자신이 그걸 느끼는 대로 두었다.

모든 이야기를 다 하면서 우리는 계속 걸어 총장실을 빙글빙글 돌았다. 내가 나의 죽음 및 새 물고기가 나를 부활시킨 이야기를 한 때에야 하라스 총장은 걸음을 멈추고 질문을 던졌다.

"하지만 강화에 동의들을 했다면서. 어째서 전쟁

행위를 시작한 거지요?" 그이가 물었다.

"모르겠습니다." 내가 말했다. "누군가가 메두스 족장을 쏘았고 이내 모든 게 그냥 터져 나와버렸어요."

"쿠시 놈들은 지독한 것들이에요." 오크우가 말했다.

나는 오크우를 보면서 이맛살을 찌푸렸다. "메두스족은 내 친구들을 인정사정없이 죽였지. 우주선 한 대에 가득 타고 있던 비무장의 학생과 교수들을. 얼마든지 사정을 다 이야기해볼 수 있고 침을 되찾도록 도움을 줬을 법한 사람들을 말이야. 메두스는 뭐가 그리 달라?"

"우리는 의무, 충성, 명예로 행동해, 빈티." 오크우가 말했다.

나는 이제 몸을 떨고 있었다. 내 오쿠오코 끄트머리들이 바들바들 떨며 등에 배겼다. 다시금 헤루를, 그애 가슴이 터져 벌어지는 것을 나는 보고 있었다. 그리고 처음 하는 생각도 아니게 그 침이 오크우의 침은 아니었을까 의심했다. 오크우의 침이었을 수도 있었다. 그때 당시에 나는 오크우를 잘 몰랐다. 내 기억은 바로 내 눈앞에서 무즈하 키비라를 해치운 많은 메두스들 가운데에서 오크우를 식별해내지 못했다. 심지어 나중에 내가 메두스 우주선에서 침에 쏘였을 때에도 오크우는 족장 옆에 있었더랬지만 움직이면 굉장히 빠르게 움직이는 걸 내가 본 적도 있으니 오크우는 그 순간 순식간에 내 뒤로 왔던 걸지도 몰랐다.

"빈티." 하라스 총장님이 앞다리 한쪽을 내 어깨에 얹으면서 말했다. 나는 흠칫 몸을 움츠렸고 총장님은 앞발을 더 꾹 눌렀다. "풀을 봐요. 우리가 했던 이야기 기억하지?"

"살아 있으니까 자라난다." 내가 속삭였다. 눈으로는 빨간 풀을 보면서였다. "살아 있으니까 자라난다." 이것은 하라스 총장님이 자기 사무실에 왔을 때나 공황 발작이 덮쳐올 때 수시로 말하라고 나에게 가르쳐 준 주문이었다. 내가 밟고 선 잔디는 핏빛처럼 짙은 빨간색이었지만 피가 흐르고 있는 게 아니었다. 그것은 살아 있었다. '빨간색이 나쁘기만 한 건 아니야.' 나는 혼자 되뇌었다. '난 빨간 옷을 입잖아. 힘바족은 빨간 옷을 입어. 오치제가 빨갛지. 내가 지나리야를 통해 말할 때 내 말도 빨간색인걸.' "살아 있으니까

304

자라난다." 나는 숨을 들이쉬고 내쉬고 조금 나아졌다. 침착해졌다. 그래도 나는 오크우를 보지 않았다.

"음위니." 하라스 총장님이 말했다. "무슨 일이 일어났던 건지 기억하나요?"

"그 시점에 저는 뿌리집 토대에 가 있었습니다." 음위니가 말했다. "소리로 들었습니다. 제가… 그 번갯불로 해서 접촉 없이도 그 소리를 들을 수 있었던 것 같은데요…. 저는 조율사거든요. 저는…."

"그래요, 어떤 재능이 있는지 나도 알고 있어요." 하라스 총장이 말했다. "언어를 꼭 알지 못하더라도 살아 있는 존재들과 대화할 수 있지요. 빈티와는 다른 유형의 조율사고요."

음위니는 안심한 듯 고개를 끄덕였다. "누구한테 설명하기가 힘든 얘기라서요."

"여긴 움자 대학교랍니다. 여기에서는 놀랄 일이 많지가 않아요." 하라스 총장이 말했다.

"저도 압니다. 발을 통해서요. 이제 땅 밟기를 할 수 있게 되었거든요. 빈티가 죽는 광경을 본 게 결정적이었던 것 같습니다."

"그럴 공산이 크지요." 하라스가 말했다. "행성과 긴밀한 유대를 가진 사람들은 땅 밟기 재능이 계발되는 경향이 많죠. 음위니 군은 타고난 조율사이니 자연적인 세계들에 매력을 느끼는 거예요. 날 때부터 땅 밟기를 하고 크지 않았다는 게 놀랍네요. 그래서 뭔가 들었다는 거지요?"

"네, 저는 뿌리집에 귀를 기울이고 있었습니다. 그게 실제 뿌리라는 걸, 아니 차라리 한 그루의 나무라는 걸 깨달아서요. 뿌리집은 죽지 않는 나무였어요. 단지 땅 밑으로 거꾸로 자라고 있었을 뿐이죠. 빈티가 발언했고 만사 정말 다행스럽게 되어가는 것 같았어요. 우리가 이겼지요. 전 마침 고개를 들었다가 메두스 족장이 총 맞는 걸 봤습니다. 하지만 쿠시 왕 얼굴도 보았거든요. 그 사람은 이제부터 무슨 일이 생길지 알고 있었던 것 같지 않더라고요. 그리고 일이 터지자 다소 화난 표정이었어요. 그런데 그 휘하 장군인 쿠우도 제가 봤어요. 그 작자는 준비가 되어 있더군요. 그자가 빈티에게 달려갔지요."

나는 눈을 깜박이며 그때 일을 상기했다. 쿠우 참

모장이 날 붙들었더랬다. 나는 그자를 주먹으로 쳤다. 두 번. 그러고 나서 오크우가 그자와 싸웠는데 그때 충격이 있어 오크우는 장갑으로 몸을 보호해야 했다. 쿠우는 거기에도 걸리지 않고 달아났다. 그리고 나는 죽임을 당했다.

"쿠시 사람들 간에 의견 불일치가 있었던 거라고 생각합니다." 음위니가 말하고 있었다. "누군가는 알았겠지요."

"어쩌면 그렇겠지." 하라스 총장이 말했다. "어쩌면 쿠시 왕 밑으로 통수권 2인자나 3인자가 배신한 것일 수도 있고요. 힘바 의회가 빈티를 저버렸듯이 말이죠. 그게 아니라면 어느 누구의 무기가 지나치게 민감해서였을지도. 아니면 어느 졸병 한 사람이 지금 눈앞에 보이는 광경이 마음에 들지 않아 모든 걸 바꿔버리기로 마음먹었다든가. 어쩌면 우린 끝내 알아낼 수 없을지 몰라요." 그이는 새 물고기를 올려다보았다. "움자 대학교 학생으로서 우주선과 짝이 지어진 게 학생이 최초는 아니에요, 빈티."

나는 풀을 보던 눈을 들어 멍하니 총장님을 바라보

왔다.

하라스 총장은 앞다리들을 교차시키곤 달달달 떨면서 조금 희미해졌다. 웃는 것이었다. "다시 한번 말하는데 여기는 움자 대학교예요. 여기에는 놀랄 일이 거의 없지요. 무슨 일이든 거의 다 연구하고 문서화해 사람들이 달라붙어 죽어라 공부한 후일 겁니다. 찾아보면 처음부터 끝까지 짝을 이룬 사람들을 가지고 쓴 학위논문을 찾게 될걸요. 특히 우주선과 그 우주선을 타고 여행한 사람들을 주제로요. 왜냐하면 그런 쌍들은 아무래도 누구보다 널리 돌아다녀 아는 것이 많은 사람들이라서요. 움자 대학교에는 그렇게 짝지워진 교수님들도 계세요." 총장님은 사이를 두었다가 이렇게 말했다. "오늘은 이만하면 됐어요, 빈티. 신외계인의료빌딩으로 가도록 해요. 여기서 가까운 곳입니다. 내가 검진 예약을 잡아뒀어요. 빈티가 짝인 새 물고기에게서 얼마만큼까지 떨어져도 되는지 그쪽에서 알려줄 수 있을 겁니다. 혹시 짝 지워진 사람들과 얘기 나눠보고 싶으면 요청만 해요."

나는 찡그렸다. 누가 내 피나 내 몸을, 나를 너무

자세히 들여다보게 되는 건 정말이지 원치 않는 일이었다. 여기가 움자 대학교이고 그쪽에서 분명 이전에 나와 같은 사람들을 본 적이 있을 거라는 걸 알지만 그래도 내가 정말 그에 대한 자세한 내용을 알고 싶은 것인지 확신이 서지 않았다.

"음위니, 우리 대학 입학을 위해 시험을 치러볼 생각이 있어요? 인간으로서 진학 연령이기도 하고 본인이 속한 부류에서 여기에 오기는 최초니까요. 게다가 숙련 조율사인 것 같으니 본인 혼자 자격으로 봐도 재능이 있죠."

"아니요." 음위니가 말했다. 음위니는 자기 맨발을 보고는 고개를 저었다. "죄송합니다, 음마. 방금 제가 무례했죠. 시험은 안 치겠습니다. 음마 하라스 총장님. 전 빈티 때문에 여기 온 겁니다… 그리고 오크우 때문에요. 저는 학생이 될 마음은 없습니다. 전 이리저리 돌아다니는 걸로 가장 좋은 공부를 한답니다. 정말로요."

하라스 총장은 그이가 가진 수많은 검은 눈으로 잠시 동안 음위니를 응시했다. 그러고는 말했다. "그래요. 움자 대학교를 찾아온 귀중한 손님으로서 원한다면 어느 강의든 내키는 대로 참관해도 좋아요. 어쩌면 결국에는 생각을 바꿀지도 모르니."

음위니는 빙그레 웃으며 말했다. "감사합니다." 하지만 어조부터 그럴 마음은 없다는 게 분명히 보였다.

"나는 쿠시 - 메두스 전쟁 관련 협의회에 나가봐야 해요." 하라스 총장이 말했다. "우리 싸움은 아니지만 우리도 관여되어 있지요. 움자 대학교의 쿠시 학생들이 전쟁을 재발시킨 그 침을 숨겨 들여놓았고 움자 대학교가 새로운 평화 조약이며 오크우의 방문을 뒷받침했으니까. 우리는 회의를 열어 논의할 것이고 그런 다음에 행동에 나설 겁니다. 참석이 필요해지면 부르지요. 하지만 그때까지는 너무 크게 우려하진 말도록 해요. 이 싸움은 해묵은 것이고 에니 지나리야가 힘바족을 돕기로 한다면, 그렇다면 적어도 고향의 가족들은 무사할 겁니다. 학생이 떠나온 이상, 쿠시족이 구태여 힘바족을 어쩌지는 않을 거예요. 나는 그렇게 봐요."

'내가 돌아가면 어떻게 되는 건데요?' 나는 궁금

했다.

"아버지께 연락을 취해봤나요?" 총장님이 물었다.

"앞으로 하려고요." 나는 그렇게만 말했고 시선을 피했다. '가족들이 내가 아직 살아 있다는 걸 정말 알 필요가 있을까? 그 난리를 겪고 나서? 지금 이 순간 그쪽에서 아마도 벌어지고 있을 일이 뻔한데?' 나는 가족들이 당장의 일에 초점을 맞추도록 해주고 싶었다. 일단 지금은 말이다. 당장의 일이란 쿠시 – 메두스 전쟁을 모면하는 것과 에니 지나리야에 대하여 마음을 여는 걸 말했다. 내가 그 자리에 없고 보니 불현듯 울컥 죄책감이 들었지만 곧 그런 생각은 제쳐두었다.

"아 그렇지. 학생이 토성 고리에서 만난 사람들에게서는 벌써 기별을 받았어요." 하라스 총장님이 말했다. "지금까지 시험을 쳤는데, 원 세상에 그 사람들 중에서 젊은이 몇 명하고 심지어는 연장자도 두어 명 훌륭한 움자 대학교 학생이 되게 됐답니다."

"정말요? 벌써요?"

"그래, 벌써요." 하라스 총장님이 말했다. "무엇에 대하여 확신이 서면 시간 낭비가 없는 사람들이더군요. 그리고 그이들 말이 자기들이 추천을 받았는데 그걸로 그야말로 확실하게 확신이 섰댔어요. 여러분 셋 중에서 한 명은 언제가 되었든 그이들을 만나지 않을까 싶군요."

나는 음위니를 훔쳐보았다. 음위니는 다시 벙싯벙 싯 웃고 있었다.

검진

25시간 후에 나는 그 흰색 건물로 이어지는 보행로로 걸어 올라갔다. 건물 앞으로 사람 세 명(셋 중 하나만 인간형이었다)이 어우러진 상징물이 함께 세워져 있었다. 쳐다보는 동기들의 시선을 무시하고 내 피부와 오쿠오코에 그대로 쏟아지는 햇살을 느끼면서 기숙사 방을 나섰는데 정말 극히 힘이 드는 일이었다. 학생들 몇이 조금 전 총장과 이야기를 나눈 어느 교수님 말을 엿들은 바람에 대부분이 지구에서 나에게 일어났던 일을 부분부분 조금씩 알고 있었을뿐더러 눈으로 보기에도 내가 굉장히 달라 보였기 때문이었다. 오

313

치제를 바르지 않은 상태에서 나의 흑갈색 피부는 몇 명 없는 다른 인간 학생들이 전부 쿠시족인 것과 비교되어 그렇게나 훨씬 더 눈에 띄었다. 거기에 더하여 오치제가 덮어 가리고 있지 않은 내 굵은 오쿠오코 열 가닥이 보란 듯이 완전하게 나와 있었다. 나는 약간 투명한 푸른색 촉수들을 가진 인간이었다. 끄트머리에는 좀 더 어두운 남색 점들이 박혀 있는 그것들은 이제 드리우면 그 길이가 거의 무릎까지 왔다. 사람들은 나를 더더욱 오크우와 결부시켰다. 오크우는 그들이 이미 무척이나 겁내어 꺼리는 상대였고.

내 친구 하이파는 내 방에 찾아와 작은 것 하나까지 전부 털어놓으라고 요구한 유일한 한 명이었다. 그래서 내가 말을 하는데 하이파가 계속 계속 빤히 내 얼굴을 봐서 나는 땀이 나기 시작했고 끝을 맺기 위해 살짝 나무 되기를 해야만 했다. 그동안 난 하이파가 그리웠고 그렇게 불편한 와중에도 하이파를 만나니 좋았다. 그렇기는 하지만 빤히 나를 보던 하이파의 시선과 벌거벗었다는 기분 탓에 결국 피로해졌다.

이제 의료 검진을 받을 참에 이르러 아까와 똑같은

초조함, 피로감이 느껴졌다. 음위니랑 같이 올까 생각도 해봤지만 음위니는 맨발로 이리저리 뛰어다니고 온갖 사람들을 만나면서 너무 신이 나 보여 내가 억지로 끌고 오기가 그랬다. 오크우는 자기 기숙사 안으로 모습을 감추었고 나에게는 그저 이렇게 말했을 뿐이었다. "넌 가서 검진받아. 난 여기 있을게." 내가 건물 안으로 들어갈 때 새 물고기는 상공에 부양 중이었다.

* * *

나를 담당한 의사 선생님은 놀랍게도 인간이었다. 키가 크고 통통한 쿠시 여자분으로 대략 우리 어머니와 동년배였다. 그 의사분은 옷자락이 차르르 드리워진 검은 옷에 양쪽 귀에는 반짝이는 귀걸이를 했는데 눈 색도 똑같은 녹색이라서 색이 맞았다. 이 상황은 아마도 하라스 총장이 안배해놓은 것일 터였다. 의사 선생님은 탑처럼 나를 굽어보면서 한 손을 내밀었다. "안녕하세요, 빈티. 내 이름은 투카예요."

나는 그이와 악수하고 "안녕하세요"라고 말하면서 그 작은 방 안을 살짝 둘러봤다. 우리 고향의 병원실과 비슷하게 생겼는데 다만 진찰대가 내가 본 그 어떤 진찰대보다도 길고 폭도 넓고 튼튼했다.

"오늘 아침에 하라스 총장님과 한참 이야기했어요." 의사가 말했다. 그녀는 내 오쿠오코를 면밀히 살펴보면서 미소를 지었다. "진짜 멋지네요, 우리 학생."

"고맙습니다." 내가 차분히 말했다.

"내가 쭉 검사를 하고 싶은데… 혈액, 피부, 소화기, 뇌까지. 전부 다 보았으면 해요. 몇 시간만 있으면 결과를 놓고 이야기할 수 있을 거예요."

"몇 시간이라고요?" 내가 말했다.

의사는 고개를 끄덕였다. "그리고 내가 학생과 학생의 우주선이 서로 어느 정도 거리까지 떨어질 수 있는지 알려줄 수 있을 거예요."

심장이 두방망이질하기 시작해 나는 뒤에 놓여 있던 노란 의자에 털썩 앉아버렸다.

"뭣 때문에 그러지요?" 의사가 걱정하며 물었다.

"선생님이 알아내실 내용이 어떤 것일지 겁나네요."

"분명히 흥미로운 점들을 더러 발견하게 될 테지만 감당 못 할 만한 건 없을 거예요, 빈티. 학생은 이미 지금의 학생이 되어 있는 거고 멀쩡히 잘 있잖아요."

"제가 그런가요?" 내가 물었다.

투카 선생은 내 어깨를 두드렸다. "시작해봅시다. 그대로 앉아 있어도 돼요. 이제부터 반사 작용을 시험해볼 거예요."

* * *

끝나고 나서 나는 대기실에서 세 시간을 기다렸다. 근심으로 얼어버려서 메두스같이 생긴 사람 한 명이 와서 내 옆에서 제자리 공중 부양을 했을 때 일어나 자리를 옮기지도 못했다. 그 사람도 걱정스러웠던 듯했다. 왜냐하면 계속해서 기체를 뿜어내면서도 그걸 구태여 도로 빨아들이려고 하질 않았기 때문이다. 천문의로 뭔가 말랑한 음악을 듣기라도 했을 텐데 내 천문의는 망가져버렸고 나의 에단과는 달리 새 물고 기호에서 깨어났을 때는 망가진 먹통이나마 아무 데도 없었다. 죽었다가 다시 돌아온 뒤로 나는 지나리야를 통해 쉽게 이야기할 수 있게 되어 더 이상은 현기증도 나지 않고 등 뒤에 구멍이 벌어진다든가 낯선 행성이 나타난다든가 하는 일도 없었다. 그렇지만 그래도 할머니나 음위니와 지나리야로 이야기한다는 건 될 일이 아니었다. 둘 다 검사 결과 나왔느냐고 물어볼 게 뻔하니까. 그렇게 기다리다가 나는 파란 의자 위에 몸을 옹송그리고 잠들어버렸다.

이름이 불렸을 때 나는 즉각 잠에서 깼고 작은 공중 부양 드로이드를 따라서 앞서 투카 선생님을 만난 그 병원실로 들어섰다. 투카 선생은 물건 받침이 달린 높은 의자에 앉아 있었는데 그 받침에 천문의를 올려 눈앞에 차트를 영사해두었다.

"앉아요." 투카 선생이 차트에서 눈을 떼지 않고 말했다.

나는 노란 의자에 앉았다. 몸이 떨리는 걸 숨길 수가 없었다.

"검사 결과가 다 나왔어요." 투카 선생이 내 쪽으로 돌면서 말했다.

"저, 얼마나 멀리까지 갈 수 있는지부터 말씀해주세요." 내가 참지 못하고 청했다.

"지상으로 대략 5마일쯤이고 새 물고기는 위로 7마일 높이까지 날아도 돼요." 의사가 말했다. "그리 나쁘진 않지요, 안 그래요?"

나는 웃으며 말했다. "네. 일곱께 감사해요."

"하지만 새 물고기가 따라오지 않는 한은 대학교 왕복선이나 태양열 왕복편은 이제 타면 안 됩니다. 알았지요? 새 물고기가 태워줄 수 있으니까."

나는 고개를 끄덕이고 나서 가장 두려워하던 질문을 던졌다. "우리가 서로 너무 멀리 떨어지면 어떻게 되나요? 혹시… 죽나요?"

"새 물고기는 안 죽어요." 투카 선생이 말했다. "하지만 학생은 죽을 수 있어요. 거리가 아주 갑작스럽게 멀리 떨어지게 되면요. 하지만 먼저 심한 통증이 있을 거예요. 다들 각각 달라요. 그냥 그러지 말도록 해요."

투카 선생은 말을 끊고 내가 뭔가 다른 것을 물어 보길 기다렸다. 나는 그 외 다른 뭔가를 물어볼 마음 이 없었다.

"좋아요. 학생의 DNA는 아주 흥미로워요, 빈티." 의사가 말했다. "학생은 그러니까…."

"저 아직… 아직 인간인가요?" 내가 물었다.

"본인은 그렇다고 생각해요?"

"제 말씀은, 어, 그런 게 아니라…."

"학생은 힘바족 소녀죠, 맞죠? 내가 누구다라고 말 할 때 그렇게 말하지 않아요?"

"네, 그렇지만…." 나는 내 오쿠오코를 건드리고 우 물쭈물 미소 지었다. "그것과 같은 만큼이 새 물고기 의 미생물인 거 아닌가요? 그래서 제가 살아 있는 거 잖아요?"

"학생의 DNA는 힘바, 에니 지나리야, 메두스… 그 리고 다른 것도 들었지만 새 물고기인 부분은 많지 않아요." 투카 선생이 말했다. "하지만 미생물은 거의 다 새 물고기에게서 온 거죠. 그건 맞아요. 학생의 미 생물들은 체내 세포 속에 존재하니 그런 혼합이 본인을 본인으로 만드는 거예요. 그러니까 학생은 태어날 때의 자신과는 달라졌죠. 분명히. 하지만 앞서 내가 말한 대로 학생은 건강해요."

나는 안도의 한숨을 내쉬었다.

"하지만 얘기할 게 더 있긴 해요." 투카 선생이 말했다. "학생이 꼭 알아야 할 게 있어요."

나는 찌푸렸다. "어떤 건데요?"

"으음, 이 시점에서는 그리 놀랄 일도, 문제 될 일도 아닐 수 있겠네요. 학생이 움자 대학교에서 이미 1년을 보냈고 많은 사람들을 만나봤고 등등 했으니까 말이지요." 투카 선생은 말을 끊고 가상 차트를 보았다. "지금 지구 나이로 열일곱 살이지요, 맞죠?"

나는 고개를 끄덕였는데 선생은 나를 보지도 않았다.

"아이를 가질 생각을 해본 적이 있어요?"

나는 더욱 깊이 이맛살을 찌푸렸다. "물론 있죠." 내가 말했다. "내가 지금까지 이렇게나 해놓은 일이 있는데 영영 아이들을 갖지 않는다면 힘바족으로서 그게 무슨…."

투카 선생이 내게로 몸을 돌렸다. 선생의 얼굴에

떠오른 표정에 나는 입을 다물었다.

"그 아이를 오쿠우가 낳는다면 어떻겠어요?" 선생이 말했다.

"뭐라고요?!"

"앞으로 일어나게 될 일이에요. 지금은 아니지만 차차로."

"아니 그…"

"그리고 아이가 생기면 그 아기는 학생의 오쿠오코를 가지고 있을 거예요. 메두스 DNA가 강해서. 메두스 DNA가 우격다짐으로 태어나는 아이들 전부에게 밀고 들어가거든요."

"하지만 오쿠우하고 내가 그런 적이…" 말을 하다가 오쿠우가 나에게 어떤 존재였는지 생각하자 말이 끊어졌다. 그리고 음위니와 입 맞췄을 때가 생각났다.

"거기에 더해서 만약에 아이를 낳게 된다면 새 물고기의 미생물들을 아이에게 물려주게 될 텐데 그러면 학생의 아이도 마찬가지로 새 물고기의 일부가 될 가능성이 있어요. 다만 결연이 될 일은 아니지만요. 그리고 또…"

"그만요!" 눈을 감고 빽 소리 질렀다." 됐어요. 그만
하세요!" 귀에 이명이 들리고 그 소리가 점점 커지고
있었다. 얼굴이 뜨겁게 달아오르고 무언가가 머리를
쥐어짜는 것 같은 기분이었다. 나는 추락과 상승을
동시에 하고 있었다. "심지어 내 천문의도 망가졌으
니." 내가 숨소리로 뱉었다. "칩이 오염됐어요. 이제
문서화된 신원 증명이 없네요." 나는 막 킬킬 웃고 소
리 질렀다. "나 뭐예요? 뭐가 너무 많아졌어요." 눈에
눈물이 차올랐다. "집에… 갔을 때 순례행도 못 갔어
요. 우리 마을에서는 어른 여자는 그걸 완수해야 하
는 법이거든요. 순례행은커녕 그냥 집에 간 것뿐인데
전쟁을 일으키고 말았다고요! 우리 고향에! 그자들
이 우리 집을 불살랐어요! 그리고 나를 죽였고요! 난
죽었어요! 그러고 나서 다시 살아났더니 이젠… 내가
정말 나 맞긴 한가요?" 나는 이제 일어나 있었다. 그
작은 방 안을 걸어다니고 있었다. 내 이마를 때려가
면서.

그 방의 작업 탁자 위에는 보드라워 보이는 노란
꽃이 가득 담긴 꽃병이 놓여 있었다. 꽃잎들 하나하

나가 물주머니같이 생긴 꽃들이었다. 나는 투카 선생을 노려보면서 그 꽃 하나를 잡고 꽉 쥐어 꽃송이를 으스러뜨렸다. 의사는 차분히 나를 지켜보고 있었다. 꽃잎들에서 터져 나온 액체가 내 손목으로 팔꿈치로 줄줄 흘렀고 방 안에 돌연 흙냄새 비슷한 달콤한 향이 돌았다. "제 과거도 현재도 확장돼버렸는데 이젠 미래까지 그렇게 돼요?"

나는 흐느꼈다. 으스러진 꽃을 발치에 팽개치고 바닥으로 주저앉아버렸다. 두 손에 얼굴을 묻었다. "전 항상 저 자신을 좋아했어요, 투카 선생님." 내가 그녀를 올려다보았다. "전 저라는 사람을 좋아해요. 제 가족을 사랑하고요. 집을 버리고 가출했던 게 아니라고요. 달라지고 커지고 싶었던 게 아니에요! 아무것도… 모든 것이…. 전 이런 걸 바라지 않아요…. 이렇게 괴상해지는 건요! 너무 부담이 돼요! 전 그냥, 그냥 살고 싶어요."

투카 선생은 조용히 나를 지켜보았다.

"저 인간이에요?" 내가 물었다. 절박한 심정으로 의사 선생을 응시하는 동안 그이가 아무 말이 없는 동안 내 눈에 더욱더 눈물이 고여와 투카 선생 모습은 흐릿해졌다. 집을 떠난 후 최초로 집을 떠나지 말았어야 했나 하는 생각이 들었다.

"빈티." 투카 선생이 말했다. "빈티네 부족에서는 여자가 남자와 결혼하고 그렇게 할 때 남자의 가족과 하나가 되지요. 맞아요?"

"네." 내가 속삭였다.

"여자는 자기 가족과 자기가 선택한 남자와 혼인하지요. 밥벌이를 해오고 여자를 보호하고 잘살게 해줄 남자와."

"그래요."

"이것이 힘바족 사이에서 존중받는 방식이지요. 학생을 만나보기 전에 읽어뒀어요. 그러니까 이렇게 생각하도록 해요. 학생은 새 물고기와 오크우와 짝을 이루었어요. 그 짝들은 각각 자기 가족이 있고요. 학생의 가족은 그 어떤 힘바 아가씨의 가족보다도 더 커졌죠. 그리고 더더구나 학생은 꼭 죽을 사람이었다고요. 그런데 여기에 건강하게 힘도 세게 서 있으니까…." 선생은 쿡쿡 웃고는 덧붙여 말했다. "건강하고 힘도 세고 괴상해져서 서 있으니까 이 학교에 학생 같은 사람은 아무도 없어요."

나는 다시 앉았다. 너무 여러 가지 이야기를 들어서 아직도 몸이 떨렸다. 그게 다 현실이라니. "꽃을 저래놔서 죄송합니다." 내가 말했다. "제가 평소엔… 평소엔 뭘 부수고 그러지 않아요."

"거기서 또 필 테니까요." 투카 선생이 말했다.

나는 고개를 끄덕였다. "다행이네요."

"가서 공부해보세요, 빈티." 투카 선생이 가상 차트 쪽으로 몸을 돌리며 말했다. "내가 심리상담 선생님 예약도 잡아뒀으니까요."

* * *

내가 새 물고기에게 지상으로 5마일, 상공으로 7마일 떨어져 있을 수 있다고 말을 하자마자 새 물고기는 이륙했다. 신나게 한 2마일을 쭉 올라갔다가 이어서 땅을 향해 자유 낙하하더니 주위를 큰 원을 그리며 휘익 돌았다. 그랬지만 새 물고기는 100마일도 더 넘게 떨어져 있는, 자기가 그렇게 맘에 들어 한 그 들판으로 돌아갈 순 없었다. 나와 함께 가지 않으면 안 되었다. 그런데 나는 내 기숙사로 돌아가 눕고만 싶었다. 지금까지 너무너무 걱정을 했는데 이제 상황이 그럭저럭 괜찮게 되었다. 나는 괜찮았다. 이만하면 괜찮은 편이었다.

우리 기숙사 가까이에 규모가 작은 빈 들판이 하나 있었다. 맛 좋은 노란 풀도, 새 물고기가 맛보고 싶어 하던 은투은투 벌레들도 없고, 학생들이 수업 갈 때 걸핏하면 거길 가로질러 가곤 했다. 하지만 비교적 조용한 편이고 다른 생체 우주선 두 척도 거기에 머물렀다. 새 물고기도 승낙했다.

* * *

나는 방에 들어와 문을 닫고는 바닥에 주저앉아버렸다. 그랬다가 금세 일어섰다. 어젯밤에 혼합해둔 새로 만든 오치제 단지를 확인해봐야 했다. 뚜껑을 열고 냄새를 맡아보고 붉은 주황색을 띤 반죽을 들여다보

327

았다. 보기에 아직도 묽은 것 같았다. 하루 더 있어야 할지도. 맨몸인 채로 하루를 더. 나는 한숨을 쉬고 단지를 도로 창틀 위에 올려놓았다. 움자 대학행성의 커다란 달이 빛을 비추는 그리고 내일의 햇볕이 단지를 데워줄 자리였다. 잠깐 자려고 침대에 막 누웠는데 문 두드리는 소리가 났다. 끙 소리를 내면서 나는 주머니에 손을 넣어 천문의를 잡으려고 했다. 그러면 누군지 알 수 있을 테니까. 그랬다가 내 천문의는 지구에 남아 있다는 걸 기억해냈다. 망가진 채로 아마도 내가 총을 맞은 그곳의 흙 속에 버려져 있겠지.

"누구세요?" 내가 말했다.

"문 열어." 하이파가 말했다.

나는 방긋 웃고 말했다. "열어줘."

거기에는 하이파가 나를 향해 활짝 웃으며 서 있고 그 애 뒤에 음위니가 전혀 웃고 있지 않은 채로 서 있었다. "로비에서 만났는데 여기 올라오려고 그러나 해서. 내가 길 안내를 해줘야지 생각했지."

"벌써 두 번 와봤거든?" 음위니가 조금 웃음을 지었다.

"알았어. 그냥 같이 오고 싶어서 왔어." 하이파는 음위니에게 시시덕거리며 짐짓 눈을 깜박였다. "외로워 보여서." 음위니에게 시선을 맞춘 그 순간에 하이파는 '사랑'에 빠진 것이었다.

음위니가 하하 웃었다. "같이 와줘서 고마워." 내 책상 앞 나무 의자에 앉으면서 그가 말했다.

하이파는 키득거리면서 나와 함께 침대에 앉았다.

"넌 돌아왔다고 말도 안 해주고." 음위니가 말했다.

"새로 사귄 친구들이 그렇게 많은데 그냥 바쁘겠구나 했지." 내가 의뭉스러운 미소를 곁들여 대답했다. "시간이 있으면 네가 왔겠지."

사람들이 오크우를 두려워한 까닭에 난 움자 대학교에 와서 줄곧 친구 사귀기가 힘들었는데 음위니는 자석인 양 친구가 척척 와서 붙었다. 어제 대학 측에서 기숙사생 대부분이 인간형인 기숙사에다 내 방 옆에 붙여서 음위니 방을 주었는데 그 순간부터 그 애가 움자 대학생이 되지 않겠다고 거절을 했음에도 불구하고 음위니의 인기는 이루 말할 수가 없었다. 음위니가 기숙사에 들어올 적에 나도 현장에 함께 있었다. 음위니는 즉각 기숙사 선배와 대화를 텄다. 나무 같이 생겼고 삐걱삐걱 찌직찌직 소리로 말을 하는 사람이었다. 어떻게인지 음위니는 그 말을 알아들었다. 나는 음위니가 마음을 놓더니 예의 몰입한 눈빛이 되고 이어서 몸짓을 하기 시작하는 걸 지켜보았다. 그 기숙사 선배는 음위니를 너무 마음에 들어 해서 자기와 같은 층에 있는 기숙사생 전원에게 소개시켜주고 다녔고 그러고 나서는 그 선배와 다른 사람들이 방정리를 도와주고 또 그냥 '이야기'를 하겠다고 음위니 방에 왔다. 나는 결국 가만히 인사를 하고 내 방으로 와버렸다. 처음부터 내가 본 바 온갖 종류의 사람들이 음위니에게는 그저 매혹을 당했다.

"그래서 뭐래? 어떻대?" 음위니가 물었다.

하이파가 나를 보았고 나는 다시금 내가 지금 맨몸이라는 걸 느꼈다. 아직 묵히는 중인 오치제 단지를 흘긋 보고는 신음하고 싶어졌다. 하루만 더 있으면. 부디 하루만이길.

"그렇게 쳐다보지 마." 내가 중얼거렸다.

하이파가 웃었다. "난 네가 돌아온 게 기쁠 뿐이야.

곰도 그래. 네가 보고 싶었대."

"아니야. 곰이 무슨." 나는 어처구니없어 눈을 굴렸다. "곰은 아무도 좋아하지 않는데."

곰은 복도로 쭉 가서 있는 방들 중 하나를 썼다. 주로 북슬북슬한 갈색 털로 되어 있는 여자애였다. 곰하고 나는 대화는 그리 많이 한 적이 없지만 큰 방에 있는 커다란 소파에 나란히 앉아 있게 되는 일이 많았다. 나는 항상 곰이 좋았는데 왜냐하면 그 애는 몸을 가려야만 하는 사람의 심정을 이해할 거라고 상상했기 때문이었다.

"나는 곰하고 항상 얘기를 하거든." 하이파가 말했다. "곰이 널 가지고 우리와 다 함께 있지 뭐하러 방학에 딴 델 갔을까 물어보더라. 넌 우리가 별로인 걸까 궁금해하던데."

"빈티, 거기서 뭐래?" 음위니가 캐물었다.

"난 괜찮대, 음위니." 내가 말했다. "새 물고기에게서 지상으로 5마일 거리까지 갈 수 있고 새 물고기는 위로 7마일 정도 날아 올라갈 수 있대."

내가 그 말을 다 마치기도 전에 음위니는 안도한

나머지 앉아 있던 의자에 축 늘어졌다. 나는 까르르 웃었다. 음위니가 갑자기 벌떡 일어났는데 그러고 나서는 침대에 앉아 있는 하이파와 날 보며 이어서 하려고 한 행동에 확신이 없어진 것 같았다. 하이파는 날 보았다가 음위니를 보고 도로 나를 보았다. 하이파의 눈썹이 올라갔다. "아아!" 그 애가 말했다. 하이파는 나를 보고는 음위니를 손가락질했다. 내가 고개를 끄덕였다.

"말을 해줄 수도 있었잖아." 하이파가 알 것 같다는 미소를 띠며 말했다.

"나 돌아온 게 바로 어제야. 너한테 해줄 이야기가 잔뜩 있었잖니."

하이파가 일어섰다.

"내일… 너하고 곰하고 나랑 같이 폭포 보러 갈래?" 내가 하이파에게 물었다. 나는 음위니를 돌아봤다. "너도 가자. 그리고 오크우도. 내가 다들 오고 나서 꼭 만나야지 했는데 시간이 없어서 못 만났잖아." 내가 생각하고 있던 것을 마저 다 말하지는 않았다. 뭐였냐 하면 '볼 수 있을 때 보는 게 좋겠지. 앞으로 어떻게 될지는 알 수 없는 거잖아'였다.

하이파가 내 뺨에 입 맞췄다. "물론 갈게. 훌륭한 복귀 기념이 되겠는데? 곰도 갈 거야. 색깔이 휘황찬란한 그 폭포 정말 좋아하잖아."

"음위니는?" 내가 물었다.

음위니가 고개를 끄덕였다.

"왕복편을 못 타고 새 물고기호를 타고 가야 되는데 너희들 괜찮았음 좋겠다."

하이파가 눈을 빛내며 손뼉을 쳤다. "신난다! 다들 엄청 부러워할 거야. 너 오고 나서 이 기숙사 사람들 전부 다 네 우주선에 한번 타보고 싶어 하는 거 알잖니, 응?"

"진짜?" 내가 물었다.

"응." 음위니와 하이파가 똑같이 말했다. 그러고 나서 둘은 웃음을 터뜨렸다.

하이파가 나가고 문이 닫히자 음위니가 내게로 돌아섰다. "그거 말고 거기서 또 뭐라고 그래?"

"지금 당장 그 얘긴 딱히 하고 싶지 않은데. 괜찮지?" 내가 말했다.

음위니가 방을 가로질러 나에게 왔다. 나는 그 애 시선을 피하려 눈을 깔았다. 그 애는 내 턱을 잡아 얼굴을 들게 했다. "너 괜찮아?" 음위니가 물었다. 그 애 눈을 들여다보자 내 방어 태세는 모조리 느슨해졌다. 그 애의 눈을 들여다보는 것은 거울을 보는 거울이 되는 기분이었다. 우주들이 펼쳐지는.

"다 잘되어갈 거야." 내가 말했다.

"다 잘되어가겠지." 음위니가 되풀이했다.

음위니는 한 발짝 더 가까이 왔고 멈췄다가 더 가까이 왔다. 나를 끌어안았고 나는 서서히 긴장을 누그러뜨리고 결국은 그 애의 어깨에 머리를 괴었다. 그 애의 부숭부숭한 머리카락 쪽으로 얼굴을 돌린 채로. 어떻게 된 건지 음위니에게서는 아직도 사막 같은 냄새가 났다. 나는 그 애의 목에 입을 맞췄고 이내 입술을 찾아갔다.

우리는 한동안 우리 자신을 잊었다.

변신하는 것

아침에 나는 창가에 앉아 내 오치제 단지를 무릎에 올려놓고 있었다.

첫 번째 태양이 방금 떠올라 화사한 노란 빛을 내 방으로 비춰주고 있었다. 나는 젖은 얼굴을 비스듬히 기울여 그 햇살을 받으며 몸을 벽에 기대고 따스함을 즐겼다. 내 오쿠오코는 한참 동안의 샤워로 푹 젖었지만 아침 햇살에 빠르게 말랐다. 오쿠오코의 투명한 파란 살은 일단 건조가 되면 부드러워서 오치제를 안 바른 피부는 트는데 거기는 트는 법이 없었다. 나는 눈을 떴고 내 시선은 큼지막한 돌멩이 두 개로 갔다.

토성의 고리에서 새 물고기로 하여금 집어내게 했던 돌들이었다.

새 물고기 상태로 숨겨 넣었던 틈에서 그 돌들을 끄집어내어 군데군데 감싸고 있는 얼음이 녹아 없어지게 한동안 놔둔 후에 나는 그것들을 내 방으로 가져와 몇 분 동안 찬찬히 살펴보았다. 맛을 보았는데 죽지 않는 나무의 소금에서 그리고 신의 돌에서 나는 것과 같은 톡 쏘는 맛이 진짜로 났다. 그래서 나는 마음에 짚이던 것을 나무 되기로 시험해보기로 작정하고 복잡한 흐름을 불러일으켰다. 흐름을 나무 같은 형태로 쪼개면서 각각의 돌에 겹쳐 올리며 흐름의 그물망이 돌에 착착 쉽게 들어가는 모습을 지켜보았다. 나는 활짝 웃음 지었다. 이 돌들을 복잡한 다이얼, 자궁, 망상 조직, 별 가리키기, 바탕판과 회로판으로 깎아낼 생각으로만이 아니라 내가 만들 천문의가 어떤 힘바 사람도 여태껏 만든 일이 없는 그런 작품일 것이라서였다.

나는 단지를 집어 양 손바닥 사이에 끼워 들었다. 단지도 따뜻했다. 햇살을 흡수하기라도 한 것 같았

336

다. 나는 가장 좋아하는 빨간 두름치마와 윗도리를 입은 차였다. 처음 움자 대학교에 오면서 가져온 옷 중 하나다. 여러 번 빨았기 때문에 옷감은 나달나달 부드러워졌고 바람에 색이 바랬다. 이 옷을 입고 사막으로 나갔던 적도 많았으니까.

학교로 돌아온 날 밤에 나는 가까운 숲속 늘 가던 장소로 점토를 캐러 나갔다. 작은 구멍을 파고 잔가지들로 표시를 해두었던 곳인데 아닌 게 아니라 한눈에 봐도 내가 떠나 있는 사이에 전에 두어 번 본 적이 있는 둥근 몸을 한 야생 동물들이 그 자리를 자기네들 휴식 장소로 만들어놓았다. 점토 맨 위층은 억센 검은색 털로 뒤덮였고 발굽 달린 발로 밟고 간 자국들이 찍혀 있었다. 나는 겉을 한 켜 걷어내고 큼지막한 점토 한 덩어리를 파냈다. 그걸 방에 남아 있던 특별한 검은 꽃 기름과 섞었고 그러고 나서는 숫자 거꾸로 세기를 시작했다.

이제 나는 입속말로 "영" 하고 세고서 단지 뚜껑을 돌려 열었다. 확 올라온 냄새에 나는 큰 웃음을 지었다. 창문 옆 벽에 걸어둔 밤의 가장꾼 의상을 쳐다보고 거기 대고 말했다. "좋았어. 이제 됐네." 나는 오른손 검지와 중지를 단지에 꽂아 넣었다. 태어날 때부터 가지고 있었던 두 손가락이다. 그러고 나서 왼손에 그걸 문질러 바르는데 이 손에 오치제가 발리기는 이번이 처음이라는 생각이 몹시 강하게 들었다. 오치제는 부드럽게 발렸다. 마치 원래 거기 발릴 것이었다는 듯이…. 그러고 나서 늘 하던 순서대로 해갔다. 나는 항상 얼굴을 마지막에 발랐다.

한숨을 쉬면서 한 번 듬뿍 퍼낸 오치제를 두 볼에 문질렀다. 한동안 그렇지가 못했는데 이제 비로소 내가 나 같아졌다. 피부에 바르기를 끝내고 나서 나는 오치제를 내 열 가닥 오쿠오코에 비벼 칠하기 시작했다. 끝에 점이 박힌 투명한 파란 촉수를 감춰갔다. 워낙 길었기 때문에 오치제가 꽤나 들어갔다. 마지막 한 가닥을 양 손바닥으로 비비고 있을 때 금속이 짤깍거리는 소리가 났고 이어서 내 뒤에서 낮게 웅 하는 소리가 들려왔다.

천천히 나는 몸을 돌렸다. 거기 내 책상 위에서 황금 구슬과 세모꼴의 은색 금속 조각들이 떠올라 약 5

인치 공중에 부양하고 있었다. 내가 보고 있는 사이에 금속 조각들은 제자리에서 돌아가는 황금 구슬에 이끌려 가 붙었다. 찰칵찰칵하는 소리가 좀 더 나면서 그 조각들은 저희들끼리 다시 붙어 한 가지 형태를 취해봤다가 곧 다른 형태로 모습을 바꾸었다. 꼭짓점이 많은 모양이었다가 정육면체였다가 별 모양이었다가 원통형이 됐다가. 나는 살그머니 그쪽으로 다가갔다. 한 손에는 아직 오치제로 덮이지 않은 맨 마지막 오쿠오코를 그대로 쥐고서.

피타고라스 정리를 붙잡으면서 얼른 나무 되기를 했다. 한 자 정도 거리까지 얼굴을 들이밀곤 한 줄기 흐름을 불러 올렸다. 내가 양손을 쳐들어 흐름이 내 두 손 사이에서 작게 잉잉 소리를 낸 순간에 금속 조각들은 돌연 달라붙어 굳기로 작정했다. 금속 조각들을 자기에게 끌어당겨오려고 황금 구슬이 만들어낸 힘을 나는 실제로 감지했다. 이어서 그 물체는 내 책상 위로 쿵 소리를 내며 떨어졌다.

"무슨 일이지?" 그게 만들어낸 반짝이는 은색 피라미드의 꼭짓점을 건드리면서 내가 물었다.

더 이상 다른 기색이 없기에 나는 도로 내 오치제 단지 있는 곳으로 와서 하던 머리 단장을 끝냈다. 덤으로 오치제 조금을 양 발목에 다섯 개씩 찬 발목 고리에 문질러 칠하고 내 새로운 에단을 마지막으로 한 번 보고 나서 나는 음위니와 오크우와 하이파와 곰을 만나러 나섰다. 지구 시간으로 며칠 후면 학교가 다시 시작이니 그러면 옥팔라 교수님께 흥미로운 뭔가를 보여드릴 수 있겠지. 아무튼 일단 지금은 마침내 친구들과 폭포 구경을 하게 됐다는 것만이 내 관심사였다.

그렇게 우리가 거기에 갔을 때 그 광경은 정말로 아름다운 꿈을 목격하고 있는 것 같았다.

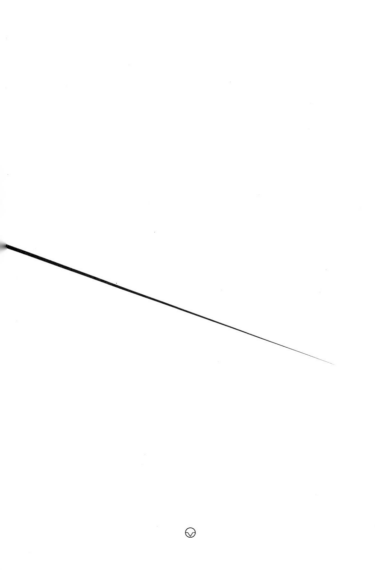

감사의 말

3년 연속으로 8월마다 빈티의 이야기가 나를 찾아왔다. 매번 내가 일리노이주의 시카고 남쪽 교외에서 가족과 함께 여름을 보낸 후 뉴욕주 버팔로로 돌아갈 때마다 그렇게 되었다. 2016년 8월에 나는 글쓰기를 잠시 쉬고 싶었다. 한동안은 어쩌면 몇 년이라도 빈티 이야기의 결말이 생각나진 않을 거라 생각했고 그래도 괜찮았다. 그런데 어느 날 저녁 자리에 앉자 이 이야기 전체가 나를 찾아왔다. 처음에는 결말이, 곧이어 중간 부분이, 그러고 나서 시작 부분이.

3일에 걸쳐서 나는 라고스 공항에서 샀던 작은 앙

카라 천 제본 일기장에 플롯을 죽죽 써 내려갔다. 하지만 그 즉시 모험담의 부름에 응하지는 않았다. 수업에서 강의를 해야 했고 편집 상태를 살펴봐야 할 다른 소설도 있었다. 나는 남아프리카로 가서 라이온스헤드(케이프타운에 있는 산 이름—옮긴이)를 조망했고, 애리조나에 가서 펩시스말벌 뒤를 따라가봤고, 백악관이 아직 볼 만하던 동안에 백악관 구경을 했고, 어배너 샘페인 일리노이 대학교에서 열린 아프리카문화협회의 점심 식사 때 식사를 하면서 의학 박사과정생과 미생물에 관한 대화를 나누었다. 겨울방학이 되었을 때 교수로서의 활동을 접고 작가로서의 활동에 들어간 시점에 나를 붙들어 글을 쓰게 해주는 것이 뭔지 몰라도 그것이 나에게 내려왔다.

그래서 우선 무엇보다도 그 붙들어주고 속삭여주고 긴박하게 이야기해주는 것에게 감사하고 싶다. 앞에서 뒤에서 옆에서 걸어가는 내 조상들께, 머리 위에 날아가고 내 밑에서 헤엄쳐 가는 조상들께 감사드린다. 오크우가 어떻게 되었는지 꼭 알아야겠다고 다그쳐준 내 딸 아냐우고에게 고맙다. 내 담당 편집자리 해리스와 저작권 대리인 돈 마스의 훌륭한 피드백에 감사드린다. 그리고 내 베타 독자 엔젤 메이너드에게 감사한다. 처음 나온 정리된 초고를 읽은 후 "정신 나갈 정도예요!"라고 응답해주었다. 그리고 마지막으로 우리 어머니, 내 여자 형제 이페오마와 은고지, 남자 형제 에메지, 남자 조카인 디카와 치네두, 여자 조카 오비오마에게 감사한다. 여러분들이 내 인생에 힘을 불어넣어주지 않았더라면 '빈티' 3부작은 탄생할 수 없었을 거예요. 모두 사랑합니다.

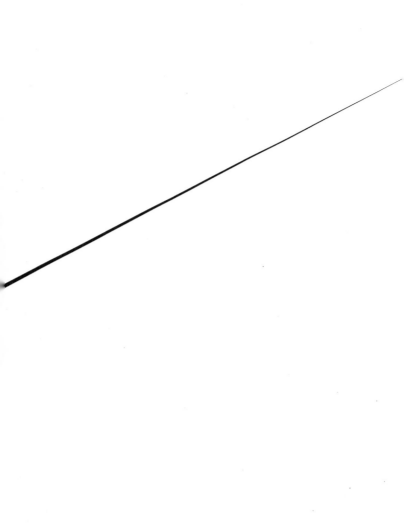

지은이..은네디 오코라포르 Nnedi Okorafor

1974년 미국 오하이오주 신시내티에서 태어났으며 일리노이 대학교 시카고 캠퍼스에서 영문학 박사 학위를 취득했다. 정교수로 버펄로 대학교에서 문학을 가르치다 이제는 전업 작가로 활동 중이다. 작품 전반에 흐르는 아프리카 문화권의 이채로운 분위기는 나이지리아인 부모 밑에서 태어나 나이지리아 여행을 하며 성장한 삶의 궤적에서 비롯되었다. 자신만의 독특한 세계관으로 SF 문학계를 매료시키고 있는 오코라포르는《빈티: 오치제를 바른 소녀》로 휴고상과 네뷸러상을 수상하였으며 '빈티' 3부작 시리즈를 통해 SF 작가로서 입지를 굳혔다. 마블 코믹스《블랙팬서》《슈리》의 작가이며 대표작으로 '라군 Lagoon' 시리즈, '아카타 마녀Akata Witch' 시리즈 등이 있다.

그래픽..구현성

보편적인 형식과 서사보다는 실험적이고 변칙을 추구하는 만화와 일러스트레이션을 주로 작업하고 있다. 기존의 구조와 형태를 해체하거나 재구성하거나 파괴함으로써 얻어지는 특이점과 이질적인 아름다움을 구현한다. 대표작으로〈망상의 집〉〈smog〉〈unspace〉〈undead〉등이 있고,《별무리》《인코그니토》《빈티》3부작 등의 책과 여러 컨셉아트 포스터를 작업하였다.

옮긴이..이지연

서울여자대학교를 졸업하고 도서출판 황금가지에서 편집자로 일했다. 번역한 책으로《스페이스 오디세이 2010》《크로우 걸》(1, 2, 3)《밤과 낮 사이》(1, 2)《위키드》(4, 5, 6) 등이 있다.

불가능하고도 가능한 세계
포비든 플래닛 FORBIDDEN PLANET

빈티: 밤의 가장꾼

1판 1쇄 찍음 2021년 8월 9일
1판 1쇄 펴냄 2021년 8월 23일

지은이 은네디 오코라포르
그래픽 구현성
옮긴이 이지연
펴낸이 안지미
편집 박소현
디자인 안지미
제작처 공간

펴낸곳 (주)알마
출판등록 2006년 6월 22일 제2013-000266호
주소 04056 서울시 마포구 신촌로 4길 5-13, 3층
전화 02.324.3800 판매 02.324.7863 편집
전송 02.324.1144

전자우편 alma@almabook.com
페이스북 /almabooks
트위터 @alma_books
인스타그램 @alma_books

ISBN 979-11-5992-345-6 04800
ISBN 979-11-5992-246-6 (세트)

이 책의 내용을 이용하려면 반드시 저작권자와 알마 출판사의 동의를 받아야 합니다.

알마는 아이쿱생협과 더불어 협동조합의 가치를 실천하는 출판사입니다.

종이 표지_비비칼라 110g/㎡ 별지_비비칼라 110g 본문_그린라이트 80g/㎡

⊘